LE REVENANT

Michael Punke

LE REVENANT

Roman

Traduit de l'anglais (Etats-Unis)
par Jacques Martinache

PRESSES
DE LA CITÉ

Titre original : *The Revenant*

© 2002 by Michael Punke
All rights reserved including the rights of reproduction in whole or in part in any form
Carte © 2002 by Jeffrey L. Ward
© Presses de la Cité, 2014 pour la traduction française
ISBN 978-2-258-10410-5

Presses
de
la Cité   un département **place des éditeurs**

place
des
éditeurs

A mes parents,
Marilyn et Butch Punke

« Ne vous vengez pas vous-mêmes, mais laissez agir la colère de Dieu, car il est écrit : "A moi la vengeance, à moi la rétribution", dit le Seigneur. »

Saint Paul,
Epître aux Romains, XII, 19

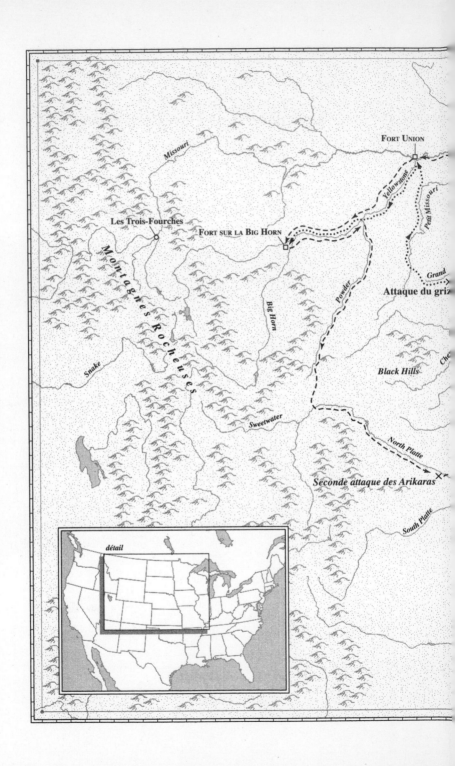

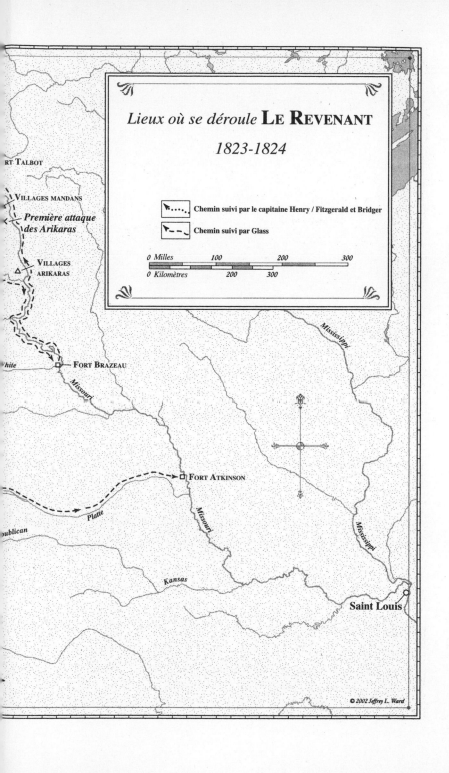

Lieux où se déroule **LE REVENANT**

1823-1824

Chemin suivi par le capitaine Henry / Fitzgerald et Bridger

Chemin suivi par Glass

0 Milles 100 200 300
0 Kilomètres 200 300

RT TALBOT

VILLAGES MANDANS

*Première attaque
des Arikaras*

VILLAGES
ARIKARAS

White — FORT BRAZEAU

Missouri

Mississipi

FORT ATKINSON

Missouri

Platte

oublican

Mississippi

Kansas

Saint Louis

© 2002 Jeffrey L. Ward

1er septembre 1823

Ils l'abandonnaient. Le blessé le comprit quand il regarda le garçon, lequel baissa la tête puis se détourna, incapable de soutenir son regard.

Pendant des jours, le gamin avait discuté avec l'homme au bonnet à tête de loup. *Des jours, vraiment ?* Le blessé avait lutté contre la fièvre et la douleur, sans être jamais sûr que les conversations qu'il entendait étaient réelles et non le fruit des divagations de son esprit.

Il leva les yeux vers la haute formation rocheuse dominant la clairière. Un pin solitaire et tors avait réussi à pousser sur la paroi de pierre nue. Il l'avait souvent contemplé et ne l'avait cependant jamais vu comme en cet instant, avec ses lignes perpendiculaires qui semblaient former une croix. Pour la première fois, il accepta l'idée de mourir dans cette clairière, près de la source.

Se sentant étrangement détaché de la scène dans laquelle il jouait le rôle principal, il se demanda un instant ce qu'il aurait fait à leur place. S'ils restaient et si la bande de guerriers indiens remontait la rivière, ils mourraient tous les trois. *Serais-je prêt à mourir pour eux... s'ils étaient condamnés de toute façon ?*

— T'es sûr qu'ils remontent la rivière ? demanda le garçon d'une voix fêlée.

La plupart du temps, il parvenait à maintenir un timbre de ténor, mais il le perdait quand il ne se maîtrisait plus.

L'homme au bonnet à tête de loup se pencha vivement vers la petite grille proche du feu, fourra des lanières de viande à demi séchée dans son parflèche.

— Tu veux rester pour le savoir ?

Le blessé tenta de parler, sentit de nouveau la douleur lui percer la gorge. Il émit un son, fut incapable de le modeler en l'unique mot qu'il cherchait à prononcer.

Ignorant le bruit, l'homme au bonnet continua à rassembler ses quelques affaires, mais le garçon se retourna.

— Il essaie de parler...

Il s'agenouilla près du blessé qui, faute de pouvoir articuler, tendit son bras valide pour montrer quelque chose.

— Il veut son fusil, traduisit le jeune. Il veut qu'on lui laisse son fusil.

L'homme au bonnet à tête de loup parcourut la distance qui le séparait d'eux en quelques pas rapides et mesurés, puis frappa durement du pied le dos du garçon.

— Remue-toi, bon Dieu !

Il alla ensuite au blessé étendu près du maigre tas de ses possessions : une sacoche en cuir, un coutelas dans une gaine ornée de perles, une hachette, un fusil et une corne à poudre. Sous le regard impuissant du blessé, l'homme au bonnet à tête de loup se pencha pour prendre la sacoche. Il en tira un silex et un morceau d'acier, les fit tomber dans la poche de devant de sa tunique en cuir. Il saisit ensuite la corne à poudre et l'accrocha à son épaule. La hachette, il la glissa sous sa large ceinture en cuir.

— Mais qu'est-ce que tu fais ? demanda le garçon.

L'homme se pencha de nouveau, ramassa le couteau et le lui lança.

— Prends ça.

Le jeune gars l'attrapa, fixa d'un regard horrifié la gaine qu'il serrait dans sa main. Il ne restait que le fusil. L'homme au bonnet s'en empara, puis il s'assura rapidement qu'il était chargé.

— Désolé, Glass, mon vieux. T'en auras plus vraiment besoin.

— On peut pas le laisser sans son fourniment ! protesta le garçon, atterré.

L'homme lui accorda un bref coup d'œil avant de disparaître dans les bois.

Le blessé leva les yeux vers le garçon, qui demeura un long moment immobile, le couteau dans la main – *son* couteau. Un instant, le garçon parut sur le point de dire quelque chose, puis il tourna les talons et partit en courant parmi les pins.

Le blessé regarda fixement la trouée entre les arbres par laquelle ils avaient disparu. Une rage absolue le consumait, pareille au feu qui enveloppe des aiguilles de pin. Il ne voulait rien d'autre au monde que refermer ses mains sur leurs cous et les étrangler.

Instinctivement, il se mit à crier, oubliant que sa gorge ne formait plus de mots, qu'elle n'était source que de souffrance. Il se souleva sur son coude gauche. Il pouvait encore plier légèrement son bras droit, mais il ne supporterait aucun poids. Ce simple mouvement expédia des pointes de douleur dans son cou et dans son dos. Il sentait la tension de sa peau sur les sutures grossières. Il fit glisser son regard le long de la jambe

autour de laquelle étaient noués les lambeaux ensanglantés d'une vieille chemise. Là encore, impossible de
faire jouer les muscles de sa cuisse pour fléchir la jambe.

Rassemblant ses forces, il roula lourdement sur le
ventre, sentit une suture craquer et l'humidité chaude
d'une nouvelle coulée de sang sur son dos. La douleur
fut cependant réduite à néant par la marée de sa rage...

Hugh Glass se mit à ramper.

PREMIÈRE PARTIE

1

21 août 1823

— Mon navire parti de Saint Louis doit arriver ici d'un jour à l'autre, monsieur Ashley, expliqua de nouveau le corpulent Français d'un ton patient mais insistant. Je céderais volontiers toute sa cargaison à la Rocky Mountain Fur Company[1]… mais je ne puis vous vendre ce que je n'ai pas.

D'un geste brusque, William H. Ashley reposa son gobelet de fer-blanc sur le bois grossier de la table. Le gris soigneusement taillé de sa barbe ne parvenait pas à masquer la crispation de ses mâchoires – crispation qui semblait annoncer une nouvelle explosion, car Ashley se retrouvait une fois de plus confronté à ce qu'il détestait par-dessus tout : attendre.

Le Français, répondant au nom improbable de Kiowa Brazeau, observait Ashley avec une appréhension croissante. La présence du négociant à son lointain comptoir commercial constituait une occasion à saisir et Kiowa avait conscience qu'établir de bonnes relations avec lui

---

1. Compagnie fondée en 1823 par William H. Ashley à Saint Louis pour développer le commerce des fourrures. *(Toutes les notes sont du traducteur.)*

pouvait doter son entreprise de solides fondations. Ashley était un personnage important du monde des affaires et de la politique à Saint Louis, un homme possédant à la fois l'ambition visionnaire d'introduire le commerce dans l'Ouest et l'argent nécessaire pour ce faire. « L'argent d'autres personnes », comme l'avait précisé Ashley. Un argent capricieux. Craintif. Qui sauterait facilement d'un projet spéculatif à un autre.

Kiowa cligna des yeux derrière les verres épais de ses lunettes ; quoique myope, il s'y entendait pour jauger les gens.

— Si vous me permettez, monsieur Ashley, je pourrais peut-être vous offrir une compensation pendant que nous attendons mon navire…

Ashley ne manifesta pas son accord mais ne reprit pas davantage sa diatribe.

— Je dois commander de l'approvisionnement à Saint Louis, poursuivit Kiowa. J'y enverrai demain par canoë un courrier qui pourrait se charger de porter une dépêche de votre main à vos associés. Vous pourriez ainsi les rassurer avant que la rumeur de la débâcle du colonel Leavenworth ne s'enracine…

Ashley poussa un profond soupir et but une longue gorgée de sa bière amère, résigné, en l'absence d'une autre solution, à subir ce nouveau retard. Qu'il le veuille ou non, la proposition du Français était sensée. Il fallait qu'il rassure ses actionnaires avant que la nouvelle de la bataille ne coure les rues de Saint Louis sans qu'on puisse l'arrêter.

Sentant qu'il tenait une ouverture, Kiowa s'empressa de maintenir Ashley dans un état d'esprit positif. Il disposa devant lui une plume, de l'encre et une feuille de papier parcheminé, remplit à nouveau de bière le gobelet de métal.

— Je vous laisse à votre travail, monsieur, dit-il, satisfait de cette occasion de prendre congé.

A la faible lumière d'une chandelle de suif, Ashley écrivit jusque tard dans la nuit.

A M. James D. Pickens,
Pickens et fils,
Saint Louis

> *Fort Brazeau, sur le Missouri,*
> *Le 21 août 1823,*

Cher Monsieur Pickens,
J'ai le pénible devoir de vous informer des événements de la dernière quinzaine. Par leur nature, ils ne peuvent manquer de modifier – sans toutefois l'empêcher – notre projet pour le Haut Missouri.

Comme vous le savez sans doute à présent, les hommes de la Rocky Mountain Fur Company ont été assaillis par les Arikaras après leur avoir acheté en toute confiance soixante chevaux. Ces Indiens ont attaqué sans aucune provocation, tuant seize de nos hommes, faisant douze blessés et volant les chevaux qu'ils avaient feint de nous vendre la veille.

Face à cet assaut, j'ai dû battre en retraite vers l'aval tout en sollicitant l'aide du colonel Leavenworth et de l'armée des Etats-Unis pour répondre à cette violation manifeste du droit des citoyens américains de traverser le Missouri sans entraves. J'ai également requis le soutien de nos propres hommes, qui m'ont rejoint (sous le commandement du capitaine Andrew Henry) en prenant le risque de quitter leur position de Fort Union.

Le 9 août, nous avons affronté les Arikaras avec une troupe conjointe de sept cents hommes, comprenant deux cents des soldats de Leavenworth (munis de deux obusiers) et quarante hommes de la RMFC. Nous avons en outre trouvé des alliés (quoique temporaires) en la personne de quatre cents guerriers sioux, dont l'hostilité envers les Arikaras découle d'une rancune ancestrale dont j'ignore l'origine.

Inutile de dire que nos forces rassemblées auraient largement suffi à remporter la victoire, à punir les Arikaras de leur traîtrise et à rouvrir le Missouri pour notre projet. Si cet objectif n'a pas été atteint, nous le devons à la trempe chancelante du colonel Leavenworth.

Les détails de cette rencontre peu glorieuse peuvent attendre mon retour à Saint Louis. Sachez simplement que les longues hésitations du colonel à engager le combat contre un ennemi inférieur en nombre ont permis à toute la tribu arikara de nous échapper, avec pour conséquence la fermeture de fait du Missouri entre Fort Brazeau et les villages mandans. Quelque part entre ici et là-bas, neuf cents guerriers arikaras nous attendent, de nouveau solidement retranchés, sans nul doute, et plus déterminés encore à faire échouer toute tentative de remonter le Missouri.

Le colonel Leavenworth est retourné en garnison à Fort Atkinson, où il passera sans doute l'hiver devant l'âtre, bien au chaud, pour réfléchir longuement à ses options. Je n'ai pas l'intention de l'attendre. Notre entreprise, comme vous le savez, peut mal s'accommoder de perdre huit mois.

Ashley cessa d'écrire pour relire son texte et fut mécontent de son ton amer. La lettre reflétait sa colère sans toutefois exprimer le sentiment qui prévalait dans son esprit : un optimisme fondamental, une foi inébranlable dans sa capacité à réussir. Dieu l'avait placé dans un jardin d'abondance, un pays de Goshen où chacun pouvait prospérer pour peu qu'il ait le courage et la force morale d'entreprendre. Ses propres faiblesses, qu'il reconnaissait franchement, n'étaient que de simples obstacles qu'il surmonterait par une conjugaison créative de ses points forts. Il s'attendait à des revers, il ne tolérerait pas un échec.

Nous devons retourner cet événement malheureux à notre profit, aller de l'avant pendant que nos concurrents marqueront une pause. Le Missouri étant fermé, j'ai décidé d'envoyer deux groupes vers l'ouest par une autre route. Au capitaine Henry, j'ai déjà donné l'ordre de remonter la Grand River. Il le fera aussi loin que possible et se débrouillera pour retourner à Fort Union. Jedediah Smith prendra la tête d'un second groupe qui remontera la Platte, avec pour objectif les eaux du Great Basin.

Vous partagez, j'en suis sûr, mon immense frustration devant notre retard. Nous devons maintenant agir avec audace pour rattraper le temps perdu. J'ai donné pour instructions à Henry et Smith de ne pas retourner à Saint Louis au printemps avec leur « moisson ». C'est nous qui les rejoindrons : rendez-vous sur le terrain pour échanger leurs fourrures contre un nouvel approvisionnement. Nous gagnerons ainsi quatre mois et rattraperons au moins une partie du temps perdu. D'ici là, je propose de former un autre groupe de trappeurs à Saint Louis et de le faire partir au printemps, sous mon propre commandement.

Ce qu'il restait de la chandelle crachotait en émettant une âcre fumée noire. Ashley leva les yeux, soudain conscient de l'heure et de son épuisement. Il trempa sa plume dans l'encre et retourna à sa correspondance, d'une main ferme et rapide à présent qu'il amenait son rapport à sa conclusion :

Je vous prie instamment de transmettre à nos associés – dans les termes les plus fermes possible – ma confiance absolue dans le succès assuré de notre entreprise. La providence a placé devant nous de grandes richesses, sachons avoir le courage d'en revendiquer la part qui nous revient.
Votre très humble serviteur,

William H. Ashley

Deux jours plus tard, le 16 août 1823, le bateau à quille de Kiowa Brazeau arriva de Saint Louis. William Ashley ravitailla ses hommes et les envoya vers l'ouest le jour même. Le premier rendez-vous fut fixé pour l'été 1824, dans un lieu qui serait communiqué par messagers.

Sans saisir pleinement l'importance de ses décisions, William H. Ashley venait d'inventer le système qui modèlerait toute cette époque.

2

23 août 1823

Onze hommes étaient rassemblés dans le campement sans feu. Pour établir leur camp, ils avaient profité de l'escarpement de la berge de la Grand River, mais la plaine n'offrait guère de relief pour dissimuler leur position. Un feu aurait signalé leur présence à des kilomètres à la ronde et se faire aussi furtifs que possible constituait le meilleur atout des trappeurs contre une nouvelle attaque. La plupart d'entre eux avaient passé la dernière heure de jour à nettoyer leurs fusils, recoudre leurs mocassins ou s'alimenter. Le jeunot s'était endormi dès qu'ils avaient fait halte et s'étaient allongés, fouillis de membres mal vêtus.

Les hommes s'étaient divisés en groupes de trois ou quatre, blottis contre la rive, derrière un rocher ou un buisson de sauge, comme si ces faibles protubérances pouvaient offrir une quelconque protection.

Les plaisanteries habituelles du camp avaient perdu de leur vivacité après le désastre du Missouri, puis s'étaient totalement éteintes après la seconde attaque, subie trois jours plus tôt seulement. Le peu de paroles que les hommes prononçaient, c'était en murmurant et sur un ton grave, respectueux qu'ils étaient des camarades morts restés derrière eux, et conscients des dangers qui les attendaient encore.

— Dis, Hugh, tu crois qu'il a souffert ? Je peux pas m'enlever de la tête qu'il a pas arrêté de souffrir, pendant tout ce temps...

Hugh Glass leva les yeux vers le trappeur William Anderson, qui avait posé la question.

— Non, je ne crois pas que ton frère a souffert.

— Il était l'aîné. Quand on est partis du Kentucky, c'est à lui que nos parents ont recommandé de veiller sur moi. A moi, pas un mot. Ils auraient jamais eu l'idée de me demander ça.

— Tu as fait tout ce que tu pouvais pour ton frère, Will. C'est dur à accepter, mais il est mort quand il a reçu cette balle, il y a trois jours.

Une autre voix s'éleva de l'obscurité, près de la berge :

— J'aurais préféré qu'on l'enterre à ce moment-là, au lieu de le traîner pendant deux jours...

L'homme qui avait parlé était accroupi et la nuit tombante ne révélait de son visage qu'une barbe sombre et une cicatrice blanche. La balafre partait du coin de la bouche, descendait et se recourbait tel un hameçon. Elle attirait d'autant plus l'attention qu'aucun poil ne poussait dessus et qu'elle traçait dans la barbe un sourire de mépris permanent. De sa main droite, il aiguisait sur une pierre la lame épaisse d'un couteau à écorcher, mêlant à ses mots un lent grincement.

— Ferme-la, Fitzgerald, ou je t'arrache ta foutue langue, je le jure sur la tombe de mon frère !

— La tombe de ton frère ? Pas terrible, comme tombe, hein ?

Les hommes qui se trouvaient à portée de voix prêtèrent soudain attention, surpris par ce comportement, même de la part de Fitzgerald. Il le sentit et se crut encouragé à poursuivre :

— Rien qu'un tas de cailloux, plutôt. Tu crois qu'il est encore en train de pourrir dessous ?

Fitzgerald s'interrompit un instant et l'on n'entendit plus que le crissement de la lame sur la pierre.

— Moi, ça m'étonnerait.

Il marqua de nouveau une pause, évaluant l'effet des paroles qu'il venait de prononcer.

— Bien sûr, ça se pourrait que les pierres empêchent les charognards de le déterrer, mais moi, je pense que les coyotes traînent des petits bouts de ton frère à travers…

Anderson se rua sur lui, bras tendus.

Fitzgerald détendit brusquement la jambe en se mettant debout pour parer l'attaque et son tibia frappa violemment Anderson à l'entrejambe. Le coup le plia en deux, comme si une corde invisible tirait sa tête vers ses cuisses. Fitzgerald expédia son genou dans le visage de l'homme impuissant, qui bascula en arrière.

Avec une agilité étonnante pour quelqu'un de sa taille, le balafré se jeta sur Anderson, bloqua de son genou la poitrine de l'homme pantelant et sanguinolent. Puis il pressa le couteau à écorcher contre sa gorge.

— Tu veux rejoindre ton frère ?

Quand il appuya plus fort, la lame traça une fine ligne rouge.

— Fitzgerald, intervint Glass d'un ton calme mais plein d'autorité. Ça suffit.

Fitzgerald leva la tête. Il envisagea une réponse au défi de Glass tout en notant avec satisfaction le cercle d'hommes qui l'entouraient, témoins de la pitoyable position d'Anderson. *Mieux vaut revendiquer la victoire*, décida-t-il. Il s'occuperait de Glass un autre jour.

Il écarta la lame du cou d'Anderson, rangea le couteau dans la gaine attachée à sa ceinture et grommela :

— Te lance pas dans des trucs que tu peux pas finir, Anderson. La prochaine fois, je terminerai notre affaire.

Le capitaine Andrew Henry se fraya un chemin entre les spectateurs, l'empoigna par-derrière et le projeta durement contre le talus.

— Encore une bagarre, Fitzgerald, et tu es viré.

Il tendit le bras vers l'horizon, au-delà du périmètre du camp.

— Si tu as encore de la bile à cracher, tu peux essayer de t'en sortir tout seul là-bas.

Le capitaine parcourut du regard le cercle des autres hommes.

— Nous avons plus de soixante kilomètres à couvrir demain. Vous perdez du temps de sommeil en ne dormant pas encore. Qui prend le premier tour de garde ?

Aucun d'eux ne se proposa. Henry arrêta son regard sur le gamin endormi, sourd à tout ce remue-ménage, et marcha d'un pas ferme vers la forme allongée.

— Debout, Bridger.

Le garçon se leva d'un bond et, les yeux écarquillés, tendit la main vers son arme. Il avait reçu ce fusil à silex rouillé, destiné au troc, en guise d'avance sur son salaire, en même temps qu'une corne à poudre jaunie et une poignée de silex.

— Je veux que tu te postes cent mètres en aval. Trouve un point élevé le long de la berge. Pig, même chose en amont. Fitzgerald, Anderson, vous prendrez la relève.

Fitzgerald, qui avait monté la garde la veille, parut un instant sur le point de protester contre cette répartition des corvées. Il se ravisa cependant et alla bouder à la lisière du camp. Le jeune Bridger, encore désorienté, s'éloigna en titubant à demi sur les cailloux de la rive, puis disparut dans l'obscurité bleu cobalt qui enveloppait peu à peu la brigade.

L'homme qu'on appelait Pig portait à sa naissance dans une ferme misérable du Kentucky le nom de Phineas Gilmore. Son surnom lui allait comme un gant : il était énorme et sale[1]. Il sentait si mauvais que cela rendait perplexes les gens alentour. Lorsqu'ils percevaient cette puanteur, ils regardaient dans toutes les directions pour en trouver la source, tant il leur paraissait impossible qu'elle puisse émaner d'un être humain. Même les trappeurs, qui n'accordaient pas une importance excessive à la propreté, faisaient de leur mieux pour garder Pig sous le vent. Après s'être lentement mis debout, il accrocha son fusil à l'épaule et s'éloigna vers l'amont sans se presser.

Moins d'une heure s'écoula avant que la lumière du jour disparaisse totalement. Glass vit le capitaine Henry revenir préoccupé d'une inspection des sentinelles. A la clarté de la lune, il se fraya un chemin parmi les hommes endormis et Glass se rendit compte que seuls le capitaine et lui veillaient encore. Henry choisit de s'installer près de Glass, s'appuya sur son fusil pour abaisser son imposante carcasse vers le sol. Sa position assise soulagea ses pieds fatigués sans toutefois alléger le poids qui pesait le plus lourdement sur lui.

— Je veux que Black Harris et toi partiez en éclaireurs demain, ordonna le capitaine.

Glass se tourna vers lui, déçu de ne pouvoir répondre à l'appel du sommeil.

— Trouve quelque chose à abattre en fin d'après-midi, nous prendrons le risque d'allumer un feu. Nous

---

1. *Pig* : « cochon ».

sommes très en retard, dit Henry, baissant la voix, comme s'il était en train de se confesser.

Le capitaine paraissant disposé à parler longuement, Glass tendit la main vers son fusil. S'il ne pouvait pas dormir, autant qu'il s'occupe de son arme. Elle avait été éclaboussée dans l'après-midi au passage d'un gué, il voulait graisser le mécanisme de la détente.

— Le froid s'installera pour de bon début décembre, poursuivit le capitaine. Il nous faudra deux semaines pour faire provision de viande. Si nous n'atteignons pas la Yellowstone avant octobre, nous manquerons la chasse d'automne.

Bien que le capitaine Henry fût rongé par un doute intérieur, sa présence physique impressionnante ne trahissait aucune faiblesse. La frange de cuir du haut de sa tunique en daim barrait sa large poitrine et ses puissantes épaules, vestiges de son ancien métier de mineur de plomb dans le district de Sainte-Geneviève, Missouri. Autour de sa taille mince, un épais ceinturon de cuir supportait une attache à pistolet et un coutelas. Son pantalon était en daim jusqu'aux genoux et dessous en laine rouge. Ce vêtement qu'il avait fait faire spécialement pour lui à Saint Louis était l'indice d'une grande expérience des bois. Le daim fournissait une excellente protection, mais à chaque traversée d'une rivière à pied il devenait lourd et froid. La laine, au contraire, séchait rapidement et retenait la chaleur, même mouillée.

La brigade que Henry commandait était bigarrée, mais il puisait au moins une satisfaction dans le fait que ses hommes l'appelaient « capitaine ». En réalité, ce titre était usurpé, il le savait. Sa bande de trappeurs n'avait rien à voir avec l'armée et nourrissait peu de respect pour les institutions. Henry était néanmoins le seul d'entre eux à avoir été trappeur aux Trois-Fourches. Si le titre de capitaine ne signifiait pas grand-chose, l'expérience était l'aune véritable de la valeur d'un homme.

Henry marqua une pause pour laisser Glass manifester son intérêt. Le trappeur leva les yeux de son fusil. Brièvement, parce qu'il avait dévissé la garde ornée d'élégantes arabesques protégeant la détente. Il plaça soigneusement les deux vis au creux de sa main pour ne pas les perdre dans l'obscurité.

Ce coup d'œil suffit pour encourager Henry à poursuivre :

— Je t'ai déjà parlé de Drouillard ?

— Non, capitaine.

— Tu sais qui c'était ?

— George Drouillard, du Corps of Discovery[1] ?

Henry acquiesça.

— Un homme de Lewis et Clark, un des meilleurs. Eclaireur et chasseur. En 1809, il s'est joint à un groupe que j'ai mené – qu'il a mené, en fait – aux Trois-Fourches. Nous disposions d'une centaine d'hommes, mais Drouillard et Colter étaient les seuls à avoir déjà mis les pieds là-bas.

« Ça grouillait de castors. On n'avait quasiment pas besoin de les piéger, il suffisait de sortir avec un gourdin. Mais on a eu des ennuis dès le début avec les Pieds-Noirs. Cinq tués en moins de deux semaines. Nous avons dû nous retrancher, pas moyen d'envoyer des trappeurs dehors.

« Drouillard est resté à l'abri comme tous les autres, pendant une semaine environ, avant d'annoncer qu'il en avait sa claque de rester sans rien faire. Il est sorti le len-

---

1. Expédition qui explora les Etats-Unis de l'ouest du Missouri à l'océan Pacifique, de 1804 à 1806.

demain et il est revenu huit jours plus tard avec vingt *plews*[1].

Glass écoutait attentivement le capitaine. Tout habitant de Saint Louis connaissait une version ou une autre de l'histoire de Drouillard, mais Glass n'avait jamais entendu de témoignage de première main.

— Il a fait ça deux fois, il est sorti et revenu avec un ballot de peaux. La dernière chose qu'il a dite avant de repartir encore, c'est « La troisième fois sera la bonne ».

« Il s'est éloigné à cheval et on a entendu deux coups de feu une demi-heure plus tard – un de son fusil, l'autre de son pistolet. Le second, c'était sûrement pour abattre sa bête et s'abriter derrière. C'est comme ça qu'on l'a retrouvé : derrière son cheval. Il devait bien y avoir une vingtaine de flèches au total plantées dans les deux corps. Les Pieds-Noirs les avaient laissées pour nous adresser un message. Ils l'avaient charcuté, aussi : la tête coupée…

Le capitaine s'interrompit de nouveau, gratta le sol devant lui avec un bâton taillé en pointe.

— Je pense toujours à lui.

Glass chercha des paroles de réconfort, mais avant qu'il ait pu dire quoi que ce soit, Henry lui demanda :

— La rivière continue longtemps à couler vers l'ouest, d'après toi ?

Glass le regarda dans les yeux et assura :

— Bientôt, on commencera à progresser plus vite, capitaine. Pour le moment, on peut longer la Grand River. On sait que la Yellowstone est au nord-ouest.

A la vérité, Glass avait à présent de sérieux doutes au sujet du capitaine. La poisse semblait s'attacher à lui comme la fumée de la veille dans une pièce.

---

1. Dans le commerce de la fourrure, unité de valeur qui équivaut à une peau de castor.

— Tu as raison, approuva Henry.

Puis il répéta ses mots, comme pour s'en convaincre lui-même :

— Tu as raison, bien sûr.

Même si son expérience provenait de ses malheurs, le capitaine Henry en savait plus que tout homme vivant ou presque sur la géographie des Rocheuses. Glass, homme des plaines aguerri, n'avait jamais mis les pieds dans le Haut Missouri. Henry trouvait cependant quelque chose de solide et de rassurant dans la voix de Glass. Quelqu'un lui avait raconté que l'homme avait été marin dans sa jeunesse. Le bruit courait même qu'il avait été capturé par le pirate Jean Lafitte. Les années passées sur la vaste étendue de la haute mer expliquaient peut-être pourquoi il se sentait aussi bien dans les mornes plaines qui s'étendaient entre Saint Louis et les montagnes Rocheuses.

— Nous aurons de la chance si les Pieds-Noirs n'ont pas massacré tout le monde à Fort Union. Les hommes qui j'y ai laissés n'appartiennent pas vraiment au dessus du panier.

Le capitaine enchaîna avec son habituel catalogue de préoccupations. Interminablement. Glass savait qu'il pouvait se contenter d'écouter. De temps à autre, il levait les yeux ou poussait un grognement, mais il concentrait l'essentiel de son attention sur son fusil.

Cette arme était la seule extravagance de sa vie, et lorsqu'il entreprit de graisser le mécanisme à ressort de la détente particulièrement sensible, ce fut avec la tendre affection que d'autres hommes auraient réservée à une femme ou à un enfant. C'était un Anstadt, qu'on appelait aussi « fusil à silex du Kentucky », fabriqué, comme la plupart des armes de qualité de l'époque, par des artisans allemands de Pennsylvanie. Le canon octogonal portait gravés à sa base le nom du fabricant, « Jacob Anstadt », et la ville de la manufacture, « Kutztown, Penn. ». C'était un canon court, quatre-vingt-dix centimètres seulement, alors que les fusils du Kentucky classiques étaient plus longs, avec des canons allant jusqu'à un mètre douze. Glass préférait son Anstadt parce que plus court signifiait plus léger, et plus léger plus facile à porter. Dans les rares moments où il était à cheval, une arme plus courte était aussi plus maniable en selle. En outre, les rayures gravées d'une main experte dans le canon de l'Anstadt lui donnaient une précision mortelle, même avec un canon moins long. Une détente sensible renforçait cette précision, puisque la plus légère pression du doigt déclenchait le tir. Avec une charge de deux cents grains[1] de poudre noire, l'Anstadt logeait un balle de calibre 53 dans la cible à près de deux cents mètres.

Les années passées dans les plaines de l'Ouest avaient appris à Glass que survivre ou mourir pouvait dépendre des performances de son fusil. Naturellement, la plupart des hommes du groupe possédaient des armes fiables. C'était sa beauté élégante qui distinguait l'Anstadt.

Cette beauté, d'autres la remarquaient et demandaient souvent s'ils pouvaient la prendre en main. Le noyer dur comme fer du fût s'incurvait joliment au tourillon tout en restant assez épais pour absorber le recul d'une forte charge de poudre. La crosse portait d'un côté une boîte à patchs et de l'autre un appui-joue. Le fût tournait avec grâce à la crosse, de sorte qu'elle se logeait parfaitement au creux de l'épaule, tel un appendice corporel du tireur. Le fût était teint en brun très

---

1. Le grain pèse 0,0648 gramme.

foncé, dernière nuance avant le noir. Même à courte distance, le grain du bois était imperceptible, mais si on l'examinait de près, les lignes irrégulières semblaient tournoyer sous les couches de vernis appliquées à la main.

Dernier détail raffiné, dans les ornementations métalliques du fusil l'argent remplaçait le laiton habituel pour l'appui d'épaule de la crosse, la boîte à patchs, la garde de la détente, la détente elle-même et les extrémités incurvées du talon de crosse. De nombreux trappeurs enfonçaient des clous de cuivre dans le fût de leur fusil pour le décorer. Glass ne pouvait imaginer une telle défiguration criarde de son Anstadt.

Assuré que les mécanismes de son arme étaient propres, Glass replaça la garde de détente dans sa rainure et serra les deux vis qui la maintenaient. Il versa à nouveau de la poudre dans le bassinet situé sous le silex, afin que l'arme soit prête à faire feu.

Soudain, il s'aperçut que le camp était devenu silencieux et il se demanda vaguement quand Henry avait cessé de parler. Il regarda vers le centre du campement et y découvrit le capitaine endormi, le corps agité par à-coups. De l'autre côté de Glass, plus près de la limite du camp, Anderson était appuyé à un morceau de bois flotté. Aucun son ne se faisait entendre par-dessus le bruit rassurant de la rivière.

Le claquement sec d'un coup de fusil à silex perça le silence. Il provenait de l'aval – de Jim Bridger, le jeunot. Les hommes endormis sursautèrent, apeurés, déroutés, tendirent le bras vers leur arme tout en cherchant un abri. Une forme sombre débola de l'aval en direction du camp. A côté de Glass, Anderson arma et leva son fusil d'un même mouvement. Glass leva lui aussi son Anstadt. La silhouette se dessina plus nettement, à quarante mètres du camp. Anderson visa, hésita un instant avant de presser la détente. Au même moment, Glass frappa de son Anstadt le dessous des bras d'Anderson. La force du coup releva le canon d'Anderson vers le ciel alors que sa poudre prenait feu.

La forme sombre se ruant vers eux s'arrêta net, assez proche maintenant pour qu'on pût distinguer les yeux écarquillés et la poitrine haletante. C'était Bridger.

— Je... mon... j'ai... bégaya-t-il, paralysé de frayeur.

— Que s'est-il passé, Bridger ? demanda le capitaine, scrutant l'obscurité au-delà du jeune homme.

Les trappeurs avaient formé un demi-cercle défensif, avec le talus derrière eux. La plupart étaient en position de tir, un genou à terre, le fusil armé.

— Je m'excuse, capitaine. Je voulais pas tirer. J'ai entendu du bruit, un craquement dans un buisson. Je me suis levé et je crois que le chien a glissé. Le coup est parti.

Fitzgerald abaissa le chien de son arme et se releva.

— Dis plutôt que tu t'es endormi !... lança-t-il. Tous les Peaux-Rouges à huit kilomètres à la ronde rappliquent vers nous, maintenant.

Bridger voulut parler, chercha vainement les mots pour exprimer la profondeur de sa honte et de ses regrets. Bouche bée, immobile, il regardait, consterné, les hommes déployés devant lui.

Glass s'approcha, lui prit des mains son fusil à canon lisse. Il l'arma et appuya sur la détente, bloqua le chien avec son pouce avant que le silex frappe le fusil. Il répéta l'opération et conclut :

— Elle est lamentable, cette arme, capitaine. Donnez-lui un bon fusil et on aura moins de problèmes de garde.

Plusieurs autres trappeurs approuvèrent de la tête.

Henry regarda Glass, puis Bridger, et ordonna :

— Anderson, Fitzgerald, tour de garde !

Les deux hommes allèrent prendre position, l'un en aval, l'autre en amont.

Les sentinelles furent cependant inutiles, car personne ne dormit pendant les quelques heures séparant les hommes de l'aube.

3

24 août 1823

Hugh Glass baissa les yeux vers les traces de sabots fendus, empreintes profondes parfaitement nettes dans la boue. Deux séries distinctes partaient de la rivière – où le cerf était probablement allé boire – puis disparaissaient derrière l'épais feuillage des saules. Le travail opiniâtre d'un castor avait taillé une piste à présent empruntée par toute une variété d'espèces. Des crottes formaient un tas près des traces et Glass s'arrêta pour toucher les boulettes grosses comme des pois – encore chaudes.

Il se tourna vers l'ouest, où le soleil demeurait haut perché au-dessus du plateau constituant l'horizon lointain. Trois heures avant le crépuscule, estima-t-il. Il était encore tôt, mais il faudrait une heure au capitaine et au reste des hommes pour le rejoindre. De plus, l'endroit ferait un camp idéal. La rivière se repliait contre un long banc de terre et une rive de gravier. Un bosquet de peupliers[1] dissimulerait leurs feux de camp et fournirait du bois à brûler. Les saules

---

1. Dans tout le texte, il s'agit de peupliers deltoïdes, différents de ceux qu'on trouve en Europe.

convenaient parfaitement pour fabriquer des claies sur lesquelles fumer la viande. Glass repéra des pruniers disséminés, un coup de chance. Ils pourraient faire du pemmican en mélangeant les fruits et la viande. Il regarda vers l'aval. Où était Black Harris ?

Dans l'ordre des défis que les trappeurs devaient relever chaque jour, trouver de quoi manger occupait la première place. Comme chaque autre problème, il impliquait de parvenir à un équilibre complexe d'avantages et de risques. Ils ne transportaient quasiment plus de vivres avec eux depuis qu'ils avaient abandonné leurs bateaux à fond plat sur le Missouri pour remonter à pied la Grand River. Quelques-uns d'entre eux avaient encore du thé ou du sucre, mais la plupart ne possédaient plus que leur sac de sel pour conserver la viande. Le gibier était abondant dans cette partie de la Grand River et ils auraient pu manger de la viande fraîche chaque soir. Mais chasser signifiait tirer, et la détonation d'un fusil portait à des kilomètres, susceptible de révéler leur position à tout ennemi pouvant l'entendre.

Depuis qu'ils avaient quitté le Missouri, ils observaient la même routine. Chaque jour, deux éclaireurs partaient devant. Pour le moment, leur itinéraire était fixé : ils suivaient simplement la Grand River. Ils avaient principalement pour tâche d'éviter les Indiens, de choisir un lieu où camper et de trouver de la nourriture. Ils abattaient du gibier tous les trois ou quatre jours.

Après avoir tué un cerf ou un jeune bison, les éclaireurs préparaient le camp pour le soir. Ils saignaient la bête, ramassaient du bois, allumaient deux ou trois feux dans d'étroites fosses rectangulaires. Des feux plus petits produisaient moins de fumée qu'un unique brasier, ils offraient aussi plus de surface pour fumer la viande et plus de sources de chaleur. Et si des ennemis les repéraient pendant la nuit, plusieurs feux faisaient croire à une troupe plus nombreuse.

Une fois les feux allumés, les éclaireurs dépeçaient la bête, gardaient les morceaux de choix pour une consommation immédiate et découpaient le reste en minces lanières. Ils fabriquaient des claies grossières avec des branches de saule vertes, frottaient les lanières de viande avec un peu de sel et les suspendaient au-dessus des flammes. Cela ne donnait pas le genre de viande séchée qu'ils auraient obtenu dans un camp permanent et qui se conservait plusieurs mois. La viande resterait cependant comestible quelques jours, assez pour tenir jusqu'au prochain gibier abattu.

Glass sortit du couvert des saules et se retrouva dans une clairière, chercha des yeux le cerf qui devait être tout proche, il le savait.

Il aperçut les oursons avant la mère. Ils étaient deux et couraient vers lui en jouant comme des chiots. Nés au printemps, ils pesaient à cinq mois une cinquantaine de kilos. Ils se mordillaient l'un l'autre en s'approchant de Glass et pendant un très court instant la scène lui sembla amusante. Captivé par les mouvements des oursons, Glass n'avait pas levé les yeux vers le bout de la clairière, distant d'une cinquantaine de mètres. Il n'avait pas non plus réfléchi aux implications de la présence des oursons.

Soudain, il sut. Le vide se fit dans son estomac une seconde avant que le premier grondement traverse la clairière. Les oursons s'arrêtèrent aussitôt, à moins de dix mètres de Glass. Ne leur accordant plus aucune attention, il scruta la ligne de broussailles, de l'autre côté de la clairière.

Avant même de la voir, il devina sa taille au bruit qu'elle faisait. Pas seulement le craquement des épais fourrés que l'ourse écartait comme si c'était de l'herbe courte, mais le grondement même, un son grave semblable au tonnerre ou au bruit d'un arbre abattu, une basse qui ne pouvait provenir que d'une masse énorme.

Le grondement se fit plus fort quand la bête s'avança dans la clairière, fixant Glass de ses yeux noirs, la tête baissée vers le sol, reniflant l'odeur étrangère qui se mêlait à celle de ses petits. Elle faisait face au trappeur, le corps tendu comme les lourds ressorts d'une voiture à cheval. Glass observait avec une sorte d'émerveillement cet animal tout en muscles, les épaisses colonnes de ses pattes de devant montant vers des épaules massives, et, surtout, la bosse argentée caractéristique des grizzlys.

S'efforçant de maîtriser sa réaction, Glass considéra les choix possibles. Son instinct, bien sûr, lui criait de fuir. De se réfugier parmi les saules. Dans la rivière. De plonger profondément et de nager vers l'aval. Mais l'ourse était déjà trop proche pour ça, moins de trente mètres devant lui. Il chercha désespérément des yeux un peuplier dans lequel grimper, se mettre hors de portée, peut-être, et tirer d'en haut. Non, les arbres étaient derrière l'ourse. Et les saules n'offraient pas un couvert suffisant. Il ne lui restait qu'une option : faire face et tirer. Une seule chance d'arrêter un grizzly avec une balle de calibre 53 de l'Anstadt.

L'ourse chargea avec un grognement de haine et de rage maternelle protectrice. L'instinct faillit de nouveau forcer Glass à se retourner et à courir. La futilité de la fuite devint manifeste lorsque la bête couvrit la distance qui les séparait avec une rapidité remarquable. Glass actionna le chien de son arme, la leva, visa et découvrit avec une stupeur horrifiée que l'animal pouvait être à la fois énorme et agile. Il lutta contre une autre réaction instinctive : tirer immédiatement. Glass avait vu des grizzlys recevoir une demi-douzaine de balles de fusils à pierre sans mourir pour autant. Lui n'avait qu'une seule balle.

Il s'efforça de viser la cible mouvante de la tête de l'ourse, n'eut pas l'occasion de tirer : à dix pas de lui, la bête se redressa. Debout, elle mesurait près d'un mètre de plus que Glass. Lorsqu'elle pivota pour frapper de sa patte aux griffes létales, Glass braqua son fusil sur le cœur du grizzly et fit feu.

Le silex projeta une étincelle dans le bassinet de l'Anstadt, le coup partit, dégageant de la fumée et une odeur de poudre noire brûlée. L'ourse geignit quand la balle pénétra dans sa poitrine, mais le coup ne la ralentit pas. Glass laissa choir son fusil, inutile désormais, pour saisir le coutelas logé dans la gaine accrochée à sa ceinture. Le grizzly abattit sa patte et Glass sentit les griffes longues de douze centimètres s'enfoncer dans la chair de son bras, de son épaule et de sa gorge. Le coup l'expédia sur le dos. Le couteau tomba, Glass poussa furieusement des pieds contre la terre pour tenter – vainement – de gagner l'abri des saules.

L'ourse se remit à quatre pattes et se jeta sur lui. Quand il se roula en boule pour protéger son visage et sa poitrine, elle lui mordit la nuque, le souleva du sol et le secoua si fort qu'il crut qu'elle allait lui briser l'échine. Il sentit les dents de l'animal toucher son omoplate. Les griffes lacérèrent son dos, son cuir chevelu. Il poussa un cri de douleur. Elle le lâcha, enfonça cette fois ses dents dans sa cuisse et le secoua de nouveau, le soulevant et le projetant au sol avec une telle violence qu'il demeura étendu, étourdi – conscient mais incapable du moindre geste.

Allongé sur le dos, il regardait fixement l'ourse, qui s'était de nouveau dressée sur ses pattes de derrière. La terreur et la souffrance firent place à une fascination horrifiée pour la gigantesque bête. Elle poussa un dernier grondement, que Glass perçut dans son esprit comme l'écho d'un bruit très lointain. Puis il sentit sur lui un poids écrasant et une odeur de fourrure humide chassa en lui toute autre sensation. *Qu'est-ce que c'est ?* Son esprit chercha, s'arrêta sur l'image d'un chien jaune léchant le visage d'un jeune garçon sur la véranda de planches d'une cabane.

Au-dessus de lui, le ciel ensoleillé s'assombrit et devint noir.

Black Harris entendit la détonation devant lui, juste après une courbe de la rivière, et il espéra que Glass avait tiré un cerf. Il avançait rapidement mais en silence, conscient qu'un coup de fusil pouvait signifier beaucoup de choses. Il se mit à courir quand il entendit le grondement de l'ourse, suivi du cri de Glass.

Parvenu aux saules, Harris repéra les traces du cerf et celles de Glass. Il examina attentivement le sentier ouvert par un castor, tendit l'oreille. Aucun bruit ne troublait le clapotis de la rivière. Le fusil à la hanche, il avait le pouce sur le chien et l'index près de la détente. Après un coup d'œil au pistolet accroché à sa ceinture pour s'assurer qu'il était amorcé, il s'engagea,

posant chaque mocassin avec précaution. Les braille-
ments des oursons brisèrent soudain le silence.

Au bord de la clairière, Black Harris s'arrêta pour
laisser le temps à son esprit d'intégrer la scène qui se
déroulait devant lui. Une énorme femelle grizzly était
couchée sur le ventre, les yeux ouverts. Morte. Dressé
sur ses pattes arrière, un ourson donnait du museau
contre sa mère, tentant vainement d'éveiller chez elle
un signe de vie. Un autre tirait sur quelque chose avec
ses dents et Harris se rendit soudain compte que
c'était un bras d'homme. *Glass.* Il leva son arme, abattit le plus proche des deux oursons, qui s'affaissa. Son
frère détala vers les peupliers et disparut. Harris prit
le temps de recharger avant de se remettre à marcher.

Le capitaine Henry et les hommes de la brigade
avaient hâté le pas en entendant les deux coups de
feu. Le premier n'avait pas inquiété le capitaine, le
second si. Il s'attendait au premier : Glass ou Harris
tuant une bête, comme cela avait été décidé la veille.
Deux détonations l'une après l'autre auraient aussi été
normales. Deux hommes chassant ensemble pouvaient
tomber sur plus d'une cible, ou le premier tireur pouvait manquer son coup. Mais plusieurs minutes
s'étaient écoulées entre les deux détonations. Henry
espérait que les deux hommes chassaient séparément,
que le coup tiré par le premier avait rabattu le gibier
vers l'autre. Ou qu'ils avaient eu la chance de tomber
sur des bisons. Les bisons demeuraient parfois immobiles après un coup de feu, ce qui permettait au chasseur de recharger et de viser tranquillement une
seconde cible.

— Restez groupés, les gars, recommanda-t-il. Et
vérifiez vos armes.

Pour la troisième fois en cent pas, Bridger inspecta le nouveau fusil qu'Anderson lui avait donné. « Mon frère n'en aura plus besoin », avait-il simplement commenté.

Dans la clairière, Black Harris fixait le corps de l'ourse, dont seul le bras de Glass dépassait. Il regarda autour de lui avant de poser son arme par terre, puis il tira sur une patte de la bête pour tenter de la bouger. Il parvint à la faire glisser suffisamment pour apercevoir le haut de la tête de Glass, amas sanguinolent de chair et de cheveux. *Bon Dieu !* Il poursuivit son effort, refoulant la peur de ce qu'il allait découvrir.

Harris passa de l'autre côté de l'animal, saisit une patte avant et tira, les genoux contre le corps de l'ourse pour avoir un point d'appui. Après plusieurs tentatives, il réussit à faire rouler la partie supérieure du corps, de sorte que la bête géante était tordue à la taille. Il tira ensuite sur la patte arrière, plusieurs fois. Une dernière traction et l'ourse retomba lourdement sur le dos. Le corps de Glass était dégagé. Black Harris remarqua sur la poitrine du grizzly des poils collés par du sang là où la balle avait pénétré.

Il s'agenouilla près de Glass et ne sut plus que faire. Il ne manquait pourtant pas d'expérience avec les blessés. Il avait retiré des balles et des flèches de trois hommes, il avait lui-même été blessé deux fois.

Jamais cependant il n'avait vu un corps humain dans cet état, juste après l'attaque. Glass était en lambeaux de la tête aux pieds. Son cuir chevelu pendait d'un côté de sa tête et il fallut un moment à Harris pour reconnaître les éléments qui composaient son visage. Le pire, c'était la gorge. Les griffes du grizzly avaient creusé trois rainures profondes, de l'épaule à l'autre côté du cou. Quelques centimètres de plus et la jugulaire aurait été sectionnée. Le coup de patte avait ouvert la gorge, tranchant dans le muscle et découvrant le gosier. Les griffes avaient aussi coupé la trachée et Harris, horrifié, vit une grosse bulle se former dans le sang qui coulait de la blessure. C'était le premier signe clair que Glass vivait encore.

Harris le tourna doucement sur le flanc pour examiner son dos. Il ne restait rien de sa chemise de coton. Du sang coulait des blessures profondes à la nuque et à l'épaule, le bras droit pendait selon un angle anormal. Du milieu du dos à la taille, les griffes de l'ourse avaient laissé des sillons parallèles. Cela rappela à Harris les troncs d'arbres sur lesquels les ours marquaient leurs territoires, à cette différence près que les marques étaient cette fois creusées dans de la chair. A l'arrière de la cuisse de Glass, du sang suintait à travers son pantalon de daim.

Harris ne savait par où commencer et il était presque soulagé que la blessure à la gorge parût si clairement mortelle. Il traîna Glass sur quelques mètres jusqu'à un coin d'herbe ombragé et le remit sur le dos. Pour ne plus voir le bouillonnement de la gorge, il se concentra sur la tête. Glass méritait au moins de finir dignement avec son cuir chevelu. Avec l'eau de sa gourde, il nettoya la peau du mieux possible. Elle était tellement décollée que c'était presque comme remettre un bonnet à un homme chauve. Harris replaça le cuir chevelu sur le crâne, pressa la peau molle contre le front et la passa derrière l'oreille. On pourrait la recoudre plus tard… si Glass survivait.

Percevant un bruit dans les broussailles, Harris dégaina son pistolet. Le capitaine Henry s'avança dans la clairière. Les hommes suivaient derrière, l'air mauvais, faisant passer leur regard de Glass au grizzly, de Harris à l'ourson mort.

Le capitaine inspecta la clairière, étrangement immobile tandis que son esprit analysait la scène à la lumière de sa propre expérience. Son regard d'ordinaire perçant demeurait vague et il secoua la tête avant de demander :

— Il est mort ?

— Pas encore. Mais il est en morceaux. La trachée est coupée.

— Il a tué l'ourse ?

Harris acquiesça de la tête.

— Je l'ai trouvée morte sur lui. Elle a une balle dans le cœur.

— Pas crevée assez vite, hein ? intervint Fitzgerald.

Le capitaine s'agenouilla près du blessé. De ses doigts sales, il toucha la fente de la trachée, où des bulles continuaient à se former. La respiration de Glass était de plus en plus pénible, un sifflement s'élevait et retombait maintenant en même temps que sa poitrine.

— Donnez-moi un morceau de tissu propre et de l'eau... Du whisky aussi, au cas où il se réveillerait.

Bridger s'approcha, fouilla dans une sacoche qu'il portait sur le dos, en extirpa une chemise de laine qu'il tendit à Henry.

— Tenez, capitaine.

Henry hésita, finit par prendre la chemise du jeune homme, déchira des bandes dans le tissu grossier. Puis il vida le contenu de sa gourde sur la gorge de Glass. Le sang ainsi lavé fut aussitôt remplacé par un filet coulant de la blessure. Glass se mit à tousser et à cracher. Il battit des cils puis ses yeux s'ouvrirent tout grands, paniqués.

Il avait l'impression de se noyer. Il toussa de nouveau lorsque son corps s'efforça de chasser le sang de sa gorge et de ses poumons. Son regard se concentra brièvement sur Henry quand celui-ci le fit rouler sur le côté. Glass parvint à prendre deux inspirations avant que la nausée le submerge. Instinctivement, il voulut porter une main à son cou. Son bras droit refusa de bouger, mais le gauche trouva la plaie béante. Glass fut horrifié et affolé par ce que ses doigts découvrirent. Les yeux égarés, il chercha une réponse rassurante sur les visages qui l'entouraient. Il y vit au contraire la terrible confirmation de ses peurs.

Lorsqu'il tenta de parler, sa gorge ne put émettre qu'un gémissement sinistre. Il voulut se redresser en s'appuyant sur ses coudes, Henry le maintint contre le sol, versa du whisky sur sa gorge. Une brûlure fulgurante remplaça toute autre douleur et Glass se tordit une dernière fois avant de perdre conscience.

— Il faut recoudre ses blessures pendant qu'il est évanoui, décida le capitaine. Donne-moi d'autres bandes, Bridger.

Le jeunot finit de déchirer la chemise. Les autres le regardaient faire d'un air grave, tels les porteurs du cercueil à un enterrement.

— Remuez-vous ! leur ordonna Henry. Harris, pars en reconnaissance, décris un large cercle autour de nous. Assure-toi que les détonations n'ont pas attiré l'attention de notre côté. Les autres allument les feux. Que le bois soit bien sec, surtout : pas la peine d'envoyer des signaux de fumée. Et dépecez-moi cette ourse.

Pendant que les hommes s'activaient, Henry se tourna de nouveau vers le blessé. Il prit une bande de tissu à Bridger, la glissa sous le cou de Glass, la noua en serrant aussi fort qu'il l'osa. Il fit la même chose avec deux autres bandes. Le sang imprégna aussitôt le tissu. Henry noua également une bande autour de la tête de Glass, moyen rudimentaire de maintenir en place le cuir chevelu. Les blessures à la tête saignaient abondamment et le capitaine utilisa la chemise pour nettoyer le sang autour des yeux de Glass. Il envoya Bridger remplir la gourde à la rivière.

Lorsqu'il revint, ils tournèrent de nouveau Glass sur le côté. Bridger tint le visage du blessé au-dessus du sol tandis que Henry examinait son dos. Le capitaine versa ensuite de l'eau sur les trous percés par les dents de l'ourse. Quoique profonds, ils saignaient très peu. Les sillons parallèles tracés par les griffes, c'était une autre histoire. Deux d'entre eux, en particulier, allaient jusqu'au muscle et saignaient d'abondance. De la terre s'était mêlée au sang et Henry vida à nouveau la gourde pour les nettoyer. Sans la terre, les blessures parurent saigner plus encore. Henry coupa deux longues bandes dans la chemise, les passa autour de la poitrine de Glass et serra. En vain. Les bandes n'empêchaient presque pas le dos de saigner. Il prit le temps de réfléchir.

— Il faut recoudre les blessures profondes, ou il se videra de son sang, décida-t-il.

— Et sa gorge ?

— Aussi, mais elle est tellement abîmée que je ne sais pas par où commencer.

Henry prit dans sa sacoche du fil noir épais et une grande aiguille. Ses gros doigts se révélèrent étonnamment agiles quand il enfila l'aiguille et fit un nœud au bout du fil. Bridger tint l'un près de l'autre les bords d'une blessure et regarda, les yeux écarquillés, son capitaine enfoncer l'aiguille dans la peau, la faire passer d'un côté à l'autre. Quatre points de suture refermèrent la plaie en son centre. Henry coupa ensuite les bouts noués du fil. Sur les cinq sillons creusés par les griffes de l'ourse dans le dos de Glass, deux nécessitaient une suture. Henry ne chercha pas à les recoudre entièrement. Il les sutura simplement en leur milieu, mais le saignement se ralentit.

— Son cou, maintenant.

Ils tournèrent le blessé sur le dos. Malgré le bandage grossier, la gorge continuait à bouillonner et à suinter. Sous la peau ouverte, le capitaine pouvait voir le cartilage blanc brillant de l'œsophage et de la trachée. Les bulles indiquaient clairement que celle-ci avait été perforée ou fendue, mais il n'avait aucune idée sur la façon d'intervenir. Il tint la main au-dessus de la bouche de Glass pour estimer la force de son souffle.

— Qu'est-ce que vous allez faire, capitaine ?

Henry fit un nouveau nœud au fil de son aiguille.

— Il arrive encore à inspirer un peu d'air par la bouche. Le mieux qu'on puisse faire, c'est refermer la peau – en espérant que le reste guérira tout seul.

A intervalles réguliers de deux centimètres et demi, Henry posa des points de suture pour refermer la gorge. Bridger nettoya le sol à l'ombre des arbres avant d'y étendre la couverture de Glass. Ils l'allongèrent ensuite dessus le plus doucement possible.

Le capitaine prit son fusil et s'éloigna de la clairière, traversant de nouveau les saules en direction du cours d'eau.

Arrivé au bord de la Grand River, il posa son arme sur la berge et ôta sa tunique de cuir, plongea dans l'eau ses mains couvertes de sang poisseux pour les laver. Quand il ne parvenait pas à nettoyer un endroit, il ramassait une poignée de sable de la rive pour frotter les taches. Enfin, il mit ses mains en coupe et aspergea d'eau glacée son visage barbu. Un doute familier s'insinuait en lui. *Ça recommence.*

Il n'y avait pas lieu d'être surpris quand les jeunots succombaient dans une contrée sauvage, mais c'était un choc lorsque des hommes aguerris tombaient. Comme Drouillard, Glass avait passé des années sur la Frontière[1]. C'était un roc, il tranquillisait les autres par sa présence silencieuse. Et il serait mort le lendemain matin, Henry le savait.

Le capitaine repensa à sa conversation de la veille avec Glass. Etait-ce seulement la veille ? En 1809, la mort de Drouillard avait marqué le commencement de la fin. La troupe de Henry avait abandonné le fortin de la vallée des Trois-Fourches pour gagner le Sud. Ce mouvement de retraite les avait mis hors de portée des Pieds-Noirs, mais ne les avait pas protégés de la dureté des Rocheuses. Ils avaient souffert d'un froid terrible, ils avaient failli mourir de faim et s'étaient fait dépouiller par des Indiens de la tribu des Corbeaux. Lorsqu'ils étaient enfin sortis des montagnes, en 1811, la viabilité du commerce des fourrures demeurait une question sans réponse.

Une dizaine d'années plus tard, Henry se retrouvait de nouveau à la tête d'un groupe de trappeurs cherchant dans les Rocheuses des richesses qui leur échappaient. Le capitaine feuilleta mentalement les pages de son récent passé : une semaine après avoir quitté Saint Louis, il avait perdu un bateau et dix mille dol-

---

1. Limite des terres habitées par les colons pendant la progression vers l'Ouest.

lars de marchandises. Les Pieds-Noirs avaient tué deux de ses hommes près des Grandes Chutes du Missouri. Il s'était porté à l'aide d'Ashley près des villages arikaras, il avait pris part à la déroute du colonel Leavenworth et vu les Arikaras fermer le Missouri. Durant la semaine pendant laquelle ils avaient remonté à pied la Grand River, trois de ses hommes avaient été abattus par des Mandans, Indiens d'ordinaire pacifiques qui avaient attaqué par méprise pendant la nuit. Et maintenant Glass, son meilleur homme, gisait, mortellement blessé, après être tombé sur une femelle grizzly.

Quel péché m'a valu cette malédiction ?

Dans la clairière, Bridger étendit une autre couverture sur Glass et se retourna pour regarder l'ourse, que quatre hommes étaient en train de dépecer. Les morceaux de choix – foie, cœur, langue, côtes premières et fausses côtes – étaient mis à part pour être mangés le soir même. Ils découpaient le reste en lanières qu'ils frottaient de sel.

Bridger s'approcha d'une des pattes de la femelle grizzly et dégaina son couteau. Sous le regard de Fitzgerald, qui avait levé les yeux de la carcasse de l'ourse, il entreprit de couper la plus grosse des griffes de l'animal. Il était sidéré par ses dimensions : plus de douze centimètres de long, et deux fois plus épaisse que son pouce. Tranchante comme un rasoir à son extrémité, elle était encore couverte du sang de Glass.

— Qui t'a dit que t'as droit à une griffe, gamin ?

— C'est pas pour moi, Fitzgerald.

Bridger prit la griffe, retourna auprès de Glass, ouvrit la sacoche du blessé et y laissa tomber la griffe.

Les hommes firent bombance ce soir-là, répondant au besoin impérieux de leur corps des riches substances nutritives de la viande grasse. Ils savaient qu'ils ne remangeraient pas de viande fraîche avant des jours et profitaient du festin. Le capitaine Henry posta deux sentinelles : bien que la clairière fût relativement isolée, il craignait qu'on ne repère les feux.

Assis près des flammes, les hommes surveillaient des branches de saule sur lesquelles ils avaient embroché de la viande. Bridger et Henry se relayaient pour aller voir Glass. Deux fois ils le trouvèrent les yeux ouverts, troubles et vitreux. Ils reflétaient la lueur du feu mais semblaient n'avoir eux-mêmes aucun éclat. Il réussit une fois à avaler de l'eau au prix d'une douloureuse convulsion.

Les trappeurs alimentaient le feu des longues fosses assez souvent pour maintenir de la chaleur et de la fumée sous les claies servant à sécher la viande.

Une heure avant l'aube, Henry alla de nouveau voir Glass et le trouva inconscient. Sa respiration était hachée, sifflante, et chaque gonflement de sa poitrine semblait requérir la totalité de ses forces.

Henry retourna près du feu où Black Harris rongeait une côtelette.

— Ça aurait pu arriver à n'importe qui, capitaine. Tomber sur un grizzly comme ça. La guigne, ça s'explique pas.

Henry secoua la tête. La malchance, il connaissait. Les deux hommes demeurèrent un moment silencieux tandis que pointait le premier indice d'un nouveau jour sous la forme d'une lueur à peine perceptible à l'est. Le capitaine prit son fusil et sa corne à poudre.

— Je serai de retour avant le lever du soleil, promit-il. Quand les hommes se réveilleront, choisis-en deux pour creuser une tombe.

Une heure plus tard, à son retour, Henry découvrit qu'on avait commencé à faire un trou mais qu'on l'avait abandonné. Il regarda Harris.

— Il y a un problème ?

— Ben, capitaine… il est pas mort. Ç'aurait pas été bien de continuer à creuser alors qu'il était étendu à côté.

Ils attendirent toute la matinée que Hugh Glass meure. Pas une fois il ne reprit connaissance. Il était blême d'avoir perdu tant de sang et sa respiration demeurait pénible. Sa poitrine continuait cependant à s'élever et à retomber, chaque inspiration succédant obstinément à une autre.

Le capitaine faisait les cent pas entre la rivière et la clairière. Au milieu de la matinée, il envoya Black Harris en reconnaissance vers l'aval. Le soleil brillait juste au-dessus de leurs têtes lorsque Harris revint. Il n'avait pas repéré d'Indiens mais, sur la rive opposée, une piste couverte de traces d'hommes et de chevaux. Trois kilomètres en aval, Harris avait découvert un lieu de campement abandonné. Le capitaine ne pouvait plus attendre.

Il ordonna à deux hommes d'abattre de jeunes arbres. Avec la couverture de Glass, ils fabriqueraient une civière.

— Pourquoi pas plutôt un travois ? suggéra Harris. On le ferait tirer par la mule.

— Le terrain est trop accidenté pour tirer un travois le long de la berge.

— Alors, on n'a qu'à s'écarter de la rivière.

— Fais-moi cette bon Dieu de civière, c'est tout ! trancha le capitaine.

La Grand River était son seul repère en terrain inconnu. Il n'avait absolument pas l'intention de s'éloigner de ses berges, fût-ce d'un centimètre.

4

28 août 1823

L'un après l'autre, les hommes parvinrent à l'obstacle et se figèrent. La Grand River coulait droit vers la paroi escarpée d'une falaise de grès qui la forçait à tourner. Les eaux tourbillonnaient et formaient des trous d'eau profonds près de la roche avant de s'en écarter vers la rive opposée. Bridger et Pig arrivèrent les derniers, séparés par Hugh Glass. Quand ils eurent posé la civière par terre, Pig se laissa choir lourdement sur son postérieur, haletant, la chemise maculée de taches sombres de sueur.

Chacun en arrivant levait les yeux et évaluait rapidement les deux choix possibles pour continuer à avancer. L'un consistait à escalader la paroi abrupte. Pour cela, il fallait se servir de ses pieds et de ses mains. C'était le chemin que Black Harris avait pris quand il était passé, deux heures avant eux. Ils pouvaient voir la trace de ses pas et la branche brisée du buisson de sauge auquel il s'était agrippé pour se hisser. A l'évidence, ni les porteurs de la civière ni la mule n'y parviendraient.

L'autre choix consistait à traverser la rivière. La berge opposée était plate et tentante. Le problème, c'était d'y parvenir. Le bassin créé par la falaise semblait profond d'au moins un mètre cinquante et le courant assurément rapide. Une ride de l'eau au milieu du lit marquait l'endroit où la rivière se faisait moins profonde. De là, il était facile de gagner l'autre berge en pataugeant. Un homme au pied sûr garderait peut-être l'équilibre en tenant son fusil et sa poudre au-dessus de sa tête ; un homme moins agile risquait de tomber, mais il réussirait sans doute à nager sur quelques mètres, jusqu'à la partie moins profonde.

Faire traverser la mule ne poserait pas de problème. L'amour que celle-ci avait pour l'eau était si fort qu'on l'avait surnommée « Canard ». A la fin de la journée, elle demeurait des heures dans l'eau jusqu'à la panse. C'était d'ailleurs cette curieuse inclination qui avait empêché les Mandans de la voler avec le reste des bêtes du groupe. Pendant que les autres animaux paissaient ou dormaient le long de la rive, Canard se tenait sur un banc de sable dans une eau profonde. Lorsque les pillards avaient tenté de l'emmener, elle était restée fermement plantée dans la vase. Ensuite, il avait fallu la moitié des hommes de la brigade pour l'en extirper.

Le problème n'était donc pas la mule. Le problème, bien sûr, c'était Glass. Impossible de maintenir la civière au-dessus de l'eau en traversant.

Le capitaine Henry rumina ses options en maudissant Harris, qui n'avait laissé aucun signe les incitant à traverser plus tôt. Quinze cents mètres en aval, ils étaient passés devant un gué facile. Il ne voulait surtout pas diviser ses hommes, même pour quelques heures seulement, mais il lui semblait idiot de les faire tous revenir sur leurs pas.

— Fitzgerald, Anderson, à votre tour de porter la civière. Bernot, tu retournes avec nous au gué devant lequel on est passés tout à l'heure. Les autres, vous traversez ici et vous attendez.

Fitzgerald jeta un regard noir à son capitaine en marmonnant à mi-voix.

— Quelque chose à redire, Fitzgerald ?

— J'ai signé pour être trappeur, capitaine, pas pour devenir une foutue mule.

— Tu prends ton tour, comme tout le monde.

— Ben, je vais vous apprendre ce que tout le monde a peur de vous dire en face. On se demande tous si vous avez l'intention de nous faire trimballer ce macchabée jusqu'à la Yellowstone.

— J'ai l'intention de faire pour Glass ce que je ferais pour toi ou n'importe quel homme de cette brigade.

— Ce que vous faites, c'est creuser nos tombes. Combien de temps vous croyez qu'on peut parader dans cette vallée avant de tomber sur un groupe de chasseurs indiens ? Glass est pas le seul homme de cette brigade…

— Toi non plus, intervint Anderson. Fitzgerald parle pas pour moi, capitaine… et je parie qu'il parle pas non plus pour beaucoup d'autres.

Anderson s'approcha de la civière, posa son fusil près de Glass et lança à Fitzgerald :

— Alors, va falloir que je le traîne ?

Cela faisait trois jours qu'ils portaient le blessé. Le long des berges de la Grand River alternaient bancs de sable et rocaille. Çà et là, sur la ligne des hautes eaux, un bosquet de peupliers faisait place aux branches gracieuses de saules dont certains atteignaient trois mètres de haut. Des brèches dans la rive les contraignaient à l'escalade, clivages géants où l'érosion avait découpé la terre aussi nettement qu'avec un couperet. Ils contournaient les débris emmêlés laissés par la crue de printemps : pierres entassées, branches enchevêtrées, parfois même arbres entiers, aux troncs blanchis par le soleil, que l'usure de l'eau et de la pierre avait rendus aussi lisses que le verre. Lorsque le terrain devenait trop accidenté, ils traversaient, leurs vêtements en daim mouillés alourdissant leurs charges.

La rivière était la grand-route des plaines et les hommes de Henry n'étaient pas les seuls voyageurs sur ses berges. Nombreuses étaient les traces de passage et de campements. Black Harris avait repéré à deux reprises des petits groupes de chasseurs. La distance était trop grande pour qu'il pût déterminer s'ils étaient sioux ou arikaras, mais les deux tribus représentaient un danger. Les Arikaras étaient des ennemis certains depuis l'attaque sur le Missouri ; les Sioux avaient été des alliés dans ce combat, mais leurs dispositions présentes demeuraient inconnues. Avec dix hommes valides seulement, la petite troupe de trappeurs ne proposait rien de dissuasif. De plus, leurs armes, leurs pièges – et même la mule – constituaient un butin des plus attractifs. Une embuscade indienne était un danger constant, que seuls les talents d'éclaireur de Black Harris et ceux de chef du capitaine Henry pouvaient leur éviter.

Un territoire à traverser rapidement, pensait Henry. Au lieu de quoi, ils avançaient péniblement, au pas lourd d'un cortège funèbre.

Glass sombrait dans l'inconscience et en émergeait tour à tour, sans qu'il y eût grande différence entre ces deux états. Il parvenait parfois à avaler de l'eau, mais les blessures de sa gorge rendaient impossible toute absorption de nourriture solide. A deux reprises la civière se renversa et Glass tomba par terre. La seconde fois, deux des sutures de sa gorge se rompirent. Ils durent faire halte le temps que le capitaine recouse la plaie, à présent rouge d'infection. Personne ne se souciait d'examiner les autres blessures. On n'aurait d'ailleurs pas pu faire grand-chose pour les soigner. Et Glass ne protestait pas. L'état de sa gorge le rendait muet et il n'émettait pas d'autre son que le sifflement pathétique de sa respiration.

A la fin du troisième jour, ils arrivèrent à un endroit où un ruisseau rejoignait la Grand River. A quatre cents mètres en amont de ce ruisseau, Black Harris découvrit une source entourée d'un épais bosquet de pins. Un lieu idéal pour camper. Henry envoya Anderson et Harris chercher du gibier.

Cette source suintait plus qu'elle ne jaillissait, mais son eau glacée coulait sur des pierres moussues et formait un bassin clair. Henry se pencha pour boire, tout en songeant à la décision qu'il avait prise.

Pendant les trois jours durant lesquels ils avaient porté Glass, ils n'avaient parcouru qu'une soixantaine de kilomètres, alors qu'ils auraient dû en couvrir le double ou davantage. Et si le capitaine pensait qu'ils avaient peut-être quitté le territoire des Arikaras, Black Harris repérait chaque jour de nouveaux signes de la présence des Sioux.

En plus de ses préoccupations sur l'endroit où son groupe se trouvait, Henry s'inquiétait pour l'endroit où il aurait dû être. Il craignait surtout d'arriver trop tard à la Yellowstone. Sans une quinzaine de jours pour faire provision de viande, toute la brigade serait en danger. Le temps de fin d'automne était aussi capricieux qu'un jeu de cartes. Ils pouvaient aussi bien trouver l'été indien que les vents hurlants d'un blizzard précoce.

Outre la question de leur sécurité physique, Henry était soumis à l'énorme pression de la nécessité d'une réussite commerciale. Avec de la chance et quelques semaines de chasse d'automne et de troc avec les Indiens, ils rassembleraient peut-être assez de fourrures pour envoyer un homme ou deux en aval.

Le capitaine se plaisait à imaginer l'effet que produirait l'arrivée d'un canoë chargé de peaux à Saint Louis un jour de février ensoleillé. La nouvelle de leur installation fructueuse au bord de la Yellowstone ferait les gros titres du *Missouri Republican*. Cette publicité leur amènerait de nouveaux investisseurs, Ashley pourrait obtenir des capitaux pour envoyer une autre brigade au début du printemps. Henry se voyait à la tête de tout un réseau de trappeurs en amont et en aval de la Yellowstone à la fin de l'été. Avec assez d'hommes et de marchandises à troquer, il pourrait peut-être même acheter la paix avec les Pieds-Noirs et recommencer à poser des pièges dans les vallées abondantes en castors des Trois-Fourches. L'hiver suivant, il faudrait des bateaux à fond plat pour transporter les quantités de *plews* qu'ils auraient amassées.

Tout était question de temps. Ils devaient arriver les premiers et en force. Henry sentait la pression de la concurrence aux quatre points cardinaux.

Au nord, la British North West Company avait établi des forts jusqu'au sud des villages mandans. Les Anglais occupaient aussi la côte ouest, à partir de laquelle ils remontaient vers l'intérieur des terres, le long de la Columbia et de ses affluents. Selon certaines rumeurs, des trappeurs britanniques auraient pénétré aussi loin que la Snake et la Green.

Au sud, plusieurs groupes se déployaient vers le nord depuis Taos et Santa Fe : la Columbia Fur Company, la French Fur Company, Stone-Bostwick and Company.

La plus visible de toutes, c'était la concurrence venue de l'est, de Saint Louis même. En 1819, l'armée américaine lança son « Expédition de la Yellowstone », avec pour objectif clair d'étendre le commerce des fourrures. Quoique extrêmement limitée, la présence de l'armée enhardissait des entrepreneurs déjà désireux de se lancer dans cette entreprise. La Missouri Fur Company de Manuel Lisa ouvrit ce négoce sur la Platte. John Jacob Astor ranima les braises de l'American Fur Company – chassée de la Columbia par les Britanniques pendant la guerre de 1812 – en établissant un nouveau siège à Saint Louis. Tous se disputaient des ressources en hommes et en capitaux limitées.

Henry jeta un coup d'œil à Glass, étendu sur la civière à l'ombre des pins. Il ne s'était jamais remis à la tâche délicate de recoudre correctement le cuir chevelu du blessé. Il était toujours posé n'importe comment sur le sommet de sa tête, noir violacé sur ses bords où le sang séché le maintenait en place, grotesque couronne sur un corps fracassé. Le capitaine éprouva de nouveau un sentiment pénible fait de compassion et de colère, de ressentiment et de culpabilité.

Il ne pouvait reprocher à Glass l'attaque du grizzly. L'animal n'avait été qu'un des nombreux risques jalonnant leur route. Lorsque le groupe avait quitté Saint Louis, Henry savait que plusieurs de ses hommes mourraient. Le corps ravagé de Glass ne faisait que souligner l'existence du précipice que chacun d'eux longeait chaque jour. Pour Henry, Glass était son meilleur élément, la conjugaison la plus réussie d'expérience, de capacités et de bonne disposition. Les autres, à l'exception possible de Black Harris, il les considérait comme des subalternes. Ils étaient plus jeunes, plus bêtes, plus faibles, moins aguerris. Henry voyait en Glass un égal. Si cela pouvait arriver à Glass, cela pouvait arriver à n'importe qui ; cela pouvait lui arriver à *lui*. Il détourna les yeux de l'homme agonisant.

Commander exigeait de lui de prendre des décisions sévères pour le bien de la brigade, il le savait. Et aussi que la Frontière demandait avant tout d'être indépendant et autonome. Il n'y avait aucun secours officiel à attendre à l'ouest de Saint Louis. Toutefois, les farouches individus qui composaient la communauté de la Frontière étaient unis par le lien étroit d'une responsabilité collective. Malgré l'absence de législation, il existait une loi non écrite, une adhésion à un contrat qui transcendait leurs intérêts égoïstes. Une alliance biblique dans ses profondeurs et dont l'importance croissait à chaque pas dans ces contrées sauvages. En cas de nécessité, un homme tendait une main secourable à ses amis, à ses associés, à des inconnus. Ainsi, chacun savait que sa propre survie dépendrait peut-être un jour de la main tendue d'autrui.

L'utilité de ce code semblait moindre quand le capitaine s'efforçait de l'appliquer à Glass. *N'ai-je pas fait de mon mieux pour lui ?* Soigner ses blessures, le faire porter, attendre respectueusement pour qu'il puisse au moins avoir un enterrement civilisé. A travers les décisions de Henry, ils avaient subordonné leurs besoins collectifs à ceux d'un seul homme. C'était ce qu'il fallait faire, mais on ne pouvait continuer. Pas en ce lieu.

Le capitaine avait envisagé d'abandonner Glass tout de suite. En fait, les souffrances du blessé étaient si grandes que Henry s'était brièvement demandé s'il ne fallait pas lui tirer une balle dans la tête pour y mettre fin. Il avait rapidement écarté cette idée, mais il se demandait maintenant s'il ne devait pas essayer de trouver un moyen ou un autre de communiquer avec Glass, de lui faire comprendre qu'il ne pouvait continuer à mettre tout le groupe en danger pour lui. On pouvait le laisser dans un endroit abrité, avec un feu, des armes et des vivres. Si son état s'améliorait, il pourrait les rejoindre sur le Missouri. Connaissant Glass, il était sûr que c'était ce que cet homme souhaiterait s'il pouvait parler. Il ne voudrait certainement pas mettre en péril la vie de ses compagnons.

Henry ne pouvait cependant se résoudre à abandonner le blessé. Comme il n'avait eu aucune conversation cohérente avec lui depuis l'attaque de l'ourse, il était impossible d'estimer ce que Glass désirait. Faute d'indices clairs, Henry ne ferait aucune supposition. Il était le chef, il était responsable de Glass.

Mais aussi des autres. Et des capitaux investis par Ashley. Et de sa famille restée à Saint Louis, qui attendait depuis plus de dix ans une réussite commerciale qui semblait toujours aussi lointaine que les montagnes elles-mêmes.

Ce soir-là, les trappeurs se rassemblèrent autour de trois étroites fosses. Ils avaient de la viande fraîche à fumer – un jeune bison – et le couvert des pins les avait convaincus qu'ils pouvaient allumer des feux sans trop courir de risques. La soirée de fin août se rafraîchit rapidement après le coucher du soleil : ce n'était pas vraiment le froid, seulement le rappel qu'un changement de saison les attendait au-delà de l'horizon.

Le capitaine se leva pour s'adresser à eux, attitude solennelle qui laissait présager la gravité de ce qu'il allait dire.

— Nous devons avancer plus vite. Il me faut deux volontaires pour rester avec Glass. Rester avec lui jusqu'à ce qu'il meure, l'enterrer décemment, puis nous rejoindre. La Rocky Mountain Fur Company versera soixante-dix dollars pour le risque encouru.

Un nœud d'une branche de pin éclata dans un des feux, projetant des étincelles dans le ciel nocturne, brisant le silence qui s'était fait tandis que les hommes pesaient la situation et l'offre. C'était sinistre d'envisager la mort de Glass, même si elle semblait certaine. Le Français Jean Bernot se signa ; la plupart des autres fixaient simplement les flammes.

Pendant un long moment, aucun des hommes ne prononça un mot. Ils pensaient tous à l'argent. Soixante-dix dollars, c'était plus du tiers de leur paie pour toute l'année. Et Glass ne tarderait pas à mourir. Soixante-dix dollars pour passer quelques jours dans une clairière, s'imposer ensuite une semaine de marche forcée pour rattraper le reste de la brigade. Naturellement, ils savaient tous que rester derrière impliquait de vrais risques. Dix hommes n'opposaient qu'un faible pouvoir dissuasif à une attaque, deux n'en avaient aucun. Si une bande de guerriers indiens tombait sur eux... On ne peut rien acheter avec soixante-dix dollars, quand on est mort.

— Je resterai avec lui, capitaine.

Tous se tournèrent vers Fitzgerald, surpris qu'il se porte volontaire.

Henry ne savait comment réagir tant il avait de doutes sur la motivation du trappeur. Sentant son hésitation, Fitzgerald poursuivit :

— Je le fais pas par amour. Je le fais pour l'argent, purement et simplement. Choisissez quelqu'un d'autre si vous voulez qu'on le dorlote.

Le capitaine parcourut des yeux le cercle de ses hommes.

— Qui d'autre veut rester ?

Black Harris jeta une brindille dans le feu.

— Moi, répondit-il.

Il avait été l'ami de Glass et l'idée de le laisser avec Fitzgerald ne lui plaisait pas du tout. Aucun des hommes n'aimait Fitzgerald. Glass méritait mieux.

Le capitaine secoua la tête.

— Tu ne peux pas, Harris.

— Comment ça, je peux pas ?

— Je sais que tu étais son ami, je suis désolé. J'ai besoin de toi comme éclaireur.

Il s'ensuivit un autre long silence. Le regard de la plupart des hommes se perdait dans les flammes. L'un après l'autre, ils parvinrent à la même conclusion gênante : ça ne valait pas le coup. Finalement, Glass ne valait pas qu'on prenne ce risque. Non qu'ils n'aient pas eu de respect, ni même d'amitié pour lui. Certains, comme Anderson, estimaient avoir une dette supplémentaire envers lui, une sorte d'obligation pour la gentillesse gratuite qu'il leur avait témoignée. Ce serait différent, songeait Anderson, si le capitaine leur demandait de défendre la vie de Glass. Ce n'était pas de cela qu'il s'agissait. La tâche consistait à attendre qu'il meure puis à l'enterrer. Ça ne valait pas le coup.

Henry commençait à se demander s'il allait devoir confier Glass à Fitzgerald seulement quand Jim Bridger se leva avec maladresse.

— Je resterai.

Fitzgerald eut un grognement sarcastique.

— Bon Dieu, capitaine, vous pouvez pas me laisser faire ce boulot avec un gamin mangeur de lard[1] ! Si c'est

---

1. Désigne celui qui vient d'arriver dans le Nord-Ouest, par opposition à ceux qui y vivent depuis longtemps et se nourrissent de poisson et de pemmican.

Bridger qui reste, payez-moi le double, parce qu'il faudra que je m'occupe des deux.

Les mots frappèrent Bridger comme des coups de poing et il sentit le sang lui monter à la tête, d'embarras et de colère.

— Je vous le promets, capitaine – je ferai ma part.

Ce n'était pas le résultat que le capitaine escomptait. Une partie de lui pensait que laisser Glass avec Fitzgerald et Bridger différait peu de l'abandonner simplement. Bridger était à peine plus qu'un gosse. Au cours de son année à la Rocky Mountain Fur Company, il s'était révélé honnête et capable, mais il ne ferait pas le poids face à Fitzgerald. Fitzgerald était un mercenaire. Mais n'était-ce pas fondamentalement le choix que lui, Henry, avait fait ? N'achetait-il pas simplement des remplaçants, un substitut à leur responsabilité collective ? A sa propre responsabilité ? Que pouvait-il faire d'autre ? Il n'y avait pas de meilleur choix.

— Bon, entendu, trancha le capitaine. Les autres, départ demain à l'aube.

5

30 août 1823

C'était le soir du deuxième jour depuis le départ du capitaine Henry et de la brigade. Fitzgerald avait envoyé le jeunot chercher du bois, le laissant seul au camp avec Glass. Le blessé était étendu près d'un des petits feux et Fitzgerald ne s'occupait absolument pas de lui.

Une formation rocheuse couronnait la pente escarpée au-dessus de la clairière. Des rocs énormes formant un tas, comme si des mains titanesques les avaient empilés les uns sur les autres et pressés.

Dans une fente entre deux des gros rochers poussait un pin tordu. L'arbre était un frère de ces pins vrillés que les tribus locales utilisaient comme armature pour leurs tipis, mais la graine qui était à son origine avait été soulevée bien au-dessus du sol fertile de la forêt. Un moineau l'avait détachée d'une pomme de pin des années plus tôt, portée haut au-dessus de la clairière, et perdue dans une crevasse. Il y avait de la terre dans cette crevasse et une pluie opportune avait assuré la germination. Les rochers retenaient la chaleur pendant le jour, ce qui compensait en partie l'exposition aux intempéries de l'affleurement rocheux. Comme il ne recevait pas directement le soleil, le pin avait poussé de côté avant de se hisser vers le haut, se faufilant hors de la faille avant de se tourner vers le ciel. Quelques branches noueuses partaient du tronc gauchi, chacune coiffée d'une touffe dépenaillée d'aiguilles. Les pins d'en bas poussaient droit comme des flèches, certains atteignant une hauteur de vingt mètres. Aucun pourtant ne s'élevait plus haut que le pin tordu juché sur les rochers.

Depuis que le capitaine et les autres étaient partis, la stratégie de Fitzgerald était simple : faire provision de viande séchée afin d'être prêt à filer rapidement dès que Glass mourrait ; et en attendant, rester le plus souvent possible à l'écart du camp.

Bien que celui-ci fût assez éloigné de la Grand River, Fitzgerald faisait peu confiance à leur position. Le ruisseau menait droit à la clairière. Les restes calcinés de feux de camp indiquaient clairement que d'autres avaient aussi utilisé la source abritée. Fitzgerald craignait en fait que la clairière ne soit un lieu de campement bien connu. Même si ce n'était pas le cas, les traces de la brigade et de la mule partaient nettement de la rivière. Un groupe d'Indiens partis en guerre ou à la chasse ne pouvait manquer de les découvrir s'il atteignait la rive la plus proche de la Grand River.

Fitzgerald jeta un regard amer à Glass. Mû par une curiosité morbide, il avait examiné ses blessures le jour du départ du reste de la troupe. Les sutures à la gorge avaient tenu depuis que la civière s'était renversée, mais toute la zone était infectée. Les blessures pénétrantes à la jambe et au bras semblaient en voie de guérison ; en revanche, les profonds sillons du dos étaient enflammés. Heureusement pour lui, Glass restait le plus souvent inconscient. *Il crèvera quand, ce salaud ?*

C'était un chemin tortueux qui avait mené John Fitzgerald sur la Frontière, un chemin entamé quand il s'était enfui de La Nouvelle-Orléans en 1815, le jour où il avait tué une prostituée d'un coup de couteau dans un accès de rage alcoolique.

Il avait grandi dans cette ville, fils d'un marin écossais et de la fille d'un marchand cajun. Pendant leurs dix années de mariage, son père était rentré au port une fois par an jusqu'à ce que son navire sombre dans les Caraïbes. A chacune de ses escales à La Nouvelle-Orléans, il laissait dans le ventre fécond de sa femme la graine d'un nouvel ajout à la famille. Trois mois après avoir appris la mort de son mari, la mère de Fitzgerald s'était remariée avec le propriétaire âgé d'une épicerie chinoise, union qu'elle jugeait indispensable pour nourrir sa famille. Cette décision pragmatique fut bénéfique pour la plupart de ses enfants puisque huit d'entre eux parvinrent à l'âge adulte. Les deux fils aînés reprirent le commerce à la mort du vieillard. Presque tous les autres garçons trouvèrent un travail honnête et les filles firent toutes un mariage respectable. John, lui, s'égara en chemin.

Dès son plus jeune âge, il manifesta une inclination et un talent pour la violence. Il était prompt à régler un différend à coups de poing ou de pied et fut exclu de l'école à dix ans pour avoir enfoncé un crayon dans la jambe d'un camarade de classe. N'ayant aucunement l'intention d'exercer comme son père le dur métier de marin, Fitzgerald se plongea avec ardeur dans le chaos sordide de la ville portuaire. Ses capacités pugilistiques furent éprouvées et perfectionnées sur les quais où il passa son adolescence. Quand il eut dix-sept ans, un batelier lui balafra le visage dans une rixe de bar. L'incident lui laissa une cicatrice en forme d'hameçon et un respect nouveau pour les armes blanches. Fasciné par les couteaux, il se constitua une collection de dagues et de poignards de toutes tailles et formes.

A vingt ans, il tomba amoureux d'une jeune prostituée d'un bar des quais, une Française nommée Dominique Perreau. Malgré la nature vénale de leurs relations, Fitzgerald ne saisit apparemment pas pleinement les implications du métier de Dominique. Lorsqu'il la surprit en train de l'exercer avec un capitaine de bateau obèse, le jeune homme fut pris d'une crise de fureur et il les poignarda tous deux avant de s'enfuir dans la rue. Il vola quatre-vingt-quatre dollars dans la caisse du magasin de ses frères et embarqua sur un navire remontant le Mississippi.

Pendant cinq ans, il gagna sa vie dans les tavernes de Memphis et leur voisinage. Il tint le bar en échange du gîte, du couvert et d'un petit salaire dans un établissement du nom – dont la prétention excédait les moyens du lieu – de Golden Lion. Sa capacité officielle de barman lui conférait quelque chose qu'il n'avait pas eu à La Nouvelle-Orléans : un permis d'exercer la violence. Il vidait les consommateurs tapageurs avec un plaisir qui effrayait la clientèle pourtant rude du bar. Deux fois il faillit tuer des indésirables en les rouant de coups.

Fitzgerald possédait en partie le don pour le calcul qui avait assuré le succès de ses frères dans le commerce, et il appliqua son intelligence innée au jeu. Pendant quelque temps, il se contenta de gaspiller ses maigres appointements de barman et fut ensuite attiré par des enjeux plus élevés. Il lui fallut plus d'argent pour jouer et il n'eut aucun mal à trouver des prêteurs.

Peu après avoir emprunté deux cents dollars au propriétaire d'une taverne concurrente, Fitzgerald décrocha le pactole. Il gagna mille dollars avec une paire de dames contre une paire de dix et passa la semaine qui suivit dans la fête et la débauche. Cet argent lui inspira une confiance mal fondée en ses talents de joueur et un désir ardent de recommencer. Il quitta son travail au Golden Lion, résolu à vivre du jeu. Sa chance tourna brutalement en eau de boudin et, un mois plus tard, il devait deux mille dollars à un usurier nommé Geoffrey Robinson. Fitzgerald l'évita pendant plusieurs semaines jusqu'à ce que deux hommes de main le surprennent et lui cassent un bras. Non sans lui avoir donné une semaine pour régler sa dette.

Au désespoir, Fitzgerald fit appel à un autre prêteur, un Allemand du nom de Hans Bangemann, afin de rembourser le premier. Les deux mille dollars en poche, Fitzgerald eut toutefois une révélation : il allait quitter Memphis pour refaire sa vie ailleurs. Le lendemain matin, il prit un billet pour un autre navire à destination du nord et il débarqua à Saint Louis à la fin du mois de février 1822.

Au bout d'un mois dans cette nouvelle ville, il apprit que deux hommes posaient des questions dans les bars sur « un joueur au visage balafré ». Dans le petit monde des usuriers de Memphis, il n'avait pas fallu longtemps à Geoffrey Robinson et Hans Bangemann pour prendre la pleine mesure de la traîtrise de Fitzgerald. Pour cent dollars chacun, ils embauchèrent deux sbires, les chargèrent de retrouver Fitzgerald, de le liquider et de récupérer ce qu'ils pourraient de leur prêt. Ils n'avaient pas grand espoir de revoir leur argent, mais ils tenaient à ce que Fitzgerald soit mort. Ils avaient une réputation à soutenir et la rumeur de leurs intentions se propagea dans les tavernes de Memphis.

Fitzgerald se retrouva pris au piège. Saint Louis était dans le Nord le poste le plus avancé de la civilisation. Il n'osait pas redescendre dans le Sud, où des ennuis l'attendaient à La Nouvelle-Orléans et à Memphis. Ce jour-là, Fitzgerald entendit dans un bar un groupe de clients commenter avec excitation une annonce parue dans le *Missouri Republican*. Il prit le journal sur une table et lut ceci :

> *Aux jeunes gens entreprenants.*
>
> *Le soussigné souhaite embaucher une centaine d'hommes pour remonter le Missouri jusqu'à sa source, où ils seront employés pendant un, deux ou trois ans. Pour plus de détails, demander le capitaine Henry, près des mines de plomb du comté de Washington, qui accompagnera le groupe et en assurera le commandement.*

Fitzgerald se décida sur un coup de tête. Avec le peu qui lui restait de l'argent volé à Hans Bangemann, il acheta une tunique en cuir râpée, des mocassins et un fusil. Le lendemain il se présenta au capitaine Henry et postula pour la brigade de trappeurs. Dès le départ, Henry eut des doutes au sujet de Fitzgerald, mais les candidats étaient rares. Il lui fallait cent hommes et Fitzgerald semblait en bonne forme. Et tant mieux s'il avait été mêlé à des bagarres au couteau. Un mois plus tard, Fitzgerald se retrouva à bord d'un bateau remontant le Missouri.

Bien que déterminé à plaquer la Rocky Mountain Fur Company à la première occasion, Fitzgerald prit goût à la vie sur la Frontière. Il s'aperçut que son habileté avec un couteau s'étendait à d'autres armes. S'il ne savait pas suivre une piste aussi bien que les vrais coureurs des bois de la brigade, il était un très bon fusil. Avec la patience d'un tireur embusqué, il avait abattu deux Arikaras pendant l'attaque sur le Missouri. Un grand nombre des hommes de Henry étaient terrifiés durant leurs combats contre les Indiens ; Fitzgerald, lui, trouvait ça exaltant, voire excitant.

Quand il jeta enfin un coup d'œil à Glass, ses yeux tombèrent sur l'Anstadt posé à côté du blessé. Il regarda autour de lui pour s'assurer que Bridger n'était pas de retour, puis prit le fusil. Il l'épaula, visa le long du canon. Il aimait la façon dont la crosse se logeait parfaitement au creux de son épaule, le large viseur qui trouvait rapidement la cible, la légèreté de l'arme permettant de maintenir fermement en joue. Il passa d'une cible à l'autre, en haut, en bas, jusqu'à ce que le viseur s'arrête sur Glass.

Une fois de plus, Fitzgerald songea que l'Anstadt serait bientôt à lui. Il n'en avait pas parlé au capitaine, mais qui méritait davantage cette arme que l'homme resté derrière ? Et il avait plus que Bridger le droit de la revendiquer. Tous les trappeurs admiraient le fusil de Glass. Soixante-dix dollars, c'était peu payé pour le risque qu'ils encouraient : Fitzgerald était là pour l'Anstadt. Ce serait du gâchis de donner une telle arme à un gosse. De plus, Bridger était tout content d'avoir hérité le fusil de William Anderson. Il suffirait de lui jeter quelque autre miette, le couteau de Glass, peut-être.

Fitzgerald réfléchissait au plan qu'il avait échafaudé depuis qu'il s'était porté volontaire et qui lui semblait plus convaincant à chaque heure qui passait. *Quelle différence pour Glass, un jour de plus ou de moins ?* Par contre, Fitzgerald savait parfaitement la différence que faisait un jour de plus pour ses chances de survie.

Il reposa l'Anstadt. Regarda la chemise tachée de sang qui se trouvait près de la tête du blessé. *Presse-la quelques minutes contre son visage, tu pourras te mettre en route demain matin.* Il contempla à nouveau le fusil dont la couleur brun sombre se détachait sur l'orange du tapis d'aiguilles de pin. Fitzgerald tendit la main vers la chemise.

— Il s'est réveillé ?

Bridger se tenait derrière lui, les bras chargés de bois. Fitzgerald sursauta, demeura un instant interdit.

— Bon Dieu, gamin ! Ramène-toi encore une fois derrière moi sans prévenir et je jure devant Dieu que je te coupe en deux !

Bridger laissa tomber le bois et s'approcha de Glass.

— Je me disais qu'on devrait peut-être essayer de lui faire boire du bouillon...

— C'est drôlement gentil de ta part, ça, Bridger. Verse-lui un peu de bouillon dans le gosier et il tiendra une semaine au lieu de mourir demain ! Tu dormiras mieux ? Tu crois que si tu lui fais avaler un peu de soupe il va se lever et partir d'ici ?

Bridger demeura un moment silencieux puis répondit :

— On dirait que tu veux qu'il meure.

— Bien sûr que oui ! Regarde-le. *Lui*, il veut mourir !

Après une pause pour souligner ses propos, Fitzgerald reprit :

— T'es allé à l'école, Bridger ?

Il connaissait cependant la réponse.

Bridger secoua la tête.

— Laisse-moi te donner une petite leçon d'arithmétique... Le capitaine et les autres font sûrement cinquante kilomètres par jour maintenant qu'ils ont plus à porter Glass. Disons que nous, on ira plus vite : soixante-cinq, mettons. Tu sais combien ça fait soixante-cinq moins cinquante ?

Le jeune homme posa sur Fitzgerald un regard ahuri.

— Je vais te le dire, poursuivit Fitzgerald. Ça fait quinze.

Il écarta les doigts de sa main et l'agita trois fois devant lui.

— Voilà ce que ça fait. On rattrapera seulement quinze kilomètres par jour une fois qu'on sera partis. Et ils en ont déjà cent cinquante d'avance. Dix jours à marcher seuls pour nous deux, Bridger. En supposant que Glass meure maintenant et qu'on retrouve la brigade tout de suite. Dix jours pour qu'un groupe de chasseurs sioux nous tombe dessus. Tu comprends pas ? Chaque jour de plus qu'on reste ici, c'est trois jours de plus à rester seuls tous les deux. Tu seras plus amoché que Glass quand les Sioux en auront fini avec toi, mon garçon. T'as déjà vu un homme qui s'est fait scalper ?

Bridger ne répondit pas, bien qu'il eût déjà vu un homme scalpé. Il était près des Grandes Chutes lorsque le capitaine avait ramené au camp deux trappeurs tués par des Pieds-Noirs. L'image de leurs corps mutilés restait gravée dans son esprit. Le capitaine les avait attachés tous deux sur une mule, le ventre tourné vers le sol. Quand il avait coupé les liens qui les maintenaient, ils étaient tombés, lourds et raides. Les hommes s'étaient rassemblés autour d'eux pour contempler, fascinés, les cadavres de ceux qu'ils avaient croisés vivants le matin même près du feu de camp. Et les Indiens ne les avaient pas seulement scalpés. Ils leur avaient coupé le nez et les oreilles, arraché les yeux. Bridger se rappelait que sans nez les têtes ressemblaient plus à des crânes qu'à des visages. Comme ils étaient nus, on pouvait voir qu'ils avaient aussi été amputés de leurs parties génitales. Une ligne brune marquait nettement leur cou et leurs poignets. Au-dessus, leur peau était rêche et basanée comme du cuir de selle, mais le reste de leur corps était d'un blanc de dentelle. C'était presque drôle. C'était le genre de chose dont les hommes auraient plaisanté si cela n'avait été aussi horrible. Bien sûr, personne n'avait ri. Bridger y repensait toujours quand il se lavait : dessous, ils avaient tous cette peau de dentelle blanche, fragile comme celle d'un bébé.

Le jeune homme luttait avec lui-même, désespérément désireux de défier Fitzgerald, mais totalement incapable d'exprimer une opposition. Non faute de mots, cette fois, mais faute de raisons. C'était facile de condamner les motivations de Fitzgerald : il l'avait reconnu lui-même, il le faisait pour l'argent. Mais quelles étaient ses motivations à lui ? Ce n'était pas l'argent. Sa paie normale le rendait déjà plus riche qu'il ne l'avait jamais été. Bridger préférait penser qu'il agissait par loyauté, par fidélité envers un autre membre de la brigade. Certes, il avait un grand respect pour Glass, qui avait veillé sur lui de diverses petites manières, qui avait fait son éducation et qui l'avait défendu quand il était dans l'embarras. Bridger reconnaissait qu'il avait une dette envers Glass, mais était-elle si importante ?

Il se rappelait la surprise et l'admiration qu'il avait vues dans le regard des hommes quand il s'était porté volontaire pour rester avec Glass. Quel contraste avec la colère et le mépris de cette terrible nuit où il avait failli comme sentinelle ! Il se rappelait que le capitaine lui avait tapoté l'épaule avant le départ de la brigade et que ce simple geste l'avait rempli d'un sentiment d'appartenance, comme si pour la première fois il méritait sa place parmi les hommes. N'était-ce pas pour ça qu'il se trouvait maintenant dans la clairière – pour panser son orgueil blessé ? Non pour prendre soin d'un autre, mais pour lui-même ? Ne profitait-il pas comme Fitzgerald du malheur de Glass ? On pouvait dire ce qu'on voulait de Fitzgerald, au moins il était franc sur la raison pour laquelle il était resté.

6

31 août 1823

Seul dans le camp le matin du troisième jour, Bridger passa plusieurs heures à remettre en état ses mocassins, tous deux troués après leurs longues marches. Il avait en conséquence les pieds éraflés, abîmés, et il profitait de l'occasion qui lui était donnée de réparer ses chaussures. Il découpa deux morceaux de cuir dans une peau brute laissée par la brigade, perça des trous sur leurs bords avec une alène et remplaça ses semelles. Les coutures étaient irrégulières mais solides.

Comme il examinait son travail, ses yeux tombèrent sur Glass. Des mouches bourdonnaient autour de ses blessures, ses lèvres étaient desséchées et fendillées. Le jeune homme se demanda de nouveau s'il se situait sur un terrain moral plus élevé que Fitzgerald. Il remplit son gobelet d'eau froide de la source et l'approcha de la bouche du blessé. Le contact humide déclencha une réaction inconsciente et Glass se mit à boire.

Bridger fut déçu lorsque Glass s'arrêta. C'était bon de se sentir utile. Fitzgerald avait raison, bien sûr : Glass mourrait, cela ne faisait aucun doute. *Mais est-ce que je dois pas faire tout ce que je peux pour lui ? Au moins, lui donner un peu de réconfort pendant ses dernières heures ?*

La mère de Bridger était capable d'extirper une vertu médicinale de tout ce qui poussait et il regrettait souvent de ne pas lui avoir prêté plus d'attention lorsqu'elle revenait des bois, le panier plein de fleurs, de feuilles et d'écorces. Il connaissait cependant quelques bases de ce savoir, et au bord de la clairière il trouva ce qu'il cherchait, un pin dont la résine suintait, collante comme de la mélasse. A l'aide de son couteau d'écorcheur rouillé, il la gratta jusqu'à en avoir une bonne quantité sur la lame. Puis il retourna auprès de Glass et s'agenouilla. Il s'attaqua d'abord aux plaies des bras et des jambes, aux blessures pénétrantes faites par les crocs du grizzly. Si la zone qui les entourait demeurait noire, et bleuâtre par endroits, la peau elle-même semblait guérir. Bridger utilisa son doigt pour appliquer la résine, en enduire les plaies et l'étaler autour.

Il fit ensuite rouler Glass sur le côté pour examiner son dos. Les sutures grossières avaient craqué quand il était tombé de la civière et il y avait des signes de saignement plus récent. Ce n'était toutefois pas le sang qui donnait à la peau de Glass ces reflets écarlates. C'était l'infection. Les cinq rainures parallèles couraient sur presque toute la longueur du dos. Un pus jaune en remplissait le centre et les bords rougeoyaient quasiment. Leur odeur rappela à Bridger celle du lait suri. Ne sachant que faire, il recouvrit simplement toute la zone de résine, en retournant deux fois aux arbres pour en rapporter davantage.

Bridger se concentra enfin sur les blessures du cou. Les sutures du capitaine demeuraient en place, même s'il avait l'impression qu'elles ne faisaient que masquer les dégâts sous la peau. Un grondement continuait à accompagner la respiration inconsciente de Glass, comme le bruit d'une machine fatiguée. Bridger s'approcha de nouveau des pins, cherchant cette fois un arbre à l'écorce décollée. Il en trouva un, se servit de son couteau pour détacher la partie extérieure de l'écorce et recueillit la tendre partie intérieure dans son bonnet.

Il alla ensuite remplir de nouveau son gobelet à la source et le posa sur les braises du feu. Quand l'eau commença à bouillir, il ajouta l'écorce de pin, l'écrasa avec le pommeau de son couteau, jusqu'à obtenir un mélange épais et homogène comme de la boue. Après avoir attendu que son cataplasme refroidisse légèrement, il l'appliqua sur la gorge de Glass, d'abord sur les entailles puis en remontant vers l'épaule. Il tira de son sac le reste de sa chemise de rechange, en recouvrit le cataplasme et souleva la tête de Glass pour l'attacher solidement derrière la nuque.

Lorsqu'il laissa la tête du blessé retomber doucement sur le sol, il fut surpris de voir les yeux grands ouverts de Glass fixant les siens. Ils brillaient d'un éclat lucide qui contrastait bizarrement avec son corps brisé. Bridger rendit son regard au blessé, chercha à déchiffrer le message que Glass souhaitait clairement lui transmettre. *Qu'est-ce qu'il veut dire ?*

Glass continua un moment à fixer le jeunot avant de laisser ses yeux se fermer. Durant les brefs moments où il reprenait connaissance, il semblait doté d'une sensibilité accrue, comme s'il avait soudain conscience des mécanismes secrets de son corps. Les efforts de Bridger lui procuraient un soulagement. Le léger picotement de la résine avait un effet thérapeutique et la chaleur du cataplasme atténuait la douleur de sa gorge. En même temps, Glass sentait ce corps rassembler ses forces pour une autre bataille, décisive. Non en surface, mais à l'intérieur.

Lorsque Fitzgerald regagna le camp, les ombres de la fin d'après-midi s'étaient étirées dans la clarté faiblissante du soir naissant. Il portait sur l'épaule une biche qu'il avait déjà commencé à préparer, lui tranchant la gorge et la vidant de ses entrailles. Il la laissa choir près d'un des feux, tas informe si différent du corps gracieux qu'elle avait eu de son vivant.

Fitzgerald découvrit les nouveaux bandages sur les blessures de Glass et son visage se tendit.

— Tu perds ton temps avec lui, asséna-t-il à Bridger.

Après une pause, il ajouta :

— Je m'en ficherais complètement, si tu me faisais pas perdre mon temps aussi.

Le jeune homme ne releva pas, bien qu'il sentît le sang lui monter au visage.

— T'as quel âge, gamin ?

— Vingt ans.

— Tu mens, petit merdeux. T'as encore une voix de fausset quand tu parles. Je parie que t'as jamais vu de nichons à part ceux de ta mère.

Bridger détourna les yeux, horripilé par la capacité de limier de Fitzgerald à flairer ses points faibles. Fitzgerald se repaissait de la gêne du garçon comme d'une viande crue nourrissante.

— Quoi ! s'exclama-t-il, hilare. T'as jamais été avec une femme ? J'ai raison, hein ? T'avais même pas deux dollars pour te payer une pute avant qu'on quitte Saint Louis ?!

Fitzgerald s'assit sur le sol pour mieux savourer le moment et poursuivit :

— T'aimes peut-être pas les filles ? T'es un de ces pédérastes ? Vaut peut-être mieux que je dorme sur le dos, pour pas que tu me sautes dessus pendant la nuit…

Bridger ne répondait toujours pas.

— Ou alors, t'as même pas de queue…

Sans réfléchir, Bridger se leva d'un bond, saisit son fusil, l'arma et pointa le long canon sur la tête de Fitzgerald.

— Espèce de fils de pute ! Encore un mot et je te fais sauter la cervelle !

Sidéré, Fitzgerald fixait le trou noir du canon. Il demeura un long moment ainsi, puis son regard revint lentement sur Bridger et la fente d'un sourire s'ajouta à la cicatrice de son visage.

— A la bonne heure, Bridger. Tu t'accroupis peut-être pas pour pisser, finalement.

Ricanant de sa plaisanterie, Fitzgerald dégaina son couteau et entreprit de dépecer la biche. Dans le silence du camp, Bridger prit conscience du bruit sourd de sa propre respiration et des battements rapides de son cœur. Il abaissa son arme, appuya la crosse sur le sol et se laissa glisser par terre. Se sentant soudain épuisé, il entoura ses épaules de sa couverture. Au bout de quelques minutes, Fitzgerald l'appela :

— Hé, gamin !

Bridger tourna les yeux vers lui sans répondre.

Fitzgerald s'essuya nonchalamment le nez du dos d'une main ensanglantée.

— Ton nouveau fusil, il peut pas tirer sans silex, tu sais.

Le jeune homme baissa les yeux vers son arme : il n'y avait pas de pierre sur le chien. Le sang lui monta de nouveau au visage, mais cette fois, il s'en voulait autant qu'il en voulait à l'autre trappeur. Avec un petit rire,

Fitzgerald continua de dépecer habilement la bête avec son long coutelas.

A la vérité, Jim Bridger n'avait que dix-neuf ans et une charpente fluette qui le faisait paraître plus jeune encore. L'année de sa naissance, 1804, avait coïncidé avec le lancement de l'expédition Lewis et Clark, et ce fut l'enthousiasme suscité par leur retour qui avait incité son père à quitter la Virginie pour se risquer dans l'Ouest en 1812.

La famille Bridger s'installa dans une petite ferme à Six-Mile-Prairie, près de Saint Louis. Pour un garçon de huit ans, l'équipée vers l'Ouest était une grande aventure où l'on devait parcourir des routes cahoteuses, chasser pour dîner et dormir à la belle étoile. A la nouvelle ferme, Jim trouva un terrain de jeu de quarante acres fait de prés, de bois et de petites rivières. La première semaine, il découvrit une source. Il se rappelait encore son excitation quand il avait conduit son père à l'endroit caché où le sol suintait, et sa fierté lorsqu'ils avaient construit une cabane autour. Entre autres métiers, le père de Jim faisait un peu d'arpentage et son fils l'accompagnait souvent dans son travail, ce qui acheva de développer son goût pour l'exploration.

L'enfance de Bridger prit brutalement fin à l'âge de treize ans, quand son père, sa mère et son frère aîné moururent tous d'une fièvre en l'espace d'un mois. Le garçon se retrouva soudain responsable de lui-même et de sa petite sœur. Une vieille tante vint s'occuper de la cadette, mais le fardeau de faire vivre la famille retomba sur Jim. Il prit un travail chez le propriétaire d'un bac.

Le Mississippi de l'adolescence de Bridger grouillait de bateaux. Des produits manufacturés provenant du sud remontaient le fleuve jusqu'à Saint Louis, alors en pleine expansion, tandis que des matières premières descendaient de la Frontière. Bridger avait entendu des histoires sur la grande ville de La Nouvelle-Orléans et les ports étrangers au-delà de l'océan. Il rencontrait des bateliers farouches qui faisaient remonter leur péniche avec leur seule force physique et leur volonté. Il bavardait avec des rouliers qui transportaient des marchandises de Lexington et Terre Haute. Il voyait l'avenir du fleuve dans les bateaux à vapeur qui remontaient le courant en éructant leur fumée.

Ce n'était toutefois pas le Mississippi qui enflammait l'imagination de Jim Bridger, mais bien le Missouri. A moins de dix kilomètres de son bac, les deux grands fleuves se fondaient en un seul, les eaux sauvages de la Frontière se déversant dans le flot ordinaire. C'était le confluent de l'ancien et du nouveau, du connu et de l'inconnu, de la civilisation et de la nature sauvage. Bridger vivait pour les rares moments où les marchands de fourrures et les *voyageurs**[1] amarraient leurs *mackinaws*[2] au débarcadère du bac, parfois même y campant la nuit. Il était émerveillé par leurs récits : Indiens sauvages, gibier abondant, plaines infinies et montagnes majestueuses.

La Frontière devint pour Bridger une présence obsédante qu'il sentait sans pouvoir la définir, une force magnétique qui l'attirait inexorablement vers quelque chose dont il avait entendu parler mais qu'il n'avait jamais vu. Un prédicateur monté sur une mule à la

---

1. Les mots ou expressions suivis d'un astérisque sont en français dans le texte original. Là, il s'agit des hommes engagés par une compagnie pour transporter des fourrures.

2. Longs canots auxquels on pouvait ajouter une voile.

croupe oscillante prit un jour le bac et demanda à l'adolescent s'il connaissait la mission que Dieu lui réservait dans la vie. Sans hésiter, Bridger répondit : « Aller dans les Rocheuses. » Ravi, le prédicateur pressa le garçon d'envisager une œuvre missionnaire chez les sauvages. Bien que le jeune Jim ne songeât nullement à apporter Jésus aux Indiens, il garda cette conversation en mémoire. Il en vint à croire qu'aller dans l'Ouest était plus que le simple désir d'un nouvel endroit où vivre. C'était une partie de son âme, une pièce manquante qu'il ne trouverait que dans une plaine ou une montagne lointaines.

Sur cette toile de fond d'un avenir imaginé, Bridger faisait avancer le bac paresseux avec une perche. Aller, retour, d'une rive à l'autre, mouvement sans progression, sans jamais s'écarter de plus d'un kilomètre des points fixés par les deux débarcadères. C'était tout le contraire de la vie qu'il s'était inventée, une vie d'errance et d'exploration à travers des contrées inconnues, une vie où il ne revenait jamais sur ses pas.

Après une année à faire le passeur, Bridger fit une tentative désespérée et malencontreuse pour progresser vers l'Ouest en devenant l'apprenti d'un forgeron de Saint Louis. L'homme le traita bien et lui versa même quelque argent à envoyer à sa sœur et à sa tante. Mais les conditions de l'apprentissage étaient claires : cinq années de servitude.

Si son nouvel emploi ne l'avait pas amené dans l'Ouest sauvage, au moins, à Saint Louis, on ne parlait quasiment que de ça. Pendant la moitié d'une décennie, Bridger s'imprégna d'histoires de la Frontière. Lorsque des hommes des plaines venaient faire ferrer leurs chevaux ou réparer leurs pièges, Bridger surmontait sa timidité pour les interroger. Où avaient-ils été ?

Qu'avaient-ils vu ? L'adolescent entendit les exploits d'un John Colter qui, complètement nu, avait échappé en courant à une centaine de Pieds-Noirs déterminés à le scalper. Comme tout le monde à Saint Louis, il en vint à connaître les détails de l'ascension de négociants comme Manuel Lisa et les frères Chouteau. Plus excitantes encore pour Bridger étaient les rares occasions où il apercevait ses héros en chair et en os. Une fois par mois, le capitaine Henry se rendait chez le forgeron pour changer les fers de sa monture. Bridger ne manquait pas de se proposer pour ce travail, ne serait-ce que dans l'espoir d'échanger quelques mots avec cet homme. Ces brèves rencontres furent une sorte de confirmation de sa foi, une manifestation tangible de quelque chose qui, sinon, n'aurait existé que dans les fables et les contes.

Le contrat d'apprentissage de Bridger courait jusqu'à son dix-huitième anniversaire, le 17 mars 1822. Pour célébrer cette date coïncidant avec les ides de mars, une troupe d'acteurs locaux donna une représentation de *Jules César*, de Shakespeare. Pour vingt-cinq *cents*, Bridger acheta un billet mais ne comprit pas grand-chose à la longue pièce. Les comédiens avaient l'air idiots dans leurs toges, et pendant un bon moment il ne fut même pas sûr qu'ils parlaient anglais. Il prit cependant plaisir au spectacle et après un certain temps il s'habitua au rythme du langage guindé. Un homme superbe à la voix braillarde récita un passage dont Bridger se souviendrait le reste de sa vie :

Il y a dans les affaires des hommes
Une marée qui, prise quand elle monte, mène à la for-
tune...

Trois jours plus tard, le forgeron montra à son apprenti une annonce du *Missouri Republican* : « Aux jeunes hommes entreprenants... » Bridger sut que sa marée était arrivée.

Le lendemain matin, à son réveil, Bridger découvrit Fitzgerald penché au-dessus de Glass, une main sur le front du blessé.

— Qu'est-ce que tu fais, Fitzgerald ?

— Depuis quand il a de la fièvre ?

Le jeune homme s'approcha aussitôt de Glass et lui toucha la peau. Elle était moite de chaleur et de transpiration.

— J'ai été le voir hier soir et il allait bien, apparemment.

— Ben, maintenant, il va plus bien du tout. C'est des sueurs de mort. Il va enfin calancher, ce fils de pute !

Bridger demeurait immobile, sans savoir s'il devait se sentir bouleversé ou soulagé. Glass se mit soudain à frissonner. Il y avait peu de chances pour que Fitzgerald ait tort.

— Ecoute, petit, faut qu'on soit prêts à partir. Je vais faire une reconnaissance en amont de la Grand River. Toi, tu écrases les baies et la viande pour en faire du pemmican.

— Et Glass ?

— Quoi, Glass ? T'es devenu docteur depuis qu'on campe ici ? On peut plus rien faire pour lui, maintenant.

— On peut faire ce qu'on nous a demandé : rester près de lui et l'enterrer quand il sera mort. C'est la tâche que le capitaine nous a confiée...

— Creuse-lui une tombe si ça te fait plaisir ! Construis-lui un autel, même ! Mais si la viande est pas prête quand je reviens, je te fouette jusqu'à ce que tu sois encore plus abîmé que lui !

Fitzgerald saisit son fusil et s'éloigna le long de la berge.

C'était une journée typique de début septembre, ensoleillée et froide le matin, chaude dans l'après-midi. Le terrain devenait plat là où le ruisseau se jetait dans la Grand River, ses eaux peu abondantes s'élargissant autour d'un banc de sable avant de rejoindre le flot impétueux de la rivière. Les yeux de Fitzgerald scrutaient le sol là où les traces de la brigade étaient encore visibles çà et là après quatre jours. Il jeta un coup d'œil en aval, vit un aigle juché sur un arbre mort telle une sentinelle. Quelque chose effraya l'oiseau qui ouvrit ses ailes et, en deux battements puissants, s'éleva de son perchoir. Décrivant un net arc de cercle, il tourna et remonta vers l'aval.

Un hennissement aigu déchira l'air du matin. Fitzgerald se retourna. Le soleil suspendu juste au-dessus de la rivière perçait l'eau de ses rayons pour créer une mer dansante de lumière. Clignant des yeux pour se protéger de cet éclat, Fitzgerald discerna les silhouettes d'Indiens à cheval. Il se jeta à terre. *Ils m'ont vu ?* Il demeura un instant étendu, la respiration saccadée, puis il rampa vers le seul abri offert, un maigre boqueteau de saules. Ecoutant attentivement, il entendit de nouveau un hennissement… mais pas le grondement de chevaux lancés au galop. Le trappeur vérifia que son fusil et son pistolet étaient chargés, ôta son bonnet à tête de loup et regarda entre les arbres.

Il y avait cinq Indiens à deux cents mètres environ, sur la rive opposée de la Grand River. Quatre des cavaliers formaient un vague demi-cercle autour du cinquième, qui cravachait un cheval pie récalcitrant. Deux des Indiens riaient et tous semblaient captivés par cette lutte avec le cheval.

L'un d'eux portait une coiffe de plumes d'aigle. Fitzgerald était assez près pour voir le collier de griffes d'ours qui ornait sa poitrine et les peaux de loutre qui enveloppaient ses tresses. Trois des Indiens étaient armés de fusils, les deux autres d'arcs. Comme ni les hommes ni les montures ne portaient de peintures de guerre, Fitzgerald supposa qu'ils chassaient. Il ne savait pas trop à quelle tribu ils appartenaient, mais il partait de l'hypothèse que tout Indien de la région réagirait avec hostilité à l'intrusion de trappeurs. Fitzgerald estima qu'ils étaient juste hors de portée de fusil. Cela changerait rapidement s'ils chargeaient. S'ils attaquaient, il pourrait tirer une fois avec son fusil, une fois avec son pistolet, et peut-être recharger son fusil si la rivière les ralentissait. *Trois balles sur cinq cibles.* Pas terrible, comme option.

A plat ventre, il gagna le couvert des saules plus épais bordant le ruisseau. Il rampa sur les traces de la brigade en maudissant des empreintes qui révélaient si claire-ment leur position. Il se retourna, constata avec soulage-ment que les Indiens continuaient à se préoccuper du cheval pie rétif. Ils n'en arriveraient pas moins au confluent de la rivière et du ruisseau dans quelques ins-tants. Et ils remarqueraient les traces. *Foutues traces !* Pointant telle une flèche vers l'aval du ruisseau.

Fitzgerald se faufila des saules aux pins, pivota à nou-veau sur lui-même pour regarder une dernière fois le groupe de chasseurs. Le cheval ombrageux s'était calmé et les cinq Indiens continuaient à longer la Grand River. *Faut qu'on file tout de suite.* Il couvrit en courant la courte distance le séparant du camp.

Bridger écrasait de la viande sur une pierre quand Fitzgerald surgit dans la clairière.

— Y a cinq Peaux-Rouges qui remontent la Grand River ! s'écria-t-il avant de commencer à jeter nerveusement ses quelques affaires dans son sac.

Il leva soudain vers Bridger des yeux empreints de peur et de colère.

— Grouille-toi, gamin ! Ils seront sur nos traces d'une minute à l'autre !

Le jeune homme fourra la viande dans son parflèche, accrocha sac et sacoche à ses épaules, se tourna pour prendre son fusil, appuyé contre un arbre près de l'Anstadt de Glass. *Glass !* Les implications d'une fuite précipitée le frappèrent soudain comme une gifle. Il baissa les yeux vers le blessé.

Pour la première fois de la matinée, il avait les yeux ouverts. Sous le regard attentif du jeune homme, les yeux de Glass, d'abord vitreux et hébétés, comme au sortir d'un profond sommeil, parurent accommoder puis rendirent son regard au jeune homme en toute lucidité. Comme Bridger, Glass avait compris ce que signifiait la présence d'Indiens sur la berge.

Tout le corps du jeune trappeur semblait battre follement sous l'intensité du moment tandis que les yeux de Glass reflétaient un calme absolu. *Compréhension ? Pardon ? Ou bien c'est juste ce que je veux croire ?* En regardant le blessé, Bridger sentit un sentiment de culpabilité le percer comme des crocs. *Qu'est-ce qu'il pense ? Qu'est-ce que le capitaine pensera ?*

— T'es... t'es sûr qu'ils remontent la rivière ? demanda-t-il d'une voix étranglée.

Il s'en voulut de ce manque de maîtrise, de cette manifestation de faiblesse dans un moment exigeant de la force.

— Tu veux rester pour le savoir ? répliqua Fitzgerald en prenant sur les claies le reste de la viande mise à sécher.

Bridger regarda de nouveau Glass, dont les lèvres desséchées remuaient, luttant pour former des mots malgré une gorge rendue muette.

— Il essaie de parler…

Il s'agenouilla, tenta de comprendre. Glass leva lentement une main et tendit un doigt tremblant. *Il veut l'Anstadt.*

— Il veut son fusil. Il veut qu'on lui laisse son fusil…

Bridger sentit la douleur d'un coup de pied vigoureux dans son dos et se retrouva à plat ventre par terre. Il se mit péniblement à quatre pattes, leva les yeux vers l'autre trappeur. Sous l'effet de la rage, le visage de Fitzgerald semblait imiter les traits déformés de la tête de loup.

— Remue-toi, bon Dieu !

Bridger se releva, ahuri, les yeux écarquillés. Il regarda Fitzgerald s'approcher de Glass, qui gisait sur le dos à côté du tas de ses maigres possessions : une sacoche, un couteau dans un étui orné de perles, une hachette, l'Anstadt et une corne à poudre.

Fitzgerald se pencha pour prendre la sacoche. Il en tira le silex et le morceau d'acier, les fit tomber dans la poche de devant de sa tunique de cuir. Il saisit ensuite la corne à poudre et l'accrocha à son épaule. La hachette, il la glissa sous sa large ceinture en cuir.

Le jeune homme le suivait du regard, sans comprendre.

— Qu'est-ce que tu fais ?

Fitzgerald se pencha de nouveau, ramassa le couteau de Glass et le lui lança.

— Prends ça.

Bridger l'attrapa, fixa d'un regard atterré la gaine qu'il serrait dans sa main. Il ne restait que le fusil, dont Fitzgerald s'empara, avant de vérifier rapidement qu'il était chargé.

— Désolé, Glass, mon vieux, t'en auras plus vraiment besoin.

— On peut pas le laisser sans son fourniment, protesta Bridger, effaré.

Fitzgerald lui accorda un bref coup d'œil avant de disparaître dans les bois.

Bridger baissa la tête vers le couteau. Il regarda Glass, dont les yeux le scrutaient, soudain brillants comme des braises sous un soufflet. Le jeune homme se sentit paralysé. Des sentiments contradictoires s'affrontèrent en lui pour lui dicter sa conduite, jusqu'à ce que l'un d'eux prenne brusquement et totalement le dessus : la peur.

Bridger se retourna et courut vers les arbres.

7

2 septembre 1823 – matin

Il faisait jour. Glass pouvait s'en rendre compte sans avoir à bouger, mais il n'avait par ailleurs aucune idée du temps écoulé. Il gisait à l'endroit où il s'était effondré la veille. Sa rage l'avait porté au bord de la clairière, où la fièvre l'avait arrêté.

L'ourse avait labouré l'extérieur de son corps, la fièvre en minait maintenant l'intérieur. Il avait l'impression d'avoir été creusé. Pris de frissons incontrôlables, il aspirait désespérément à la chaleur apaisante d'un feu. Parcourant le camp des yeux, il constata qu'aucune fumée ne s'élevait des cendres des fosses. Pas de feu, pas de chaleur.

Il se demanda s'il réussirait au moins à retourner prendre sa couverture en lambeaux, fit un effort hésitant pour bouger. Lorsqu'il rassembla ses forces, la réponse qu'il obtint de son corps ressembla à un faible écho par-dessus un large précipice.

Le mouvement provoqua une irritation quelque part dans sa poitrine. Il sentit une toux monter et raidit les muscles de son ventre pour la contenir. Des muscles douloureux après les nombreuses batailles qu'il avait livrées, et malgré ses efforts la toux explosa. Glass grimaça de douleur : c'était comme l'extraction d'un hameçon profondément enfoncé. Comme si on lui arrachait les entrailles par la gorge.

Lorsque la souffrance de la toux se calma, il se concentra de nouveau sur la couverture. *Il faut que je me réchauffe.* Il dut faire appel à toute son énergie pour lever la tête. La couverture se trouvait à cinq ou six mètres de lui. Il roula du flanc sur le ventre, parvint à étendre son bras gauche devant son corps. Il replia sa jambe gauche, l'allongea de nouveau pour pousser. Avec son bras et sa jambe valides, il rampa dans la clairière. Les cinq mètres étaient comme cinq kilomètres et il s'arrêta trois fois pour récupérer. Chaque inspiration lui râpait la gorge et il sentait de nouveau la palpitation sourde de son dos tailladé. Il tendit le bras en s'étirant pour saisir la couverture quand elle fut à sa portée. Il l'enroula autour de ses épaules, sentit la chaleur lourde de la laine de la Hudson Bay[1]. Il s'évanouit.

Pendant une longue matinée, le corps de Glass lutta contre l'infection de ses blessures. Il perdait et reprenait connaissance, demeurait entre ces deux états dans une sorte d'hébétude, conscient de ce qui l'entourait comme s'il entrevoyait au hasard des pages d'un livre des bribes d'une histoire que ne reliait aucune continuité. Eveillé, il souhaitait désespérément se rendormir, ne serait-ce que pour connaître un répit à ses souffrances. Chaque intervalle de sommeil s'accompagnait toutefois d'une hantise : la pensée terrifiante qu'il ne se réveillerait peut-être jamais. *C'est ça, mourir ?*

---

1. Les couvertures en laine de la Hudson Bay Company servaient de marchandises de troc avec les Indiens aux XVIIIe et XIXe siècles.

Glass n'avait aucune idée du temps qu'il avait passé allongé sur le sol quand le serpent apparut. Avec un mélange d'horreur et de fascination, il le regarda glisser presque nonchalamment des arbres à la clairière. Avec cependant une certaine prudence. L'animal fit halte en terrain découvert, sortit et rentra plusieurs fois la langue pour goûter l'air. Mais l'impression dominante était celle d'un prédateur dans son élément, cherchant une proie avec confiance. Il repartit, accélérant soudain la reptation de son corps pour lui donner une vitesse étonnante. Il se dirigeait droit sur Glass.

Le trappeur aurait voulu rouler sur le sol pour s'éloigner, mais il y avait quelque chose d'irrésistible dans la progression du reptile. Glass se souvint vaguement qu'il fallait ne surtout pas bouger en présence d'un serpent et il se figea, autant par sa propre volonté que sous l'effet de la terreur. L'animal approcha à un mètre de son visage, s'arrêta. Glass le regardait en tentant de donner à ses yeux la même fixité que ceux du serpent. Il n'était pas de taille. Les yeux noirs du reptile étaient aussi implacables que la peste. Hypnotisé, Glass vit la bête se ramasser lentement sur elle-même en un anneau presque parfait, tout le corps concentré sur l'unique objectif de l'attaque. La langue entrait et sortait, tâtait, sondait. Au centre de l'anneau, la queue se mit à frétiller avec un bruit de crécelle, l'annonce des derniers instants avant la mort.

Le premier assaut fut si rapide que Glass n'eut pas le temps de se reculer. Il vit la tête du crotale jaillir, les mâchoires grandes ouvertes révélant des dents dégouttant de venin. Elles s'enfoncèrent dans l'avant-bras de Glass, qui poussa un cri de douleur. Il secoua le bras, mais les dents demeuraient plantées dans sa chair et le corps du serpent fouettait l'air. Finalement, l'animal tomba en travers du torse du trappeur. Avant que Glass ait pu rouler sur le côté, le crotale frappa de nouveau. Cette fois, le blessé ne put crier : le serpent avait enfoncé ses dents dans sa gorge.

Glass ouvrit les yeux. Le soleil se trouvait juste au-dessus de lui, seule position d'où il pouvait éclairer directement le sol de la clairière. Avec précaution, le trappeur se tourna sur le flanc pour échapper à l'éclat aveuglant. A trois mètres de lui, un serpent à sonnette d'un mètre quatre-vingts était étendu de tout son long. Une heure plus tôt, il avait avalé un lapin entier, dont le corps formait maintenant une grosse bosse et descendait lentement l'appareil digestif du crotale.

Pris de panique, Glass baissa les yeux vers son bras. Pas de marques de dents. D'un geste hésitant, il porta une main à son cou, s'attendant à demi à y trouver un serpent accroché. Rien. Il fut submergé de soulagement en se rendant compte que le crotale – ou tout au moins les morsures du crotale – n'était que l'image horrible d'un cauchemar. Il regarda de nouveau le serpent plongé dans un état léthargique tandis que son corps digérait sa proie.

De sa gorge, la main de Glass monta à son visage. Il sentit l'épaisse couche de moiteur salée de sa transpiration, et cependant sa peau était fraîche. La fièvre était tombée. *De l'eau !* Son corps lui hurlait de boire. Il se traîna jusqu'à la source, où son gosier lacéré ne lui permit que de brèves gorgées douloureuses. L'eau glacée eut néanmoins sur lui un effet tonique, le nettoyant et le revigorant de l'intérieur.

La vie remarquable de Hugh Glass commença de manière banale comme premier-né de Victoria et William Glass, un maçon anglais de Philadelphie. Cette ville se développait rapidement, en ce début du XIXe siècle, et on ne manquait pas de travail dans le bâtiment. S'il ne devint jamais riche, William Glass subvint facilement aux besoins de ses cinq rejetons. Maçon, il voyait ses responsabilités envers ces enfants comme la pose de fondations et considérait leur éducation comme le couronnement de son existence.

Quand Hugh montra de grandes capacités pour les études, William le pressa d'envisager une carrière juridique. L'adolescent ne s'intéressait toutefois pas du tout aux perruques blanches et aux livres de droit poussiéreux. Il avait une passion : la géographie.

Les armateurs Rawsthorne & Sons avaient leurs bureaux dans la même rue que la famille Glass, et dans le hall de leur immeuble ils avaient installé un gros globe terrestre, l'un des rares globes de Philadelphie. Chaque jour en rentrant de l'école, Hugh s'arrêtait, faisait tourner le globe sur son axe, explorait des doigts les océans et les montagnes du monde. Sur les cartes colorées ornant les murs des bureaux, on avait tracé les principales routes maritimes de l'époque, fines lignes qui traversaient les océans, reliant Philadelphie aux grands ports des autres continents. Hugh aimait imaginer les lieux et les gens qui se trouvaient au bout de ces lignes : de Boston à Barcelone, de Constantinople au Cathay.

Souhaitant satisfaire en partie la passion de son fils, William encouragea Hugh à envisager de devenir cartographe. Mais pour le fils, tracer simplement des cartes était une occupation trop passive. La source de sa fascination ne résidait pas dans la représentation abstraite de lieux mais dans ces lieux mêmes, et, par-dessus tout, dans les vastes régions indiquées comme *terra incognita*. Les cartographes de l'époque peuplaient ces contrées inconnues de dessins de monstres chimériques et terrifiants. Hugh se demandait si ces bêtes existaient vraiment ou si elles n'étaient que le produit de l'imagination de l'artiste. Il posa la question à son père, qui répondit : « Nul ne le sait. » L'intention du père était d'effrayer le garçon pour l'orienter vers des carrières plus pragmatiques. La tactique échoua. A l'âge de treize ans, Hugh annonça son intention de devenir capitaine de vaisseau.

En 1802, Hugh eut seize ans et son père, craignant que l'adolescent ne fugue pour prendre la mer, finit par céder aux désirs de son fils. William Glass connaissait le capitaine hollandais d'une frégate de Rawsthorne & Sons, et il lui demanda s'il serait possible que Hugh y monte à bord comme mousse. Ce capitaine, Jozias von Aartzen, n'avait pas d'enfants. Il prit au sérieux ses responsabilités envers le jeune homme et pendant une décennie il lui apprit la mer. Lorsque cet homme mourut, en 1812, Hugh s'était élevé au rang de second.

La guerre de 1812 interrompit les relations commerciales de Rawsthorne & Sons avec la Grande-Bretagne, et les armateurs se rabattirent sans tarder sur la nouvelle activité, dangereuse mais lucrative, de forceurs de blocus. Hugh passa les années du conflit à éviter les navires britanniques avec sa frégate rapide transportant du rhum et du sucre entre les Caraïbes et les ports américains. A la fin de la guerre, en 1815, Rawsthorne & Sons décida de maintenir ses activités dans les Caraïbes et Hugh devint le capitaine d'un petit navire de charge.

Il venait d'avoir trente et un ans l'été où il fit la connaissance d'Elizabeth van Aartzen, âgée de dix-neuf ans et nièce du capitaine qui l'avait formé. Rawsthorne & Sons avait financé une célébration de la fête nationale du 4 juillet avec danse en ligne et rhum cubain. Bien que ce style de danse ne se prêtât guère à la conversation, il permit quelques brefs échanges grisants. Glass sentit quelque chose d'exceptionnel en Elizabeth et fut totalement séduit.

Il lui rendit visite le lendemain matin puis chaque fois qu'il relâchait à Philadelphie. Cultivée, ayant fait de nombreux voyages, elle parlait avec aisance de peuples et de lieux lointains. Entre eux, un mot suffisait à se comprendre, car chacun devinait les pensées de l'autre. Le temps passé loin de Philadelphie devint pour Glass une torture, et il revoyait les yeux d'Elizabeth jusque dans l'éclat du soleil matinal ou sa peau blanche dans une voile au clair de lune.

Un jour de mai ensoleillé de 1818, il retourna à Philadelphie avec, dans la poche de poitrine de son uniforme, une bourse en velours contenant une perle étincelante montée sur une délicate chaîne en or. Il l'offrit à Elizabeth et lui demanda de l'épouser. Les noces furent prévues pour l'été.

Glass repartit pour Cuba la semaine suivante. Bloqué dans le port de La Havane, il dut attendre que soit réglé un différend local sur une livraison en retard de cent tonneaux de rhum. Au bout d'un mois, un autre navire de Rawsthorne & Sons arriva à La Havane avec une lettre de sa mère l'informant de la mort de son père. Elle l'implorait de revenir immédiatement à Philadelphie.

Hugh savait qu'il faudrait peut-être des mois pour régler le litige des tonneaux de rhum. Cela lui laissait le temps de se rendre à Philadelphie, de régler la succession de son père et de retourner à Cuba. Si le règlement juridique de l'affaire progressait plus rapidement, son second ramènerait le bateau à Philadelphie. Glass embarqua sur le *Bonita Morena*, un navire marchand espagnol en partance pour Baltimore.

Les circonstances firent que ce navire ne passa jamais devant les remparts de Fort McHenry. Et que Glass ne revit jamais Philadelphie. Un jour après le départ de La Havane apparut à l'horizon un bâtiment sans pavillon. Le capitaine du *Bonita Morena* tenta de fuir, mais son lourd bateau ne pouvait rivaliser avec le cotre rapide des pirates. Celui-ci se porta à la hauteur du navire marchand et fit feu de ses cinq canons chargés de mitraille. Cinq de ses marins gisant morts sur le pont, le capitaine amena les voiles.

Il escomptait que sa reddition éviterait un massacre. Il n'en fut rien. Vingt pirates sautèrent à bord du *Bonita Morena*. Leur chef, un mulâtre avec une dent et une chaîne en or, s'approcha du capitaine qui se tenait avec une raideur officielle sur le gaillard d'arrière.

L'homme saisit un pistolet glissé sous sa ceinture et tira à bout portant dans la tête du capitaine. L'équipage et les passagers, en état de choc, attendaient de connaître leur sort. Hugh Glass, qui se tenait parmi eux, examinait les boucaniers et leur bateau. Ils parlaient un mélange de créole, de français et d'anglais. Glass les soupçonna, à juste titre, d'être des Baratariens : des hommes de la bande en pleine expansion du flibustier Jean Lafitte.

Lafitte avait écumé les Caraïbes pendant des années avant la guerre de 1812, mais les Américains lui prêtaient peu attention car ses cibles étaient principalement britanniques. En 1814, Lafitte trouva à sa haine de l'Angleterre un exutoire approuvé par les Américains lorsque le général Edward Pakenham et six mille anciens de Waterloo assiégèrent La Nouvelle-Orléans. A la tête de l'armée américaine, le général Andrew Jackson se retrouva face à un ennemi cinq fois supérieur en nombre. Lorsque Lafitte offrit les services de ses Barata-riens, Jackson ne demanda pas de références. Le flibus-tier et ses hommes combattirent vaillamment à la bataille de La Nouvelle-Orléans. Au lendemain grisant de la victoire, Jackson recommanda un pardon total des crimes antérieurs du pirate et le président Madison donna rapidement son accord.

Lafitte n'avait pas l'intention de renoncer au métier qu'il s'était choisi, mais il avait appris l'intérêt qu'il y avait à être cautionné par un Etat souverain. Le Mexique était en guerre avec l'Espagne. Lafitte établit sur l'île de Galveston un camp qu'il appela Campeche et proposa ses services à Mexico. Les Mexicains accordè-rent à Lafitte et à sa petite flotte l'autorisation d'atta-quer tout navire espagnol. Lafitte, de son côté, avait toute licence pour piller.

La réalité brutale de cet accord s'étalait maintenant aux yeux de Hugh Glass. Quand deux matelots s'avan-cèrent pour porter secours au capitaine mortellement blessé, ils furent eux aussi abattus. Les trois femmes qui se trouvaient à bord, notamment une vieille veuve, furent portées sur le cotre où les attendait un équipage lubrique. Tandis qu'un groupe de pirates descendait dans la cale inspecter la cargaison, un autre procédait à une évaluation systématique des matelots et des passa-gers. Deux hommes âgés et un banquier obèse furent dépouillés de leurs possessions et jetés à la mer.

Le mulâtre, qui parlait espagnol et français, se tint devant les prisonniers et leur expliqua leurs options. Tout homme désireux de renier l'Espagne pouvait pas-ser au service de Jean Lafitte. Tout homme refusant de le faire rejoindrait son capitaine. Les douze matelots sur-vivants choisirent Lafitte. Une moitié passa sur le cotre, l'autre s'intégra à un équipage de pirates sur le *Bonita Morena*.

Bien que Glass ne parlât pas un mot d'espagnol, il comprit l'essentiel de l'ultimatum du mulâtre. Quand le pirate s'approcha de lui, le pistolet à la main, Glass se désigna du doigt et dit en français :

— Marin.

L'homme le considéra avec une approbation muette. Un sourire amusé apparut au coin de sa bouche et il dit dans la même langue :

— Ah bon ? Très bien, monsieur le marin, hissez le foc.

Glass fouilla désespérément les recoins de son français rudimentaire. Il n'avait aucune idée de ce que « hissez le foc » signifiait. Il comprenait cependant clairement l'enjeu élevé de l'épreuve que le mulâtre lui faisait passer. Supposant qu'il s'agissait de prouver sa qualité de marin, il gagna d'un pas assuré l'avant du navire et saisit le filin de foc qui mettrait le bâtiment au vent.

— Bravo, monsieur le marin, approuva le mulâtre.

On était au mois d'août 1819. Hugh Glass venait de devenir pirate.

Le blessé regarda de nouveau la trouée dans les bois par laquelle Fitzgerald et Bridger avaient disparu. Il serra les mâchoires en pensant à ce qu'ils avaient fait et sentit de nouveau un désir viscéral de se lancer à leur poursuite. Il sentit aussi la faiblesse de son corps. Pour la première fois depuis l'attaque de l'ourse, il avait l'esprit clair, et cette lucidité nouvelle ne lui laissait rien ignorer du caractère dramatique de sa situation.

Avec de vives appréhensions, il se mit à examiner ses blessures. De sa main gauche, il suivit les bords de son cuir chevelu. Il avait aperçu un reflet flou de son visage dans les eaux de la source formant un bassin et constaté, effaré, que la femelle grizzly l'avait presque scalpé. N'ayant jamais été coquet, il estimait que son apparence avait peu d'importance dans sa situation actuelle. S'il survivait, ses cicatrices lui vaudraient peut-être même un certain respect parmi les autres trappeurs.

Ce qui l'inquiétait, c'était sa gorge. Incapable de voir la plaie autrement que dans l'image aqueuse renvoyée par la source, il ne pouvait que l'explorer du bout des doigts avec précaution. Le cataplasme de Bridger s'était décollé quand Glass avait brièvement rampé, la veille. Il toucha les sutures, apprécia les capacités chirurgicales élémentaires d'Henry. Il gardait le souvenir du capitaine s'affairant sur lui peu après l'attaque, mais les détails demeuraient vagues.

En tordant le cou vers le bas, il pouvait voir les griffures s'étendant de son épaule à sa gorge. L'ourse avait profondément lacéré les muscles de la poitrine et du haut du bras. La résine de Bridger avait fermé les plaies, qui semblaient relativement saines, bien qu'une vive douleur musculaire l'empêchât de lever le bras droit. Il se rappela que le jeunot avait soigné ses blessures. Ce n'était néanmoins pas cette image qui restait gravée dans son esprit, mais celle de Bridger le regardant du bord de la clairière, son couteau à la main.

Il regarda le serpent et se dit : *Dieu, ce que je donnerais pour avoir mon couteau*. Le reptile n'avait toujours pas bougé. Glass chassa Fitzgerald et Bridger de ses pensées. *Pas le moment*.

Il baissa les yeux vers sa jambe droite. La résine de Bridger recouvrait les blessures perforantes du haut de la cuisse, qui paraissaient elles aussi relativement saines. Avec précaution, il étendit la jambe. Elle avait la raideur d'un cadavre. Il l'éprouva en roulant légèrement sur le côté pour faire porter ailleurs le poids de son corps et poussa vers le bas. Une douleur insoutenable irradia de ses blessures. A l'évidence, cette jambe ne supporterait aucun poids.

Enfin, Glass utilisa sa main gauche pour tâter les profondes entailles de son dos. Ses doigts comptèrent cinq sillons parallèles, sentirent la masse gluante de la résine de pin, les sutures et la croûte. Quand il regarda sa main, il vit aussi du sang frais. Les plaies partaient de son derrière et devenaient plus profondes en montant le long de son dos. La partie la plus profonde se trouvait entre ses omoplates, endroit que sa main n'arrivait pas à toucher.

Ayant achevé son autopalpation, Glass parvint calmement à la conclusion qui s'imposait : il était sans défense. Si des Indiens ou des animaux le découvraient, il ne pourrait opposer aucune résistance. Impossible de rester plus longtemps dans la clairière. Il ne savait pas depuis combien de jours il gisait dans ce camp, mais il savait que la source abritée devait être connue de tous les Peaux-Rouges de la région. Glass ignorait pourquoi il n'avait pas été découvert la veille et il avait conscience que sa chance ne pourrait durer encore longtemps.

Malgré le danger que représentaient les Indiens, Glass n'entendait pas s'éloigner de la Grand River, qui lui fournirait eau et nourriture et lui permettrait de s'orienter. Restait une question essentielle : amont ou aval ? Bien qu'il désirât se mettre immédiatement à la poursuite des hommes qui l'avaient trahi, il avait conscience que ce serait une folie. Il était seul et sans armes dans une région hostile. La fièvre et la faim l'avaient affaibli.

Et surtout, il était incapable de mettre un pied devant l'autre.

Tout en regrettant de devoir renoncer, fût-ce temporairement, à sa vengeance, il savait qu'il n'avait pas le choix. Le comptoir de Fort Brazeau se trouvait à cinq cent soixante kilomètres du confluent de la White River et du Missouri. S'il y parvenait, il pourrait s'y procurer des vivres et entamer ensuite sa traque.

Cinq cent soixante kilomètres. Par beau temps, un homme en bonne santé pouvait couvrir cette distance en deux semaines. *De combien je peux avancer en un jour en rampant ?* Il n'en avait aucune idée, mais il n'avait pas l'intention de rester à la même place. Son bras et sa jambe ne semblaient pas infectés et il présumait qu'ils guériraient avec le temps. Il ramperait jusqu'à ce qu'il puisse marcher avec une béquille. S'il ne progressait que de cinq kilomètres par jour, ce serait toujours ça. Il valait mieux avoir ces cinq kilomètres derrière lui que devant lui. De plus, bouger augmentait ses chances de trouver de la nourriture.

Le mulâtre et le vaisseau espagnol capturé firent voile vers l'est pour rejoindre la baie de Galveston et la colonie pirate de Campeche. Ils attaquèrent un autre navire marchand espagnol à cent milles au sud de La Nouvelle-Orléans en arborant le pavillon espagnol du *Bonita Morena* pour amener leur proie à portée de canon. Une fois à bord de leur nouvelle victime, la *Castellana*, les boucaniers procédèrent de nouveau à leur sanglant triage. Cette fois, ils durent faire vite car leurs canons avaient éventré la *Castellana* sous la ligne de flottaison. Elle coulait irrémédiablement.

Cette nouvelle prise était un vrai coup de chance : la *Castellana* avait quitté Séville pour La Nouvelle-Orléans avec une cargaison d'armes. Si les pirates parvenaient à la transborder avant que le navire coule, ils réaliseraient d'énormes profits. A la grande satisfaction de Lafitte.

Le peuplement du Texas s'était considérablement développé en 1819 et l'enclave pirate de Jean Lafitte sur l'île de Galveston s'employait activement à ravitailler les colons. Des villes naissaient du rio Grande à la Sabine, et toutes avaient besoin de provisions. La méthode toute particulière du flibustier pour se procurer des marchandises éliminait les intermédiaires, elle les éliminait même *définitivement*. Grâce à cet avantage sur des négociants plus classiques, Campeche prospérait et attirait toutes sortes de contrebandiers, de marchands d'esclaves, de brigands et autres personnages cherchant un environnement tolérant pour le commerce illicite. Le statut ambigu du Texas permettait aux pirates de Campeche d'échapper à l'intervention de puissances extérieures. Le Mexique tirait profit des attaques contre les bateaux espagnols et l'Espagne était trop faible pour les empêcher. Pendant un certain temps, les Etats-Unis préférèrent fermer les yeux : Lafitte ne s'en prenait pas aux bâtiments américains et il était un héros de la bataille de La Nouvelle-Orléans.

Bien que physiquement libre de ses mouvements, Hugh Glass se retrouva prisonnier de l'entreprise criminelle de Jean Lafitte. A bord d'un navire, toute forme de mutinerie signifiait la mort. Les abordages de navires marchands espagnols auxquels il avait pris part ne laissaient aucun doute sur la façon dont les pirates traitaient la moindre résistance. Glass réussit à éviter de faire lui-même couler le sang ; quant à ses autres actes, il les justifiait par la doctrine de la nécessité.

Le temps qu'il passait à terre à Campeche n'offrait pas non plus de véritable occasion de s'échapper. Lafitte régnait en maître absolu sur l'île. De l'autre côté de la baie, le Texas était en majorité peuplé d'Indiens karankawas, connus pour leur cannibalisme. Au-delà de leur territoire s'étendaient ceux des Tonkawas, des Comanches, des Kiowas et des Osages. Aucune de ces tribus n'était hospitalière envers les Blancs, même si elles se montraient moins enclines à les manger. Les poches de civilisation disséminées çà et là incluaient encore un grand nombre d'Espagnols qui ne manqueraient pas de pendre pour piraterie toute personne venant de la côte. Les bandits mexicains et les vigiles texans ajoutaient une dernière touche épicée au mélange.

Finalement, il apparut qu'il y avait des limites à ce que le monde civilisé était prêt à tolérer d'un Etat pirate florissant, et surtout les Etats-Unis décidèrent d'améliorer leurs relations avec l'Espagne. Cette initiative diplomatique était rendue difficile par le harcèlement constant de bâtiments espagnols, souvent dans les eaux territoriales américaines. En novembre 1820, le président Madison envoya le lieutenant Larry Kearney, l'*Enterprise* et une flotte d'autres navires de guerre américains à Campeche. Kearney soumit à Lafitte un choix simple : quitter l'île ou être réduit en miettes.

Jean Lafitte avait beau être un aventurier, il avait aussi un esprit pragmatique. Il chargea sur ses navires tout le butin qu'ils pouvaient porter, mit le feu à Campeche et appareilla avec ses boucaniers pour ne plus jamais refaire parler de lui dans l'histoire.

Cette nuit de novembre, Hugh Glass, qui arpentait les rues de Campeche où régnait le chaos, prit une brusque décision concernant son avenir. Il n'était pas question de se joindre à la bande de pirates en fuite. La mer, qui avait été autrefois pour lui synonyme de liberté, ne lui apparaissait plus que comme un espace borné sillonné par de petits bateaux. Il résolut de se tourner dans une autre direction.

La lueur écarlate de l'incendie mettait une touche apocalyptique sur la dernière nuit de Campeche. Des hommes s'engouffraient dans les maisons pour s'emparer de tout ce qui avait une quelconque valeur. L'alcool, qui n'avait jamais manqué dans l'île, coulait à flots. Les querelles sur un butin contesté trouvaient une résolution rapide dans des échanges de coups de feu emplissant la ville d'un staccato de détonations. La rumeur se répandait que la flotte américaine s'apprêtait à bombarder Campeche. Des hommes se battaient pour monter à bord de bateaux en partance dont les équipages repoussaient avec sabres et pistolets ces passagers indésirables.

Alors que Glass se demandait où aller, il tomba sur un nommé Alexander Greenstock. Comme lui, Greenstock était un prisonnier que les pirates avaient forcé à se joindre à eux lorsqu'ils avaient capturé son navire. Glass avait pris part avec lui à un récent raid dans le golfe.

— Je sais où trouver un skiff sur la côte sud, dit Greenstock. Je compte le prendre pour aller à terre.

Entre autres choix peu engageants, les risques encourus au Texas semblaient les moins graves. Glass et Greenstock se frayèrent un chemin dans la ville. Devant eux, dans une rue étroite, trois hommes lourdement armés étaient juchés sur un chariot chargé de tonneaux et de caisses. L'un d'eux fouettait le cheval qui y était attelé tandis que les deux autres montaient la garde en haut de leur butin. Le chariot heurta une pierre, une caisse tomba sur le sol dans un craquement. Les trois

hommes ne prirent pas la peine de s'arrêter et se hâtèrent vers leur navire.

La caisse portait l'inscription « Kutztown, Pennsylvanie »
et elle contenait des fusils récemment fabriqués par
l'armurier Joseph Anstadt. N'en revenant pas de leur
coup de chance, Glass et Greenstock prirent chacun
une arme. Ils fouillèrent les quelques bâtiments qui
n'avaient pas été réduits en cendres, finirent par trouver
de la poudre, des balles et de la pacotille pour le troc.

Il leur fallut la majeure partie de la nuit pour doubler
à la rame la pointe est de l'île et traverser la baie de Galveston. L'eau reflétait la lueur dansante de la colonie en
flammes et donnait l'impression que toute la baie était
en feu. Ils discernaient dans les ténèbres les formes
massives de la flotte américaine et des navires en fuite
de Lafitte. Quand ils ne furent plus qu'à une centaine de
mètres de la côte, une grande explosion sur l'île les fit se
retourner et ils virent des flammes monter de Maison
Rouge, résidence et arsenal de Jean Lafitte. Après quelques
derniers coups de rame, ils sautèrent dans l'eau peu profonde. Glass pataugea jusqu'à la plage, laissant à jamais
la mer derrière lui.

Sans plan ni destination, les deux hommes progressè-
rent lentement le long de la côte texane. Ils dirigeaient
leurs pas en se souciant davantage de ce qu'ils cherchaient à éviter que de ce qu'ils cherchaient à atteindre.
Ils redoutaient surtout les Karankawas. Sur la plage, ils
étaient à découvert, mais la jungle épaisse et les bayous
marécageux les décourageaient d'obliquer vers l'intérieur des terres. Ils craignaient les troupes espagnoles et
tout autant la marine américaine.

Au bout de sept jours de marche, le petit poste
avancé de Nacogdoches apparut au loin. La nouvelle de
l'attaque américaine sur Campeche s'était sans aucun

doute propagée. Les habitants de la région verraient dans toute personne venant de Galveston un pirate en fuite qu'il convenait de pendre sans autre forme de procès. Glass savait que Nacogdoches était le point de départ de la piste menant à l'enclave espagnole de San Fernando de Bexar. Les deux hommes décidèrent d'éviter le village et de se diriger enfin vers l'intérieur des terres. Loin de la côte, espéraient-ils, on serait moins au courant des événements de Campeche.

Leurs espoirs étaient mal fondés. Six jours plus tard, à leur arrivée à San Fernando de Bexar, ils furent aussitôt arrêtés par les Espagnols. Après une semaine dans une geôle étouffante, ils furent conduits devant le major Juan Palacio del Valle Lersundi, le magistrat local.

Palacio les considéra d'un regard las. C'était un soldat désillusionné qui avait rêvé d'être un conquistador et qui se retrouvait à administrer un coin perdu poussiéreux au terme d'une guerre qu'il savait en passe d'être perdue par l'Espagne. En regardant les deux hommes qui se tenaient devant lui, il avait conscience que le plus sûr serait de les pendre. Venant de la côte avec leurs fusils pour tout bagage, ils étaient probablement des pirates ou des espions, même s'ils prétendaient avoir été capturés par Lafitte à bord de navires espagnols.

Mais le major Palacio n'était pas d'humeur à ordonner une pendaison. La semaine précédente, ils avaient condamné à mort un jeune soldat espagnol qui s'était endormi pendant son tour de garde, châtiment prescrit pour cette faute. Cela avait profondément déprimé le major, qui avait passé une bonne partie de la semaine à se confesser au *padre* local. L'histoire que racontaient les prisonniers était-elle vraie ? Il ne pouvait être sûr du contraire, et sans certitude, qu'est-ce qui l'autorisait à mettre fin à leurs vies ?

111

Palacio proposa aux deux hommes un marché. Ils seraient libres de quitter San Fernando de Bexar à une condition : qu'ils se dirigent vers le nord. Le major redoutait, s'ils descendaient vers le sud, qu'ils ne se fassent prendre par d'autres troupes espagnoles. La dernière chose dont il avait besoin, c'était de se faire réprimander pour avoir remis des pirates en liberté.

Les deux hommes connaissaient très mal le Texas, mais Glass se sentit soudain transporté par la perspective de s'aventurer sans boussole dans l'intérieur du continent.

Ils marchèrent donc vers le nord-est en supposant qu'ils finiraient par se heurter au grand Mississippi. Au long de plus de mille cinq cents kilomètres d'errance, Glass et Greenstock réussirent à survivre dans la plaine découverte du Texas. Le gibier était abondant, notamment des milliers de bisons, et manger posait rarement problème. Le danger résidait plutôt dans une succession quasi infinie de territoires peuplés d'Indiens hostiles. Après avoir traversé celui des Karankawas, ils parvinrent à éviter les Comanches, les Kiowas, les Tonkawas et les Osages.

Leur chance tourna sur la rive de l'Arkansas, alors qu'ils venaient de tuer un jeune bison et s'apprêtaient à le dépecer. Vingt Pawnees Loups, qui avaient entendu le coup de feu, déboulèrent à cheval de la crête d'une butte. La plaine sans arbres n'offrait aucun refuge, pas même des rochers. Sans chevaux, ils n'avaient aucune chance. Stupidement, Greenstock leva son arme et tira, abattant la monture d'un des braves lancés au galop. L'instant d'après, il gisait à terre, mort, trois flèches dans la poitrine. Glass n'avait reçu qu'une flèche dans la cuisse.

Il n'avait même pas levé son fusil et fixait avec fascination les dix-neuf mustangs qui fonçaient sur lui. Il vit la bande de peinture sur le poitrail du cheval de tête, des cheveux noirs sur le ciel bleu, mais il sentit à peine la pierre ronde du tomahawk qui s'abattit sur son crâne.

Glass reprit connaissance dans le village pawnee, la tête palpitante. Il était allongé par terre, le cou relié par une corde à un poteau planté dans le sol, mais ses mains étaient libres. Des cris excités s'élevèrent du groupe d'enfants qui l'entourait quand il ouvrit les yeux.

Un vieux chef aux cheveux raides hérissés s'approcha de lui, toisa l'homme étrange qu'il avait devant lui, l'un des rares Blancs qu'il lui avait été donné de voir. Kicking Bull[1] – c'était son nom – proféra quelque chose que Glass ne put comprendre, et les Pawnees assemblés poussèrent des hurlements ravis. Glass se trouvait au bord d'un grand cercle occupant le cœur du village. Quand sa vision devint moins trouble, il découvrit un bûcher au centre de ce cercle et devina rapidement la raison des cris de joie des Indiens. Une vieille femme lança quelques mots aux enfants, qui déguerpirent tandis que les Pawnees se dispersaient pour préparer la cérémonie d'immolation.

Resté seul, Glass estima sa situation. Des images dédoublées du camp indien flottaient devant ses yeux et ne se fondaient en une seule que lorsqu'il plissait ou fermait un œil. Baissant les yeux vers sa jambe blessée, il découvrit que les Pawnees lui avaient fait la grâce d'en extirper la flèche. Elle n'avait pas pénétré profondément, mais la blessure le ralentirait certainement s'il ten-

---

1. « Bison-Ruant ».

tait de s'enfuir. Bref, il voyait mal et il pouvait à peine marcher, sans parler de courir.

Il tapota la poche du devant de sa chemise, constata que la petite fiole de cinabre n'en était pas tombée. Cette poudre servant à peindre faisait partie des quelques objets de troc qu'il avait emportés en s'échappant de Campeche. Roulant sur le flanc pour dissimuler ce qu'il faisait, il ouvrit la fiole, cracha sur la poudre, la mélangea avec le doigt. Il étala ensuite la peinture sur son visage en veillant à recouvrir toute la peau du front au col de sa chemise. Il garda en outre une bonne quantité de l'épaisse peinture au creux de sa main, referma la fiole et l'enfouit sous lui dans le sol sableux. Cela fait, il posa sa tête au creux de ses bras pour que son visage demeure caché.

Il resta dans cette position et attendit qu'on vienne le chercher en écoutant les préparatifs excités de son exécution. La nuit tombait, et un grand feu éclairait le cercle du camp pawnee.

Glass ne sut jamais si, en se peignant le visage, il avait voulu accomplir un dernier geste symbolique, ou s'il avait vraiment espéré obtenir l'effet qu'il produisit réellement. Il avait entendu dire que la plupart des sauvages étaient superstitieux. Quoi qu'il en soit, l'effet fut spectaculaire et lui sauva la vie.

Deux guerriers pawnees et Kicking Bull s'approchèrent pour le mener au bûcher et virent dans la tête baissée de Glass un signe de terreur. Le chef coupa le lien qui attachait le prisonnier au poteau, tandis que les deux braves le prenaient chacun par une épaule pour le mettre debout. Malgré sa douleur à la cuisse, Glass se leva d'un bond, fit face au chef, aux deux guerriers et à la tribu assemblée.

Les Pawnees le regardèrent, bouche bée de stupeur. Tout son visage était rouge sang, comme si on l'avait écorché. Le blanc de ses yeux brillait à la lueur du feu, telle la pleine lune. La plupart des Indiens n'avaient jamais vu de Blanc et la barbe de Glass achevait de lui donner l'apparence d'une bête démoniaque. Il frappa du plat de la main l'un des braves, laissant une empreinte écarlate sur sa poitrine. Un murmure s'éleva de la tribu.

Il y eut un long silence. Glass observait les Pawnees, qui, médusés, le dévisageaient en retour. Plutôt surpris par le succès de son stratagème, Glass se demandait ce qu'il devait faire maintenant. Pris de panique à l'idée qu'un des Indiens pouvait soudain se ressaisir, il résolut de se mettre à brailler et, incapable de trouver autre chose à dire, il entama à tue-tête un Notre Père :

— « Notre Père qui es aux cieux, que Ton nom soit sanctifié... »

Le chef pawnee semblait profondément troublé. Il avait déjà rencontré quelques Blancs, mais celui-là devait être une sorte de sorcier ou de démon, et son étrange incantation paraissait envoûter toute la tribu.

Glass continuait à déclamer :

— « Car à Toi appartiennent à jamais le Royaume, la Puissance et la Gloire. Amen. »

L'homme blanc se tut enfin, pantelant comme un cheval fourbu. Kicking Bull regarda autour de lui et sentit que son peuple le rendait responsable. Quel sort avait-il attiré sur la tribu ? Il était temps d'adopter une autre ligne de conduite.

D'un pas lent, il s'approcha du prisonnier, s'arrêta devant lui. Il ôta de son propre cou un collier au bout duquel pendaient deux pattes de faucon, le passa par-dessus la tête de Glass en plongeant un regard interrogateur dans les yeux de l'homme démoniaque.

Au centre du cercle, près du bûcher, on avait installé quatre sièges bas faits de branches de saule tressées. Ils constituaient clairement le premier rang pour ceux qui auraient dû assister à la crémation rituelle. Glass se dirigea en boitant vers l'un des sièges et s'assit. Le chef prononça quelques mots, deux femmes s'empressèrent d'aller chercher de la nourriture et de l'eau. Puis il s'adressa au brave dont la poitrine était frappée de l'empreinte de main écarlate. L'Indien partit en courant, revint avec l'Anstadt, qu'il déposa sur le sol aux pieds de Glass.

Glass passa près d'un an chez les Pawnees Loups, dans les plaines s'étendant entre les rivières Arkansas et Platte. Après avoir surmonté une réticence initiale, Kicking Bull adopta l'homme blanc comme son fils. Ce que Glass n'avait pas appris sur la survie dans une contrée sauvage pendant sa longue fuite de Campeche, il l'apprit des Pawnees cette année-là.

En 1821, des Blancs disséminés avaient commencé à traverser les plaines entre la Platte et l'Arkansas. Cet été-là, Glass chassait avec un groupe de dix Indiens quand ils tombèrent sur deux Blancs voyageant en chariot. Après avoir demandé à ses amis pawnees de rester derrière, Glass s'approcha lentement sur son cheval. Les deux hommes étaient des agents fédéraux envoyés par William Clark, secrétaire aux Affaires indiennes, pour inviter à Saint Louis les chefs de toutes les tribus de la région. Afin de démontrer la bonne foi du gouvernement, le chariot était chargé de cadeaux : couvertures, aiguilles à coudre, couteaux, chaudrons en fonte.

Trois semaines plus tard, Glass arriva à Saint Louis en compagnie de Kicking Bull.

La ville se trouvait prise entre deux forces qui tiraillaient Glass. A l'est, il sentait de nouveau la puissante traction de ses liens avec le monde civilisé : avec Elizabeth et avec sa famille, sa profession et son passé. A l'ouest, il sentait la forte attirance de la *terra incognita*, d'une liberté sans pareille, d'un nouveau départ. Glass posta trois lettres pour Philadelphie : une à Elizabeth, une autre à sa mère, une dernière à Rawsthorne & Sons. Il prit un emploi de bureau à la Mississippi Shipping Company et attendit les réponses.

Elles mirent plus de six mois à lui parvenir. Début mars 1822, il reçut une lettre de son frère. Leur mère était décédée, un mois à peine après leur père, écrivait-il.

Ce n'était pas tout. « J'ai aussi le triste devoir de t'informer que ta chère Elizabeth est morte. Elle a contracté une fièvre en janvier et, bien qu'elle ait lutté, elle ne s'en est jamais remise. »

Glass s'effondra dans un fauteuil, le visage exsangue, et se demanda s'il n'allait pas vomir. Il reprit sa lecture :

« J'espère que cela sera pour toi un réconfort de savoir qu'elle repose près de Mère. Sache aussi que sa fidélité envers toi n'a jamais vacillé, même quand nous pensions tous que tu avais péri. »

Le 20 mars, à son arrivée dans les bureaux de la Mississippi Shipping Company, Glass découvrit plusieurs employés lisant ensemble une annonce du *Missouri Republican*. William Ashley rassemblait une brigade de trappeurs pour le Haut Missouri.

Une semaine plus tard, une lettre de Rawsthorne & Sons proposait à Glass un nouveau poste de capitaine à bord d'un cotre reliant Philadelphie à Liverpool. Le soir du 14 avril, il réfléchit une dernière fois à l'offre puis jeta la lettre dans le feu et regarda les flammes dévorer ce dernier lien tangible avec son ancienne vie.

Le lendemain matin, Hugh Glass embarqua avec le capitaine Henry et les hommes de la Rocky Mountain Fur Company. A l'âge de trente-six ans, il ne se considérait plus comme un homme jeune. Et à la différence des jeunes gens, il ne se considérait pas comme quelqu'un qui n'avait rien à perdre. Sa décision d'aller dans l'Ouest ne fut ni précipitée ni contrainte, mais aussi réfléchie que toutes celles qu'il avait prises dans sa vie. En même temps, il aurait été incapable d'expliquer les raisons qui l'y avaient déterminé. C'était une chose qu'il sentait plus qu'il ne la comprenait.

Dans une lettre à son frère, il écrivit : « Je suis attiré par cette entreprise comme je ne l'ai jamais été par quoi que ce soit dans ma vie. Je suis sûr d'avoir raison de faire ce choix, bien que je ne puisse pas te dire exactement pourquoi. »

8

2 septembre 1823 – après-midi

Glass regarda à nouveau longuement le serpent toujours plongé dans sa torpeur digestive. Le reptile n'avait pas bougé d'un pouce depuis que Glass avait repris connaissance. *Manger.* Une fois sa soif étanchée à la source, il prit soudain conscience de sa faim dévorante. Il ne savait pas depuis combien de temps il n'avait pas mangé, mais le manque de nourriture faisait trembler ses mains. Lorsqu'il leva la tête, la clairière tourna lentement autour de lui.

Les images de son horrible cauchemar encore présentes à l'esprit, il rampa vers le crotale. Quand il fut à moins de deux mètres de la bête, il s'arrêta pour ramasser un caillou. De sa main gauche, il le jeta sur l'animal, qui ne bougea pas. Glass saisit alors une pierre grosse comme son poing et reprit sa reptation. Le serpent eut un lent mouvement pour se mettre à l'abri. Trop tard. Glass abattit la pierre sur la tête du crotale, frappa jusqu'à être sûr qu'il soit mort.

Restait le problème de le vider. Glass regarda autour de lui, repéra sa sacoche au bord de la clairière. Il rampa pour l'atteindre, renversa sur le sol ce qu'elle contenait encore : des petits patchs pour entourer les balles, un rasoir, deux pattes de faucon sur un collier de perles et une griffe de grizzly longue de douze centimètres, à la pointe couverte de sang séché. Il la remit dans la sacoche en se demandant comment elle y était arrivée. Il prit les patchs en se disant qu'il pourrait les utiliser pour allumer un feu, éprouva de nouveau une vive amertume en songeant qu'ils ne serviraient pas à ce à quoi ils étaient destinés. Le rasoir était la vraie trouvaille. Sa lame était trop fragile pour qu'il en fasse une arme, mais il se révélerait utile pour de nombreuses autres choses. Dans l'immédiat, écorcher le serpent. Glass laissa le rasoir tomber dans la sacoche, accrocha celle-ci à son épaule et retourna auprès du crotale en rampant.

Des mouches bourdonnaient déjà autour de la tête sanglante de l'animal. Glass se montra prudent. Il avait déjà vu une tête coupée de serpent planter ses crocs dans le museau d'un chien trop curieux. Se rappelant l'infortunée bête, il posa un long bâton sur la tête du crotale et appuya dessus avec sa jambe gauche. S'il ne pouvait lever le bras droit sans ressentir une douleur aiguë dans l'épaule, sa main fonctionnait normalement. Il s'en servit pour manier le rasoir, cisaillant de la lame pour séparer la tête du corps. A l'aide du bout de bois, il la projeta vers les arbres.

Il ouvrit ensuite le ventre du crotale en commençant par le haut. Le rasoir s'émoussait rapidement, perdant de son efficacité à chaque centimètre. Glass réussit à éventrer le serpent sur toute sa longueur, près d'un mètre cinquante jusqu'à l'orifice anal. Il sortit les entrailles, les jeta sur le côté. Puis il entreprit de détacher la peau écailleuse des muscles. La chair apparut, luisante, irrésistible pour un homme taraudé par la faim.

Il mordit dans le reptile comme dans un épi de maïs, parvint à détacher un morceau de viande crue, élastique. Il la mâcha sans vraiment la réduire en bouillie. Oubliant tout sauf sa faim, il commit l'erreur d'avaler. Le gros morceau de viande crue lui fit l'effet d'une pierre quand il arriva dans sa gorge blessée. La douleur le fit hoqueter. Il toussa et, l'espace d'un moment, il craignit que la viande ne l'étouffe. Elle finit par descendre dans son œsophage.

Ayant compris la leçon, il passa le reste du jour à découper des petits bouts de viande avec le rasoir, à les écraser entre deux pierres pour briser les fibres, à accompagner enfin chaque bouchée d'une gorgée d'eau de la source. C'était une façon ardue de manger et Glass avait encore faim quand il arriva à la queue du crotale. Fait inquiétant, car il doutait que son prochain repas lui serait offert aussi facilement.

Pendant les derniers moments de clarté, il examina les écailles de la pointe de la queue. Il y en avait dix, une pour chaque année de vie du crotale. Glass n'avait jamais vu un serpent aussi vieux. *C'est long, dix ans.* Pendant une décennie, le reptile avait survécu grâce à ses rudes attributs, et puis une seule erreur, un moment de vulnérabilité dans un environnement impitoyable, lui avait valu d'être tué et dévoré en quelques instants. Glass coupa la queue écailleuse et promena les doigts dessus comme sur un rosaire. Au bout d'un moment, il la glissa dans sa sacoche. Quand il voudrait se souvenir, il n'aurait qu'à la regarder.

La nuit tomba. Glass s'enveloppa de la couverture, courba le dos et s'endormit.

Au sortir d'un sommeil agité, il avait faim et soif. Toutes ses plaies lui faisaient mal. *Cinq cent soixante kilomètres pour rejoindre Fort Brazeau.* Il ne fallait pas qu'il y pense, pas en totalité. *Un kilomètre à la fois.* Il se fixa la Grand River comme premier objectif. Il était inconscient quand la brigade s'était écartée de la rivière pour remonter le ruisseau, mais ce qu'il avait entendu des discussions entre Bridger et Fitzgerald le conduisait à supposer qu'elle était proche.

Il défit la couverture Hudson Bay de ses épaules, découpa trois longues bandes dans le lainage avec le rasoir. Il enroula la première autour de son genou gauche – son bon genou. Elle servirait de coussinet quand il ramperait. Les deux autres, il les noua autour de ses mains en laissant les doigts libres. Il roula le reste de la couverture, attacha aux deux extrémités la longue bandoulière de sa sacoche. Après avoir vérifié qu'elle était bien fermée, il plaça sacoche et couverture sur son dos, passa la bandoulière autour de ses deux épaules pour avoir les mains libres.

Glass but longuement au ruisseau et recommença à ramper. A vrai dire, il rampait moins qu'il ne se traînait sur le sol. Il se servait de son bras droit pour garder l'équilibre, mais il ne pouvait pas s'appuyer dessus. Sa jambe droite, il devait se contenter de la laisser pendre derrière lui. Il s'était vainement efforcé d'en assouplir les muscles en la pliant et en la tendant, elle demeurait raide comme un poteau.

Glass adopta le meilleur rythme possible dans son état. Sa main droite faisant office de balancier, il maintenait son poids sur son côté gauche, se penchait en avant sur son bras gauche, ramenait son genou gauche et tirait sa jambe droite derrière lui. Encore et encore, mètre après mètre. Il s'arrêtait de temps en temps pour

122

rajuster la position de la couverture et de la sacoche sur son dos. Ses mouvements saccadés desserraient les liens de son fardeau. Finalement, il trouva la bonne combinaison de nœuds pour le maintenir en place.

Pendant un temps, les bandes de laine sur son genou et ses paumes le protégèrent efficacement, quoiqu'il fallût les replacer fréquemment. Glass avait omis de considérer les conséquences pour la jambe qu'il traînait. Le mocassin protégeait la partie inférieure du pied, mais il ne couvrait pas la cheville. Au bout de cent mètres, elle fut écorchée. Glass s'arrêta de nouveau et découpa une bande de couverture pour la partie en contact avec le sol.

Il lui fallut presque deux heures pour ramper le long du ruisseau jusqu'à la Grand River. Quand il y parvint, il avait dans les bras et les jambes des douleurs provoquées par ces mouvements inhabituels. Il aperçut les traces laissées par la brigade et se demanda par quel effet de la providence les Indiens ne les avaient pas repérées.

L'explication, qu'il ne pouvait pas voir, se trouvait sur la rive opposée. S'il avait traversé la rivière, Glass aurait découvert les empreintes des pattes énormes d'un grizzly autour de buissons de baies. Aussi nettes que celles des cinq chevaux indiens. Ironie du sort que Glass ne savourerait jamais, c'était un grizzly qui l'avait sauvé des Peaux-Rouges. Comme Fitzgerald, l'ours avait découvert les buissons de baies proches de la Grand River et il s'en gavait lorsque les guerriers arikaras avaient remonté la rivière. En fait, c'était l'odeur de l'ours qui avait rendu le cheval pie nerveux. Alerté, le grizzly s'était réfugié dans les broussailles et les cinq chasseurs s'étaient rués à sa poursuite sans remarquer les traces sur la rive opposée.

Au sortir du couvert des pins, l'horizon s'élargissait en une ligne plate brisée uniquement par des mamelons et des bosquets de peupliers disséminés. Les saules bordant la rivière ralentissaient Glass mais ne faisaient pas grand-chose pour lui épargner la chaleur cuisante des rayons du soleil de cette fin de matinée. Il sentait des rigoles de sueur couler sur son dos et sa poitrine, la piqûre du sel quand elle s'insinuait dans ses plaies. Il s'abreuva une dernière fois au ruisseau, regarda vers l'amont entre deux gorgées, envisagea une fois de plus d'entamer immédiatement sa traque. *Pas encore.*

La nécessité frustrante de la remettre à plus tard eut l'effet de l'eau sur le fer chauffé à blanc de sa détermination : elle lui donna la dureté de l'acier. Il se jura de survivre, ne fût-ce que pour exercer sa vengeance sur les hommes qui l'avaient abandonné.

Glass rampa deux heures de plus ce jour-là et estima qu'il avait couvert cinq kilomètres. Les berges de la Grand River variaient, passant du sable à l'herbe et à la rocaille. Souvent, l'eau était peu profonde et s'il avait pu se tenir debout, Glass aurait traversé pour tirer profit d'un terrain plus aisé.

Il lui fallait se cantonner à la rive nord. La rocaille présentait une difficulté particulière. Lorsqu'il fit halte, les coussinets étaient en lambeaux. La laine avait empêché la formation d'écorchures, mais pas d'hématomes. Ses genoux et ses paumes étaient noir et bleu, sensibles au toucher. Les muscles de son bras gauche étaient raidis par des crampes et le manque de nourriture le faisait de nouveau trembler. Comme il s'y attendait, il n'était tombé sur aucune source de viande facile. Pour le moment, il devrait se contenter de plantes.

Pendant l'année passée chez les Pawnees Loups, Glass s'était familiarisé avec les plantes de la plaine. Des joncs poussaient en abondance partout où le terrain s'aplatissait pour créer des bras morts marécageux, leurs épis bruns duveteux terminant de minces tiges vertes hautes de plus d'un mètre. Il utilisa un bâton pour déterrer les racines, les éplucha et mangea les pousses tendres. Si les joncs abondaient, les moustiques aussi. Ils bourdonnaient sans cesse autour de la peau dénudée de sa tête, de son cou, de ses bras. Glass les ignora tandis qu'il creusait avidement la terre autour des joncs. Au bout d'un moment, il eut suffisamment apaisé ou tout au moins trompé sa faim pour se soucier des piqûres de moustique et il rampa cent mètres plus loin. Pas moyen d'échapper aux moustiques à cette heure de la journée, mais leur nombre diminuait quand on s'éloignait de l'eau stagnante du marais.

Pendant trois jours, il rampa le long de la Grand River. Les joncs étaient toujours abondants et Glass trouva d'autres plantes qu'il savait être comestibles : des oignons sauvages, des pissenlits et même des feuilles de saule. A deux reprises il tomba sur des baies et il s'arrêta les deux fois pour s'en repaître, les doigts violets de jus.

Il ne trouva toutefois pas ce dont son corps avait un besoin impérieux. Cela faisait douze jours que le grizzly l'avait assailli. Avant d'être abandonné, Glass avait avalé quelques gorgées de bouillon deux ou trois fois. Sinon, il n'avait eu que le crotale comme véritable nourriture. Les baies et les racines pouvaient le sustenter pendant quelques jours, mais pour guérir, pour se remettre sur pied, il lui fallait les riches nutriments que seule la viande fournissait, il le savait. Le serpent avait été un coup de chance qui ne se répéterait probablement pas. Surtout s'il restait sans bouger.

Le lendemain, il recommencerait à ramper, et si la chance ne venait pas à lui, il ferait tout pour la provoquer.

9

8 septembre 1823

Il sentit l'odeur de la carcasse de bison avant de la voir. Il l'entendit aussi – ou du moins il entendit les nuées de mouches qui tournoyaient autour de la masse de peau et d'os. Des tendons maintenaient le squelette que des charognards avaient nettoyé de toute chair. La tête énorme, broussailleuse, et les cornes noires conféraient encore à l'animal une certaine dignité, bien que les oiseaux lui eussent becqueté les yeux.

En regardant la bête, Glass n'éprouvait aucun dégoût, il était seulement déçu que d'autres l'aient devancé. Glass estima que l'animal était là depuis au moins quatre ou cinq jours. Sans quitter des yeux le squelette du bison, il imagina ses propres os disséminés dans un coin morne et perdu de la prairie, sa chair dévorée par les pies et les coyotes. Il songea à une phrase des Ecritures selon laquelle « la poussière retourne à la poussière » et se demanda si c'était cela qu'elle signifiait.

Ses pensées revinrent bientôt à des considérations plus pratiques. Il avait vu des Indiens affamés faire bouillir des peaux pour les transformer en une pâte gluante comestible. Il aurait tenté de faire la même chose avec celle du bison s'il avait eu un récipient pouvant contenir de l'eau bouillante. Une autre idée lui vint. De sa main gauche, il prit une grosse pierre et la lança maladroitement sur une rangée de côtes. Un des os se brisa et Glass ramassa l'un des morceaux. La moelle qu'il avait pour objectif était desséchée. *Il me faut un os plus épais.*

L'un des os d'une patte avant du bison se trouvait un peu à l'écart, dénudé de chair jusqu'au sabot. Glass le posa sur une pierre plate et se mit à le frapper avec une autre pierre. Une fissure finit par apparaître puis l'os se rompit.

Il avait raison : l'os plus épais contenait une substance verdâtre. L'odeur qu'elle dégageait aurait dû le dissuader de la manger, mais sa faim le privait de tout bon sens. Ignorant le goût amer, il aspira l'intérieur de l'os, extirpa avec la pointe d'une côte ce qu'il restait. *Plutôt courir le risque que de mourir de faim.* Au moins, c'était facile à avaler. Pris d'une sorte de frénésie, il passa près d'une heure à briser des os et à racler leur moelle.

Ce fut alors que la première crampe le saisit. Cela commença par une douleur diffuse au plus profond de ses entrailles. Soudain incapable de soutenir son propre poids, il roula sur le côté. La pression dans sa tête était si forte qu'il avait l'impression de sentir les sutures de son crâne. Il se mit à transpirer abondamment. Comme les rayons du soleil à travers une loupe, la douleur dans son abdomen devint très vite plus concentrée, plus aiguë. La nausée lui souleva l'estomac telle une vague puissante et irrésistible. Il vomit, secoué de convulsions dont l'indignité n'était cependant rien comparée à la douleur atroce de la bile remontant dans sa gorge blessée.

Pendant deux heures il demeura étendu au même endroit. Son estomac se vida rapidement mais ne cessa pas pour autant de se tordre. Entre deux haut-le-cœur, il restait parfaitement immobile, comme si demeurer sans bouger pouvait faire disparaître la nausée et la souffrance.

Quand la première série de vomissements cessa, il s'éloigna en rampant de la carcasse, impatient à présent d'échapper à l'odeur douceâtre et écœurante. Ce mouvement réveilla la douleur dans sa tête et les convulsions de son estomac. A trente mètres du bison, Glass se réfugia dans un épais bosquet de saules, se recroquevilla sur le flanc et sombra dans ce qui ressemblait davantage à l'inconscience qu'au sommeil.

Pendant un jour et une nuit, son corps se purgea de la moelle rance. La douleur causée par ses blessures s'accompagnait maintenant d'une faiblesse générale. Il se représentait ses forces comme le contenu d'un sablier. Minute après minute, il sentait sa vitalité décroître. Il savait que le moment viendrait où le dernier grain de sable tomberait, laissant la partie supérieure du sablier vide. Glass ne parvenait pas à chasser de son esprit l'image du bison, de cette bête puissante réduite à l'état de squelette.

Le matin du deuxième jour, Glass se réveilla torturé par la faim, et il y vit le signe que son corps avait éliminé le poison. Il avait tenté de poursuivre sa laborieuse reptation vers l'aval en partie parce qu'il espérait encore tomber sur une autre source de nourriture, mais surtout parce qu'il avait conscience de ce que s'arrêter aurait signifié. En deux jours, il n'avait pas couvert plus de quatre cents mètres, estima-t-il. Glass savait que son intoxication lui avait coûté plus que du temps et des mètres. Elle avait sapé le peu d'énergie qui restait en lui.

S'il ne mangeait pas de viande dans les deux ou trois prochains jours, il mourrait. Après sa mésaventure avec la moelle du bison, il se garderait désormais de manger quoi que ce soit qui n'ait pas été récemment tué, aussi grand que puisse être son désespoir. Il songea d'abord à fabriquer une lance, ou à abattre un lapin avec une pierre. Mais la douleur dans son épaule droite l'empêchait de lever le bras, sans parler de jeter une pierre assez fort pour que le coup soit mortel. Avec son bras gauche, il n'aurait aucune précision.

Chasser était donc hors de question. Restaient les pièges. Avec de la corde et un couteau pour tailler des déclencheurs, Glass aurait su fabriquer toutes sortes de lacets pour prendre du petit gibier. Ne disposant pas même de ces éléments, il se rabattit sur un piège à assommoir. C'était un système simple : une grosse pierre plate reposant en équilibre instable sur un bâton et tombant dès qu'une proie imprudente touchait le déclencheur.

Autour des saules bordant la Grand River, le sable humide était couvert de traces de gibier. Dans l'herbe haute, Glass repéra des creux ronds marquant les endroits où des daims s'étaient couchés pour la nuit. Il jugeait toutefois peu probable de parvenir à en piéger un avec un tel dispositif. Ne serait-ce que parce qu'il se sentait incapable de soulever une pierre ou une branche d'un poids suffisant. Il décida de se concentrer sur les lapins qu'il ne cessait d'apercevoir le long de la rivière.

Il chercha des traces près des épais couverts que ces bêtes affectionnaient et trouva un peuplier récemment abattu par des castors. Ses branches feuillues créaient un labyrinthe géant d'obstacles et de cachettes, et les traces qui menaient à l'arbre et en partaient étaient jonchées de petites crottes.

Près de la rivière, Glass trouva trois pierres adéquates : assez plates pour fournir une large surface d'écrasement lorsque le piège serait déclenché, assez lourdes pour que le coup soit mortel. Les pierres qu'il choisit avaient la dimension d'un baril de poudre et pesaient chacune une quinzaine de kilos. Avec un bras et une jambe blessés, il lui fallut près d'une heure pour les faire rouler une par une de la berge au peuplier.

Glass chercha ensuite les trois bâtons dont il avait besoin pour soutenir l'assommoir. Il repéra sur l'arbre abattu trois rameaux de deux centimètres de diamètre et les rompit pour obtenir des morceaux de la longueur de son bras. Puis il les cassa en deux. Briser le premier avec ses mains lui causa une vive douleur à l'épaule et dans le dos. Il appuya les deux autres contre le tronc du peuplier et les cassa avec une de ses pierres.

Quand il eut terminé, il disposait d'un bout de bois cassé en deux pour chaque pierre. Une fois les deux parties raboutées, elles soutiendraient, quoique de façon précaire, le poids de la pierre inclinée. Là où les deux morceaux se touchaient, Glass appuierait un déclencheur appâté. Lorsque le déclencheur bougerait, le bâton de soutien s'effondrerait comme une jambe qui se dérobe, lâchant le poids mortel sur la proie sans méfiance.

Pour les déclencheurs, Glass porta son choix sur trois minces branches de bouleau qu'il cassa à une quarantaine de centimètres de longueur. Il avait remarqué des pissenlits près de la rivière et il en arracha une grosse poignée pour appâter ses pièges en embrochant les tendres feuilles sur chaque bâton déclencheur.

Une piste étroite couverte de crottes menait à la partie la plus épaisse du peuplier abattu. Glass choisit cet endroit pour le premier dispositif et entreprit de l'assembler.

La difficulté, dans un piège de ce type, consiste à trouver l'équilibre entre stabilité et fragilité. La stabilité l'empêche de s'effondrer tout seul, mais trop de stabilité l'empêche de s'effondrer tout court ; la fragilité permet que la pierre tombe facilement quand la proie touche le déclencheur, mais trop de fragilité la fait tomber toute seule. Parvenir au bon équilibre requiert force et coordination, deux qualités dont Glass était privé par ses blessures. Comme son bras droit était incapable de soutenir le poids de la pierre, il la plaça maladroitement contre sa jambe gauche. En même temps, il s'efforça de tenir ensemble avec sa main gauche les deux morceaux du bâton de soutien et le déclencheur logé entre les deux. Le dispositif ne cessait de s'effondrer. Deux fois, alors qu'il l'avait assemblé, il estima qu'il était trop stable et il le fit tomber lui-même.

Au bout d'une heure, il réussit à trouver un point d'équilibre. Il repéra ensuite sur les pistes deux autres endroits adéquats proches du peuplier et tendit le reste de ses pièges avant de regagner le bord de la rivière.

Glass dénicha dans une brèche de la berge un abri où dormir. Quand il ne supporta plus les tiraillements de la faim, il mangea les racines amères des pissenlits qu'il avait arrachés. Il but à la rivière pour en chasser le goût de sa bouche puis se laissa aller au sommeil. Les lapins sortaient surtout de leurs terriers la nuit. Il irait inspecter ses pièges le lendemain matin.

Une vive douleur à la gorge le réveilla avant l'aube. Les premières lueurs du jour s'infiltraient tel du sang à l'est de l'horizon. Glass changea de position dans un vain effort pour soulager son épaule, elle aussi douloureuse. Sentant le froid, il se recroquevilla et entoura le reste de la couverture autour de son cou. Il demeura une heure dans cette position inconfortable en attendant qu'il y ait assez de lumière.

Il lui restait dans la bouche un peu de l'amertume des pissenlits tandis qu'il rampait vers le peuplier abattu et il avait vaguement conscience d'une puanteur de sconse. Ces deux sensations s'évanouirent cependant quand il imagina un lapin mis à rôtir sur une broche au-dessus d'un feu crépitant. La chair nourrissante… Il en sentait l'odeur, le goût dans sa bouche.

A cinquante mètres de distance, il pouvait voir les trois pièges. L'un n'avait pas bougé, mais les deux autres avaient été déclenchés : la pierre était tombée, le bâton de soutien avait cédé. Glass sentit son cœur battre dans sa gorge lorsqu'il s'approcha.

A trois mètres du premier, il remarqua la multitude de nouvelles traces sur l'étroite piste, les crottes éparpillées. Le souffle court, il regarda la partie arrière de la pierre : rien ne dépassait. Gardant quand même espoir, il souleva la pierre. Le piège était vide. Son cœur se serra de déception. *Je l'ai tendu trop fragile ? Il est tombé tout seul ?* Il rampa rapidement jusqu'à l'autre pierre. Rien ne dépassait devant et il se pencha pour examiner la partie arrière de l'assommoir.

Il entrevit un éclair noir et blanc, entendit un sifflement à peine perceptible. La douleur le transperça avant que son esprit ait saisi ce qui s'était passé. Un sconse était pris par une patte antérieure, ce qui ne le privait pas de sa capacité à projeter de fines gouttelettes toxiques. C'était comme si on avait versé dans les yeux de Glass du pétrole lampant enflammé. Il roula sur le côté dans un vain effort pour échapper au reste de la pulvérisation. Complètement aveugle, il se traîna vers la rivière.

Il plongea le visage dans une flaque profonde pour tenter désespérément de laver le poison brûlant. La tête sous l'eau, il essaya d'ouvrir les yeux, mais la brûlure était trop forte. Il ne recommença à voir qu'au bout de vingt minutes, et seulement en clignant des yeux rougis et larmoyants. Finalement, il parvint à la berge. L'odeur nauséabonde collait à sa peau et à ses vêtements comme du givre sur un carreau. Autrefois, il avait vu un chien se rouler dans la poussière pendant une semaine pour tenter de se débarrasser de cette puanteur. Glass savait qu'elle resterait sur lui pendant des jours.

Tandis que la brûlure de ses yeux diminuait lentement, il procéda à un rapide examen de ses blessures. Il se toucha le cou, regarda ses doigts. Il n'y avait pas de sang, bien que la douleur interne persistât lorsqu'il avalait ou inspirait profondément. Il se rendit compte que cela faisait des jours qu'il n'avait pas essayé de parler. Avec hésitation, il ouvrit la bouche, força de l'air à passer par son larynx. Le résultat fut un gémissement pathétique accompagné d'une forte douleur et il se demanda s'il reparlerait un jour normalement.

En tendant le cou, il pouvait voir les griffures parallèles qui couraient de sa gorge à son épaule. La résine de Bridger recouvrait encore cette zone. Si toute l'épaule demeurait douloureuse, les plaies semblaient guérir. Les blessures perforantes de la cuisse paraissaient elles aussi relativement saines, même si sa jambe ne pouvait toujours pas soutenir le poids de son corps. En tâtant son cuir chevelu, il conclut qu'il devait être horrible à voir, mais au moins il ne saignait plus et ne lui causait aucune douleur.

Sa gorge mise à part, c'était son dos qui l'inquiétait le plus. Il ne pouvait pas voir ses blessures, et comme il n'était pas assez souple pour les toucher, il imaginait des choses horribles. Il éprouvait d'étranges sensations qu'il attribuait à des croûtes qui se brisaient. Il savait que le capitaine Henry avait suturé les plaies et il sentait parfois des démangeaisons causées par les fils.

Plus que tout, néanmoins, il sentait le vide taraudant de la faim.

Il resta un moment allongé sur le sable de la rive, exténué et totalement démoralisé par l'ultime tournure des événements. Une touffe de fleurs jaunes oscillait au-dessus de minces tiges vertes. On aurait pu les prendre pour des fleurs d'oignon sauvage, mais Glass ne s'y trompa pas. C'étaient des zigadènes vénéneux. *Est-ce la Providence qui les a placés là pour moi ?* Glass s'interrogea : comment le poison agirait-il ? Le ferait-il sombrer paisiblement dans un sommeil sans fin ? Ou bien son corps se tordrait-il dans les affres de la mort ? Est-ce que cela pouvait être très différent de son état actuel ? Au moins, il aurait la certitude que la fin était proche.

Alors qu'il gisait sur la berge aux premiers moments de l'aube, une daine émergea des saules de l'autre côté de la rivière. Elle regarda prudemment à gauche et à droite avant de s'avancer d'un pas hésitant pour s'abreuver. Elle était à moins de trente mètres, cible facile pour son fusil. *L'Anstadt.*

Pour la première fois ce jour-là, il pensa aux hommes qui l'avaient abandonné et sa rage grandit tandis qu'il contemplait l'animal. « Abandonner » était un mot trop faible pour décrire leur trahison. L'abandon est un acte passif : on s'enfuit, ou on laisse quelqu'un derrière soi. Si ceux à qui il avait été confié n'avaient fait que l'abandonner, il braquerait en ce moment son fusil sur la daine et s'apprêterait à l'abattre. Il se servirait ensuite de son couteau pour la dépecer, il ferait jaillir une étincelle de son silex pour allumer un feu et faire cuire sa viande.

Glass baissa les yeux pour se regarder : trempé de la tête aux pieds, blessé, puant le sconse, un goût amer de racines dans la bouche.

Ce que Fitzgerald et Bridger avaient fait était plus grave qu'un abandon, beaucoup plus grave. Ils n'avaient pas, passant sur le chemin de Jéricho, simplement détourné les yeux et traversé la route. Glass n'estimait pas qu'il aurait dû avoir droit aux soins d'un bon Samaritain, mais il aurait au moins attendu d'eux qu'ils ne lui dérobent pas le peu qu'il possédait.

Fitzgerald et Bridger lui avaient délibérément volé les quelques affaires qui auraient pu le sauver. En le privant de cette possibilité, ils l'avaient tué. Ils l'avaient assassiné, aussi sûrement qu'avec un couteau dans le cœur ou une balle dans le cerveau. Ils avaient commis un meurtre, sauf qu'il ne mourrait pas. Il ne mourrait pas, et il survivrait pour tuer ses meurtriers.

Il se redressa et se remit à ramper le long de la Grand River.

Glass étudiait la configuration du terrain dans le voisinage immédiat. A cinquante mètres de lui, un léger creux conduisait sur trois côtés à une large rigole à sec. De la sauge et des herbes basses fournissaient un couvert relatif. Ce creux lui rappela tout à coup les collines ondulantes bordant l'Arkansas et il se rappela un piège tendu par des enfants pawnees. Pour ces gosses, cela n'était qu'un jeu. Pour Glass, ce serait mortellement sérieux.

Il rampa lentement jusqu'au fond du creux, s'arrêta à l'endroit qui semblait en être le centre. A l'aide d'une pierre aux bords tranchants, il s'attaqua au sol sablonneux.

Il creusa une fosse de dix centimètres de diamètre jusqu'à la hauteur de son biceps. Parvenu à la moitié, il élargit le trou pour lui donner la forme d'une bouteille de vin au goulot tourné vers le haut. Il dispersa ensuite la terre pour qu'on ne voie pas qu'on avait récemment creusé et, pantelant, s'arrêta pour se reposer.

Glass chercha ensuite une grande pierre plate, en trouva une à une douzaine de mètres. Il trouva aussi trois petites pierres qu'il disposa en triangle autour du trou. Il plaça la pierre plate dessus, comme un toit, avec un espace dessous donnant l'illusion d'un endroit où se cacher.

Avec des branches, il camoufla son piège et s'éloigna. A plusieurs endroits, il repéra des petites crottes : un bon signe. Au bout de cinquante mètres, il fit halte, les genoux et les paumes à vif. Sa cuisse lui faisait mal et il sentit de nouveau cette horrible sensation de craquement lorsque les croûtes de son dos se mirent à saigner. S'arrêter lui apporta un soulagement temporaire mais lui fit aussi prendre conscience de son épuisement, d'une faible douleur émanant de l'intérieur de lui-même et rayonnant dans tout son corps. Il lutta contre l'envie de fermer les yeux et de succomber au sommeil qui l'invitait. Il savait qu'il ne reprendrait des forces que s'il mangeait.

Glass se força à repartir, décrivit un large cercle dont la fosse qu'il avait creusée était le centre. Il lui fallut vingt minutes pour le boucler. A nouveau, son corps l'implora de se reposer, mais il savait que s'arrêter maintenant nuirait à l'efficacité de son dispositif. Il continua à ramper, à se rapprocher de la fosse en décrivant des cercles de plus en plus petits. Quand il trouvait sur son chemin un épais buisson, il faisait halte pour le secouer.

Il chassait lentement vers la fosse cachée tout ce qu'il y avait à l'intérieur des cercles.

Une heure plus tard, Glass parvint au trou. Il ôta la pierre plate et écouta. Il avait vu un jeune Pawnee plonger la main dans un piège semblable et la retirer en hurlant : un serpent à sonnette y était accroché. L'erreur du garçon avait fait à Glass forte impression. Il chercha des yeux autour de lui une branche adéquate. Il en trouva une longue, plate à son extrémité, qu'il abattit plusieurs fois.

S'étant assuré qu'il ne pouvait plus rien y avoir de vivant dans la fosse, il passa le bras à l'intérieur, en retira quatre souris et deux tamias morts. Bien qu'il n'y eût aucune gloire à tirer de ce genre de chasse, Glass était ravi du résultat.

Comme le creux du terrain permettait dans une certaine mesure de se dissimuler, Glass décida de prendre le risque d'allumer un feu et maudit à nouveau l'absence de silex et de lame d'acier. S'il savait qu'il était possible de faire naître une flamme en frottant deux bâtons l'un contre l'autre, il n'avait jamais allumé de feu de cette façon. Il présumait que cette méthode, si jamais elle se révélait efficace, prendrait un temps fou.

Ce qu'il lui fallait, c'était un système rudimentaire composé de trois parties : un morceau de bois plat dans lequel forer un trou, un bâton d'un centimètre de diamètre et de vingt centimètres de long faisant office de drille, et un petit arc – semblable à l'archet d'un violoniste – pour faire tourner la drille.

Glass inspecta la rigole pour se procurer les éléments nécessaires. Il trouva sans peine un morceau de bois flotté plat et deux bâtons pour la drille et l'arc. *Une corde pour l'arc.* Il n'avait pas de corde. *La lanière de mon sac.* Il prit son rasoir, s'en servit pour détacher la lanière du sac et l'attacha aux extrémités du bout de bois. Toujours avec le rasoir, il y creusa un trou en veillant à ce qu'il soit juste un peu plus grand que la drille.

Une fois l'arc et la drille assemblés, il ramassa du petit bois. Il prit dans sa sacoche les patchs pour entourer les balles, les déchira pour en effilocher les bords. Il avait aussi gardé de la ouate de jonc. Il disposa des brindilles dans un creux peu profond, le recouvrit d'herbe sèche. Aux quelques branches de bois sec qu'il trouva, il ajouta de la bouse de bison desséchée par de longues semaines au soleil.

Le combustible en place, Glass prit l'arc et la drille. Il mit de l'amadou dans le trou du morceau de bois plat, y logea le bâton drille et entoura sa partie haute avec la corde de l'arc. Il tint la drille contre la paume de sa main droite et, de sa main gauche, fit glisser l'archet. Un mouvement de va-et-vient fit tourner la drille, le frottement produisant de la chaleur.

Le défaut du système devint aussitôt apparent : une extrémité du bâton tournait contre la chair de sa main. Glass se souvint que les Pawnees utilisaient un morceau de bois de la taille de leur paume pour tenir cette extrémité. Il chercha de nouveau un morceau de bois adéquat et y creusa un trou avec son rasoir pour le haut de la drille.

Du fait de la maladresse de sa main gauche, il lui fallut plusieurs tentatives avant de trouver le bon rythme, de faire aller et venir l'archet sans perdre sa prise sur la drille. Au bout de quelques minutes, de la fumée s'éleva. Soudain l'amadou s'enflamma. Glass saisit la ouate de jonc et l'approcha de la flammèche en la protégeant de sa main en coupe. Quand la ouate prit feu, il la glissa sous les brindilles de la fosse peu profonde creusée dans la terre. Il sentit le vent lui cingler le dos et fut pris de panique à l'idée qu'il pourrait éteindre les flammes, mais le feu grandit et se communiqua à l'herbe sèche. Peu de temps après, il put l'alimenter de fragments de bouse séchée.

Il ne resta pas beaucoup de viande quand il eut écorché et vidé les petits rongeurs. C'était néanmoins de la viande fraîche. Si sa technique de piégeage prenait beaucoup de temps, elle avait le mérite de la simplicité.

Glass avait toujours une faim dévorante quand il s'attaqua aux côtes minuscules du dernier animal. Il décida de faire halte plus tôt le lendemain. De creuser peut-être des pièges à deux endroits différents. L'idée que cela ralentirait sa progression le tracassait. Combien de temps parviendrait-il à éviter les Arikaras sur les rives très fréquentées de la Grand River ? *Ne pense pas à ça. Ne vois pas trop loin. L'objectif de chaque jour, c'est le lendemain matin.*

Après avoir cuit son dîner, il préféra ne pas courir le risque de laisser le feu allumé. Il le recouvrit de sable et s'endormit.

10

15 septembre 1823

Des buttes jumelles flanquaient la vallée, contraignant la Grand River à s'engager dans un étroit chenal. Glass se rappela avoir vu ces tertres quand il avait remonté la rivière avec le capitaine Henry. A mesure qu'il rampait vers l'est le long de la rivière, les traits marquants du paysage devenaient de plus en plus rares. Même les peupliers semblaient avoir été avalés par la mer d'herbe de la prairie.

Henry et la brigade avaient campé près des mamelons et Glass avait l'intention de faire halte au même endroit, dans l'espoir qu'ils y auraient laissé quelque chose d'utile. En tout cas, il se rappelait que la haute rive proche des buttes offrait un bon abri. De gros nuages noirs s'amoncelaient de façon menaçante à l'ouest. L'orage éclaterait d'ici deux ou trois heures et Glass voulait se mettre à l'abri avant.

Il parvint au lieu de campement, où un cercle de pierres noircies marquait l'emplacement d'un feu récent. Se rappelant que la brigade avait campé sans faire de feu, Glass se demanda qui l'avait suivie. Il défit la sacoche et la couverture de son dos, but longuement à la rivière. Derrière lui s'ouvrait la brèche dans la berge dont il se souvenait. Il inspecta la Grand River en amont et en aval pour repérer d'éventuels signes de la présence d'Indiens, fut déçu par la pauvreté de la végétation. Le grondement familier de la faim l'incita cependant à se demander s'il y avait assez de couvert pour creuser un piège à souris. *Est-ce que ça vaut le coup ?* Il pesa les avantages respectifs de se mettre à l'abri ou de trouver à manger. Il se nourrissait de rongeurs depuis deux semaines. Glass avait la sensation de nager sur place : il ne coulait pas, mais il ne se rapprochait pas non plus du rivage.

Une brise légère annonçant l'orage sécha la sueur de son dos. Glass s'éloigna de l'eau et rampa jusqu'au sommet de la haute rive pour observer les nuages.

Ce qu'il découvrit au-delà de la berge lui coupa le souffle. Des milliers de bisons paissaient dans la prairie, noircissant la plaine sur plus d'un kilomètre. Un grand mâle montait la garde à une cinquantaine de mètres devant Glass. L'animal devait faire près de deux mètres de haut à la bosse. Le châle de fourrure fauve surmontant le corps noir accentuait les lignes de la tête et des épaules puissantes, rendant presque les cornes inutiles. La bête grogna et renifla l'air, agacée par le vent tourbillonnant. Derrière le mâle, une femelle se roulait sur le dos en soulevant un nuage de poussière. Une douzaine d'autres femelles entourées de leurs petits broutaient tranquillement à proximité.

Glass avait aperçu son premier bison dans les plaines du Texas. Depuis, il en avait vu près d'une centaine de fois, en troupeaux grands ou petits. Il ne manquait toutefois jamais d'être impressionné par ce spectacle, stupéfié par leur multitude, par l'immensité de la prairie qui les maintenait en vie.

A cent mètres en aval de Glass, huit loups observaient aussi le grand mâle et les bêtes écartées du troupeau qu'il gardait. Le chef de la meute était assis sur son arrière-train près d'une touffe de sauge. Tout l'après-midi, il avait patiemment attendu ce qui venait de se produire, le moment où un espace se créerait entre quelques bisons et le reste du troupeau. Une brèche. Un point faible fatal. Le loup se dressa soudain sur ses pattes.

C'était une bête haute et efflanquée dont les pattes semblaient disgracieuses et mal proportionnées à son corps noir. Deux louveteaux jouaient à se battre près de la rivière. Plusieurs des autres loups somnolaient, aussi placides que des chiens de cour de ferme. Pris individuellement, ils ressemblaient plus à des animaux de compagnie qu'à des prédateurs, et pourtant ils se dressèrent tous au signe donné par le meneur.

Ce ne fut que lorsqu'ils se mirent en mouvement que leur force létale devint évidente. Elle ne provenait pas de leurs muscles ni de leur agilité, elle découlait de l'intelligence collective qui donnait à la meute une détermination implacable. Ensemble, ils devenaient une unité mortelle, une flèche dirigée vers une unique cible.

Le mâle dominant trotta vers la brèche, se mit à courir au bout de quelques mètres. La horde se déploya derrière lui avec une précision et une coordination que Glass trouva presque militaires. Même les louveteaux semblaient comprendre l'objectif recherché. Les bisons qui se trouvaient au bord du troupeau reculèrent en poussant leurs petits devant eux puis se retournèrent, épaule contre épaule, pour opposer un front uni aux loups. Ce mouvement du troupeau élargit la brèche, isolant le grand bison et son petit groupe.

Le bison chargea, souleva un loup de sa corne et expédia l'animal hurlant vingt mètres plus loin. Les autres carnassiers grondèrent, enfoncèrent leurs crocs dans les flancs vulnérables du bison. La plupart des bêtes isolées s'enfuirent vers le troupeau, comprenant instinctivement que leur salut résidait dans le nombre.

Le chef de la bande mordit dans le cuissot tendre d'un petit. Affolé, le jeune bison quitta le groupe pour courir vers la haute berge. Collectivement consciente de cette erreur mortelle, la meute s'élança immédiatement derrière sa proie. Le petit animal beuglait en fonçant droit devant lui. Il tomba de l'autre côté de la berge, se cassa une patte dans sa chute. Lorsqu'il tenta de se relever, sa patte brisée pendait à un angle bizarre et elle se déroba sous lui. Il s'effondra, les loups se jetèrent sur lui. Des crocs se plantèrent dans toutes les parties de son corps. Le mâle dominant l'égorgea.

La dernière bataille du jeune bison s'était déroulée à soixante-quinze mètres de Glass. Il y avait assisté avec un mélange de fascination et de peur, tout en se félicitant d'être sous le vent des loups. La horde concentrait d'ailleurs toute son attention sur le petit bison. Le chef et sa compagne mangèrent les premiers, enfouissant leurs museaux ensanglantés dans le ventre mou. Ils laissèrent ensuite manger les louveteaux, mais pas les autres prédateurs. De temps en temps, un loup se glissait furtivement jusqu'à la proie, détalait quand une morsure ou un grognement du grand mâle noir le rappelait à l'ordre.

Glass observait la scène en réfléchissant. Le petit bison était né au printemps. Après un été à engraisser dans la prairie, il devait peser pas loin de soixante-quinze kilos. *Soixante-quinze kilos de viande fraîche.* Lui qui avait passé deux semaines à se nourrir de petites bouchées, il avait peine à imaginer une telle abondance.

Au début, Glass avait espéré que la meute lui laisserait de quoi faire le charognard. Or, l'abondance espérée fondait à un rythme alarmant. Rassasiés, le chef et sa femelle finirent par s'éloigner du cadavre en emportant une patte arrière pour les louveteaux. Les quatre autres loups se ruèrent sur la carcasse.

Si Glass attendait trop longtemps, il ne resterait probablement rien. Quant à continuer de se nourrir de souris et de racines, même s'il parvenait à se procurer de quoi subsister, cela lui prenait trop de temps. Il n'avait sans doute pas couvert cinquante kilomètres depuis qu'il avait commencé à ramper. A cette allure, il aurait beaucoup de chance s'il parvenait à Fort Brazeau avant l'arrivée du froid. Et naturellement, toute journée passée exposé aux regards sur la rive de la Grand River lui faisait courir le risque d'une attaque des Indiens.

Il avait désespérément besoin de la force que la viande de bison lui donnerait. Il ne savait pas quelle providence avait mis ce jeune animal sur son chemin. *C'est ma chance.* S'il voulait sa part de la viande, il devait se battre. Et il devait se battre maintenant.

Glass chercha des yeux autour de lui quelque chose à utiliser comme une arme. Rien ne se présenta à lui hormis des pierres, du bois flotté et de la sauge. *Un gourdin ?* Il se demanda un moment s'il réussirait à faire reculer les loups avec un bâton. Cela semblait peu plausible. Il n'avait pas la force d'asséner des coups puissants et, à genoux, il n'aurait pas l'avantage de la hauteur. *La sauge.* Il se rappela les flammes brèves mais impressionnantes qui s'étaient élevées des branches desséchées. *Une torche ?*

Ne voyant pas d'autre solution, il chercha cette fois de quoi faire un feu. Les crues de printemps avaient poussé contre la brèche de la berge le tronc d'un peuplier, créant un abri naturel contre le vent. Glass creusa un trou peu profond près du tronc.

Il tira de son sac l'arc et la drille, les derniers patchs et une grosse poignée de ouate de jonc. Plus bas sur la berge, la meute continuait à déchirer le bison à belles dents. *Bon Dieu !*

Glass regarda autour de lui. La rivière n'avait pas laissé grand-chose du peuplier échoué en dehors de son tronc. Il trouva un buisson de sauge morte dont il détacha cinq grosses branches, qu'il posa près de la fosse.

Il plaça son système d'arc et de drille dans la fosse abritée, disposa avec soin l'amadou. Il fit aller l'archet, lentement d'abord, plus vite quand il eut le bon rythme. Quelques minutes plus tard, un petit feu brûlait dans la fosse près du peuplier.

Glass se tourna vers les loups. Le chef, sa compagne et leurs petits étaient blottis les uns contre les autres à vingt mètres du jeune bison. Ayant mangé les premiers, ils se contentaient maintenant de suçoter la moelle savoureuse de la patte arrière. Glass espérait qu'ils resteraient à l'écart de la bataille à venir et qu'il n'aurait à affronter que les quatre autres bêtes entourant la carcasse.

Les Pawnees Loups, comme leur nom l'indiquait, vénéraient ce carnassier pour sa force et avant tout pour sa ruse. Glass avait pris part avec eux à des chasses au cours desquelles ils avaient abattu des loups. Jamais cependant il n'avait fait ce qu'il s'apprêtait à faire : ramper au cœur d'une meute et leur disputer de la nourriture avec pour seule arme une torche.

Les cinq branches de sauge étaient tordues telles des mains arthritiques géantes. Les brindilles qui en partaient étaient pour la plupart couvertes d'écorce fragile et de feuilles bleu-vert. Glass en tendit une au-dessus de la fosse, elle prit aussitôt feu, une flamme de trente centimètres s'élevant à son extrémité. *Elle brûle trop vite.* Il se demanda si le feu tiendrait le temps qu'il couvre la distance qui le séparait des loups, et plus encore si ce serait une arme efficace dans le combat qui l'attendait. Il décida de répartir les risques. Au lieu d'allumer immédiatement toute la sauge, il garderait quatre rameaux en réserve et les ajouterait à la torche quand ce serait nécessaire.

Glass regarda de nouveau les loups, qui lui parurent soudain plus gros. Il hésita un instant. Non, il ne devait pas changer d'avis. *C'est ma chance.* La branche allumée dans une main, les quatre en réserve dans l'autre, il descendit du haut de la berge en direction des loups. Cinquante mètres plus loin, le mâle dominant et sa femelle levèrent les yeux de la patte arrière du bison pour regarder l'étrange animal qui s'approchait de la carcasse. Ils le considéraient avec curiosité, sans voir en lui un défi, car ils avaient mangé leur content.

A vingt mètres, le vent tourna et les quatre animaux affairés sur la proie sentirent l'odeur de la fumée. Tous se retournèrent. Glass s'arrêta, face à face maintenant avec quatre carnivores. De loin, on pouvait les comparer à des chiens ; de près, ils ne ressemblaient pas du tout à leurs cousins domestiqués. Un loup blanc montra ses crocs ensanglantés et fit un demi-pas vers Glass, un grondement s'échappant de son gosier. Il abaissa une épaule, mouvement qui semblait tout à la fois défensif et offensif.

Le loup était tiraillé par des instincts contradictoires : d'un côté il voulait défendre sa proie, de l'autre il avait peur du feu. Un autre animal, à qui il manquait une oreille, le rejoignit. Les deux derniers continuaient à éventrer le jeune bison, satisfaits, semblait-il, de l'avoir maintenant pour eux seuls. La flamme commença à vaciller. Le loup blanc fit un autre pas vers Glass, qui se rappela la terrible sensation des dents de l'ourse s'enfonçant dans sa chair. *Qu'est-ce que j'ai fait ?*

Soudain il y eut une brève lumière vive, aussitôt suivie par un grondement qui roula dans la vallée. Une goutte de pluie toucha le visage de Glass, le vent fouetta la flamme de sa torche. Il sentit son estomac se retourner. *Mon Dieu, non – pas maintenant !* Il devait réagir vite. Le loup était prêt à bondir. *Est-ce qu'ils sentent vraiment la peur ?* Il fallait faire ce à quoi ils ne s'attendaient pas : les attaquer.

Se mettant à genoux, il ajouta les quatre rameaux de réserve à celui qui était allumé. Des flammes jaillirent, avalant avidement les tiges sèches. Glass devait maintenant tenir sa torche à deux mains, ce qui l'empêchait d'utiliser son bras gauche pour garder l'équilibre. Une douleur atroce partit de sa cuisse droite blessée quand son poids se porta sur cette jambe et il faillit tomber. Il réussit à rester à genoux et à avancer en claudiquant, piètre approximation d'un assaut. En même temps, il cria du plus fort qu'il put, n'obtenant pour résultat qu'une sorte d'étrange gémissement. Il poursuivit sa « charge », brandissant la torche comme un sabre ardent.

Il l'abattit vers le loup à une seule oreille. Des flammes roussirent la gueule de l'animal, qui sauta en arrière avec un jappement. Le loup blanc se rua sur Glass par le côté, enfonça ses crocs dans son épaule. Glass pivota, tendit le cou pour l'empêcher d'atteindre sa gorge. Une dizaine de centimètres seulement le séparaient de la bête, dont il sentait l'haleine chargée d'une odeur de sang. Luttant toujours pour garder l'équilibre, Glass décrivit un cercle de ses bras, brûla l'animal au ventre et aux parties génitales. Celui-ci lâcha prise, recula en geignant.

Glass entendit un grognement derrière lui, se baissa instinctivement. Le loup à une seule oreille lui passa au-dessus de la tête, manquant sa gorge mais réussissant à le faire tomber sur le flanc. La chute réveilla la douleur dans son dos, sa gorge et son épaule. La torche s'écrasa à terre, les branches s'éparpillèrent sur le sol sableux. Glass les ramassa avant qu'elles s'éteignent et s'efforça désespérément de se remettre à genoux.

Les deux loups tournaient autour de lui, attendant le moment propice, plus prudents depuis qu'ils avaient tâté du feu. *Je ne dois pas les laisser passer derrière moi.* Nouvel éclair, suivi plus rapidement cette fois du fracas du tonnerre. L'orage était quasiment sur lui, la pluie tomberait d'une minute à l'autre. *Pas le temps.* Même s'il ne pleuvait pas encore, les flammes de la torche baissaient dangereusement.

Les animaux se rapprochaient. Eux aussi semblaient sentir que la bataille touchait à son paroxysme. Glass tendit la torche vers eux ; ils ralentirent mais ne reculè-rent pas. Glass se trouvait maintenant à un mètre envi-ron du corps du bison. Les deux autres loups avaient réussi à détacher l'autre patte arrière de la carcasse et s'étaient écartés du combat tumultueux entre leurs congénères et l'étrange créature brandissant le feu. Pour la première fois, Glass remarqua des touffes de sauge sèche autour du bison éventré. *Est-ce qu'elles brûle-raient ?*

Sans quitter les loups des yeux, Glass approcha sa torche. Il n'avait pas plu depuis des semaines ; les brous-sailles, sèches comme de l'amadou, prirent feu facilement. En un instant, des flammes s'élevèrent à cinquante centimètres au-dessus de la sauge proche de la carcasse. Glass alluma deux autres touffes et très vite le corps du jeune bison se retrouva entouré de trois buissons ardents. Tel Moïse, Glass se dressa fermement, les genoux sur la carcasse, brandissant les restes de sa torche. Un éclair zébra le ciel, le tonnerre gronda. Le vent attisa les flammes. La pluie tombait à présent, pas encore assez forte pour éteindre le feu.

Le loup blanc et le loup auquel il manquait une oreille regardèrent autour d'eux. Le chef de la meute, sa compagne et ses petits traversaient la prairie en bondissant. Le ventre plein, ils fuyaient l'orage et regagnaient leur tanière. Les deux autres les suivaient en traînant sur le sol la patte qu'ils avaient détachée de la carcasse.

Le loup blanc se raidit, prêt, semblait-il, à attaquer de nouveau. Mais celui à une seule oreille se retourna et courut derrière le reste de la horde. Le dernier loup sembla reconsidérer la situation, pour estimer au final que le rapport de forces avait changé. Il connaissait sa place dans la horde : d'autres menaient, il suivait. D'autres choisissaient les proies, il aidait à les traquer. D'autres mangeaient en premier, il se contentait des restes. Il n'avait jamais vu d'animal comme celui qui venait de surgir, mais il savait précisément quelle place il occupait dans la hiérarchie de la nature. Il y eut un autre coup de tonnerre et la pluie se mit à tomber à verse. Le loup blanc regarda une dernière fois le petit bison, l'homme, la sauge fumante, puis il se retourna et s'élança dans le sillage de sa meute.

Glass regarda les loups disparaître par-dessus le bord de la haute berge. Autour de lui, la pluie éteignait les flammes, dans moins d'une minute il serait à nouveau sans défense. S'émerveillant de sa chance, il jeta un coup d'œil à la morsure de son épaule. Du sang coulait de deux trous faits par les crocs, toutefois pas très profonds.

Le jeune bison gisait dans la posture grotesque de ses vains efforts pour échapper aux loups. Des dents d'une efficacité féroce l'avaient éventré. Du sang frais formait une flaque sous la gorge ouverte, vive tache écarlate sur le beige terne du sable. Les carnassiers s'étaient concentrés sur les riches entrailles dont Glass lui-même avait terriblement envie. Il fit rouler la carcasse sur le dos, constata avec une brève déception qu'il ne restait rien du foie. Rien non plus de la vésicule biliaire, des poumons et du cœur. Un petit morceau d'intestin pendait toutefois hors de l'animal. Glass prit le rasoir dans sa sacoche, suivit de la main gauche l'organe serpentant dans la cavité abdominale et en coupa une longueur de soixante centimètres à l'estomac. A peine capable de se maîtriser, il porta à sa bouche l'extrémité coupée et mastiqua.

Si la meute s'était attribué les morceaux de choix, elle avait rendu à Glass le service d'écorcher presque entièrement sa proie. Glass se pencha vers la gorge d'où, avec le rasoir, il put détacher de la peau souple. Le jeune bison avait été bien nourri. Une graisse blanche adhérait à la chair de son cou dodu. Les trappeurs appelaient « toison » cette graisse qu'ils considéraient comme un mets délicat. Glass en découpa des morceaux, les fourra dans sa bouche, mâcha à peine avant de les avaler. Chaque bouchée ranimait le feu dans sa gorge, mais la faim était plus forte que la douleur. Il se gava sous une pluie battante, parvint finalement à un début de satiété qui lui permit de réfléchir à d'autres dangers.

Après être remonté en haut de la berge, il inspecta l'horizon dans toutes les directions. Des bisons paissaient tranquillement par petits groupes. Pas trace de loups ni d'Indiens. La pluie et le tonnerre avaient cessé aussi soudainement qu'ils avaient commencé. Le soleil d'après-midi parvenait à percer les gros nuages de rayons obliques iridescents qui s'étiraient du ciel à la terre.

Glass songea de nouveau à sa chance. Si les loups avaient prélevé leur part de la viande, il en restait une énorme quantité. Glass ne se faisait aucune illusion sur son sort, mais au moins il ne mourrait pas de faim dans l'immédiat.

Pendant trois jours, il campa sur la berge escarpée près du jeune bison. Les premières heures, il ne fit même pas de feu et se goinfra sans pouvoir se contrôler de minces tranches de la succulente viande fraîche. Finalement, il s'arrêta assez longtemps pour allumer un feu bas, le plus près possible de la berge pour dissimuler les flammes.

Il fabriqua des claies avec des branches vertes de saule puis passa des heures à détacher des lanières de viande de la carcasse avec le rasoir émoussé, les suspendit sur les claies au-dessus de feux qu'il alimentait régulièrement. En trois jours, il sécha huit kilos de viande, de quoi le nourrir pendant deux semaines, davantage s'il trouvait d'autres ressources en chemin.

Les loups avaient quand même laissé un morceau de choix : la langue, une friandise qu'il dégusta comme l'eût fait un roi. Les côtes et les deux pattes restantes, il les fit rôtir une par une et craqua les os pour leur riche moelle fraîche.

Glass dépouilla l'animal de sa peau avec le rasoir de moins en moins tranchant. Cette tâche qui n'aurait dû prendre que quelques minutes dura plusieurs heures, pendant lesquelles il ressassa sa rancœur envers les deux hommes qui lui avaient volé son couteau. N'ayant ni le temps ni les outils pour travailler correctement la fourrure, il découpa dans la peau un parflèche grossier avant qu'elle sèche et se transforme en cuir brut raide. Il lui fallait un sac pour transporter la viande séchée.

Le troisième jour, Glass se mit en quête d'une longue branche solide qui lui servirait de béquille. Pendant son combat contre les loups, il avait constaté avec étonnement que sa jambe blessée pouvait soutenir en partie le poids de son corps. Les deux jours précédents, il avait multiplié les exercices, étirant et éprouvant ce membre. Il était convaincu qu'il pouvait désormais marcher avec une béquille, perspective qui le réjouissait après s'être traîné trois semaines comme un chien boiteux. Il trouva une branche de peuplier de la longueur et de la forme requises, découpa une nouvelle bande dans sa couverture de la Hudson Bay, en entoura l'extrémité pour la capitonner.

Bande après bande, la couverture s'était réduite à un rectangle de trente centimètres sur soixante. Glass tailla dans son milieu une ouverture assez grande pour y passer la tête. Le « vêtement » obtenu n'était pas assez grand pour porter le nom de poncho, mais il lui couvrirait au moins les épaules et empêcherait le parflèche de lui écorcher la peau.

L'air fraîchit de nouveau pour cette troisième nuit au pied des buttes. Les dernières lanières de viande séchaient sur les claies au-dessus des braises rouges. Le feu projetait une lueur rassurante sur son campement, minuscule oasis de lumière perdue dans le noir de la plaine sans lune. Glass suça la moelle de la dernière des côtes. En lançant l'os dans les flammes, il se rendit soudain compte qu'il n'avait plus faim. Il savourait la chaleur apaisante du feu, un luxe qu'il ne pourrait plus se permettre avant longtemps.

Trois jours à se nourrir avaient contribué à revigorer son corps meurtri. Il plia sa jambe droite : les muscles étaient encore raides et douloureux, mais ils fonctionnaient. L'état de son épaule aussi s'était amélioré. Son bras n'avait pas retrouvé sa force, mais il avait gagné en souplesse. Glass craignait toujours de toucher sa gorge. Les fils des sutures dépassaient, bien que la peau se fût refermée. Il se demanda s'il devait les couper avec le rasoir, renonça à le faire. A part pendant sa « charge » contre les loups, il n'avait pas essayé sa voix depuis des jours. Il s'en passait. Ce n'était pas sa voix qui l'aiderait à survivre dans les semaines à venir. Il appréciait en revanche de moins souffrir quand il avalait.

Glass avait conscience que le jeune bison avait fait tourner sa chance. Il n'en évaluait pas moins avec lucidité sa situation. Il était seul, et sans armes. Entre Fort Brazeau et lui s'étendaient un peu moins de cinq cents kilomètres de prairie. Deux tribus indiennes – l'une à coup sûr hostile, l'autre peut-être pas – suivaient la rivière qui lui était indispensable pour s'orienter. Et bien sûr, il le savait pertinemment, les Indiens n'étaient pas le seul danger à le guetter.

Il fallait qu'il dorme. Avec sa béquille, il espérait parcourir quinze, voire vingt kilomètres le lendemain. Il avait cependant envie de prolonger ce moment fugace de satisfaction : repu, reposé, bien au chaud.

Glass tira de sa sacoche la griffe d'ours, la fit lentement tourner à la lueur du feu, de nouveau fasciné par le sang séché de la pointe – son sang. Il creusa une encoche autour de la base de la griffe, prit le collier aux pattes de faucon, le cassa, entoura l'encoche de la griffe avec le fil et fit un nœud serré. Enfin, il passa le collier autour de son cou et renoua le fil dans sa nuque.

Il aimait l'idée que la griffe qui lui avait infligé de profondes blessures pendait maintenant à son cou. *Un porte-bonheur*, pensa-t-il avant de s'endormir.

11

16 septembre 1823

— *Nom de Dieu !*

John Fitzgerald fixait d'un regard mauvais la rivière, ou plus exactement la courbe de la rivière, qui s'étirait devant lui.

Jim Bridger s'approcha.

— Qu'est-ce qu'elle fait, elle tourne vers l'est ?

En guise de réponse, Fitzgerald lui gifla la bouche d'un revers de main. Bridger bascula en arrière les bras écartés, atterrit sur le dos, abasourdi.

— Pourquoi tu m'as frappé ?

— Tu crois que je suis pas capable de voir qu'elle tourne vers l'est ?! Quand j'aurai besoin de toi comme éclaireur, je te ferai signe ! En attendant, ouvre les yeux et ferme ta gueule !

Bridger avait raison, bien sûr. Sur plus de cent cinquante kilomètres, la rivière qu'ils longeaient avait le plus souvent coulé vers le nord, la direction qu'ils souhaitaient suivre. Fitzgerald n'était même pas sûr du nom de cette rivière, mais il savait qu'elles finissaient toutes par se jeter dans le Missouri. Si elle avait maintenu son cap au nord, elle l'aurait peut-être rejoint à un jour de marche de Fort Union. Fitzgerald espérait même que c'était la Yellowstone, bien que Bridger soutînt qu'ils étaient trop à l'est.

Quoi qu'il en soit, Fitzgerald avait cru pouvoir suivre la rivière jusqu'à son confluent avec le Missouri. En fait, il n'avait aucune notion de la géographie de la vaste plaine qu'il avait sous les yeux. Le terrain avait offert peu de traits distinctifs depuis qu'ils avaient quitté le cours supérieur de la Grand. L'horizon s'étirait devant eux sur des kilomètres, mer d'herbe terne et de collines ondoyantes, chacune exactement semblable à la précédente.

Ne pas s'écarter de la rivière constituait une route facile à suivre et assurait l'approvisionnement en eau. Fitzgerald n'avait cependant aucune envie de tourner vers l'est, direction que la rivière semblait prendre, pour autant qu'il pouvait en juger. Le temps était leur ennemi. Plus longtemps ils resteraient séparés de Henry et de la brigade, plus le risque d'un sort funeste serait grand.

Ils demeurèrent plusieurs minutes immobiles et silencieux tandis que Fitzgerald ruminait sa colère. Finalement, Bridger prit une longue inspiration et déclara :

— Faut qu'on coupe au nord-ouest.

Fitzgerald l'aurait volontiers contredit s'il avait eu la moindre idée de ce qu'il fallait faire. Désignant du doigt la prairie sèche, il répliqua :

— Tu sais où trouver de l'eau là-bas, je suppose ?

— Non. Mais il nous en faudra pas beaucoup, avec ce temps.

Bridger sentait l'indécision de son compagnon, ce qui augmentait en proportion la force de sa propre opinion. A la différence de Fitzgerald, il avait le sens de l'orientation dans ce vaste espace découvert. Une sorte de boussole interne le guidait sur ce terrain sans repères.

— Je pense qu'on n'est qu'à deux jours de marche du Missouri – et peut-être aussi du fort.

Fitzgerald résista à l'envie de frapper à nouveau le jeunot. Il pensa même une fois de plus à le tuer. Il l'aurait fait quand ils longeaient la Grand River s'il n'avait pas craint d'avoir un fusil de moins. Deux tireurs, c'était peu, mais c'était vraiment mieux qu'un seul.

— Ecoute, gamin. Toi et moi, il faut qu'on arrive à s'entendre avant de rejoindre les autres…

Bridger avait prévu cette conversation depuis qu'ils avaient abandonné Glass et il baissa la tête, déjà honteux de ce qui allait suivre.

— On a fait tout ce qu'on pouvait pour le vieux Glass, argua Fitzgerald, on est restés avec lui plus longtemps que beaucoup d'autres l'auraient fait. Soixante-dix dollars, c'est pas assez pour se faire scalper par les Rees[1].

Comme le jeune homme ne répondait pas, Fitzgerald poursuivit :

— Après l'attaque du grizzly, Glass était foutu. La seule chose qu'on n'a pas faite, c'est l'enterrer.

Le jeune homme gardait les yeux baissés et la colère de Fitzgerald éclata de nouveau :

— Tu sais quoi, Bridger ? Je me fous de ce que tu penses de ce qu'on a fait. Et je vais te dire une chose : si tu craches le morceau, je te tranche la gorge d'une oreille à l'autre…

---

1. Prononcer « Ris ». Surnom donné par les Blancs aux Arikaras.

12

17 septembre 1823

Le capitaine Andrew Henry ne s'arrêta pas pour contempler la splendeur sauvage de la vallée qui s'étendait devant lui. De la haute falaise s'élevant au-dessus du confluent du Missouri et de la Yellowstone, Henry et ses sept compagnons dominaient un vaste horizon délimité par un plateau devant lequel ondulaient de douces buttes. Elles roulaient telles des vagues blondes entre la falaise escarpée et le Missouri. Si la rive la plus proche avait été déboisée, d'épais peupliers occupaient encore la plus lointaine et luttaient contre l'automne pour préserver même temporairement leur feuillage.

Henry ne fit pas halte non plus pour méditer sur la signification philosophique de la jonction de deux rivières. Il n'imagina pas les hautes prairies de montagne où les eaux commençaient leur voyage, aussi pures qu'un diamant liquide. Il ne s'attarda même pas pour estimer l'importance pratique de l'emplacement du fort, qui accueillait le négoce empruntant deux grandes voies navigables.

Les pensées du capitaine se concentraient non sur ce qu'il voyait mais sur ce qu'il ne voyait pas : des chevaux. Il voyait le va-et-vient des hommes, la fumée d'un grand feu, mais pas un seul cheval. *Pas même une fichue mule*. Il tira un coup de fusil en l'air, autant par frustration que pour signaler son arrivée. Les hommes du camp suspendirent leurs activités, cherchèrent la source de la détonation. Deux coups de feu lui répondirent. Henry et ses sept hommes descendirent à pas lents vers Fort Union.

Huit semaines s'étaient écoulées depuis qu'il avait quitté le fort pour se porter à l'aide d'Ashley, au village arikara. Le capitaine avait laissé ses instructions en partant : poser des pièges le long des cours d'eau des environs et garder les chevaux à tout prix. Décidément, il n'aurait jamais de chance.

Pig ôta son fusil de son épaule droite, où la bandoulière avait laissé dans la chair une écorchure permanente. Il voulut faire passer l'arme pesante sur son épaule gauche, mais la lanière de sa sacoche y avait aussi entaillé la peau. Il se résigna finalement à porter son fusil devant lui, ce qui raviva la douleur dans ses bras.

Pig se rappela le confort de sa paillasse à l'arrière de l'échoppe de tonnelier à Saint Louis et conclut une fois de plus qu'il avait commis une énorme erreur en rejoignant le capitaine Henry.

Pendant les vingt premières années de sa vie, Pig n'avait jamais marché plus de trois kilomètres d'une traite. Au cours des six dernières semaines, pas un jour ne s'était écoulé sans qu'il en parcoure au moins trente à pied, et les hommes en couvraient souvent cinquante, voire plus. L'avant-veille, Pig avait percé les semelles de sa troisième paire de mocassins. Des trous béants laissaient passer la rosée glacée du matin ; des cailloux lui entaillaient les pieds. Pis, il avait marché sur un figuier de Barbarie. Malgré ses efforts répétés, il n'avait pas réussi à extraire les épines avec son couteau à écorcher et il avait maintenant un orteil infecté qui le faisait grimacer à chaque pas.

Sans parler de la faim : jamais il n'avait eu aussi faim de sa vie. Le plaisir simple de tremper un morceau de biscuit dans la sauce, de mordre dans une cuisse de poulet charnue, lui manquait terriblement. Il se souvenait avec tendresse de l'assiette en ferblanc débordante de nourriture que la femme du tonnelier posait devant lui trois fois par jour. Maintenant, son petit déjeuner se réduisait à de la viande séchée froide – et une maigre ration. Ils s'arrêtaient à peine pour le déjeuner, là encore de la viande séchée. Et comme le capitaine interdisait les coups de feu, même au dîner on avait au menu… de la viande séchée. Les rares fois où ils en avaient de la fraîche, c'était toute une histoire pour manger, Pig devait tailler des morceaux dans une chair dure, s'escrimer pour briser les os et sucer leur moelle. Se nourrir sur la Frontière exigeait de tels efforts qu'il avait toujours faim.

Chaque grondement de son estomac, chaque pas douloureux lui faisait regretter sa décision d'aller dans l'Ouest. Les richesses de la Frontière semblaient plus insaisissables que jamais. Cela faisait six mois que Pig n'avait pas posé un piège à castor.

En pénétrant dans le camp, ce ne fut pas seulement l'absence de chevaux qu'ils remarquèrent. Où étaient les fourrures ? Quelques peaux de castor tendues sur des cadres de saule étaient accrochées aux murs en bois du fort, ainsi qu'un assortiment de peaux de bison, d'élan et de loup. On était loin de l'abondance qu'ils avaient espéré découvrir à leur retour.

Un nommé Stubby Bill[1] s'avança et tendit la main pour saluer Henry. Le capitaine ne la prit pas et demanda :

— Où sont passés les chevaux ?

L'homme garda un moment le bras tendu puis, embarrassé, le laissa retomber.

— Les Pieds-Noirs les ont volés, capitaine.

— Tu as entendu parler de poster des sentinelles ?

— On en a posté, capitaine, mais ils ont déboulé de nulle part et ils ont fait fuir les chevaux.

— Vous les avez poursuivis ?

Stubby Bill secoua lentement la tête.

— On se débrouille pas très bien contre les Pieds-Noirs...

Rappel subtil et efficace. Henry soupira.

— Combien il nous reste de chevaux ?

— Sept... enfin, cinq et deux mules. Murphy les a tous pris pour aller poser des pièges le long de la Beaver Creek.

— On ne dirait pas que vous avez beaucoup piégé.

— Si, capitaine, on s'y est mis... mais y a plus rien à piéger, près du fort. Et sans chevaux, on peut pas aller bien loin.

Jim Bridger était couché en chien de fusil sous une couverture élimée. Le lendemain matin, le sol serait couvert de givre, et le jeune homme pouvait sentir le froid s'insinuer jusque dans ses os. Ils passaient une

1. « Bill le Trapu ».

nouvelle nuit sans feu. Par intermittence, sa fatigue prenait le pas sur le manque de confort et il s'endormait.

Dans son rêve, il se tenait au bord d'un gouffre. Le ciel était d'un violet très sombre. Bien que l'obscurité fût presque complète, il restait assez de lumière pour éclairer les objets d'une faible lueur. L'apparition ne fut d'abord qu'une forme vague, lointaine. Elle s'approcha de lui lentement, inéluctablement, et ses contours se précisèrent : un corps tordu, boitant. Bridger eut envie de s'enfuir, mais le précipice derrière lui rendait toute retraite impossible.

Quand la distance se réduisit à dix pas, il distingua un horrible visage, des traits anormaux, difformes. Des cicatrices balafraient les joues et le front. Le nez et les oreilles semblaient placés au hasard, sans aucun équilibre ni symétrie. La figure était entourée d'une broussaille de cheveux et de barbe renforçant l'impression que l'être se tenant devant lui n'avait rien d'humain.

Tandis que le spectre continuait à avancer, ses yeux se mirent à flamboyer et posèrent sur Bridger un regard haineux auquel il ne pouvait échapper.

Le fantôme leva le bras en un geste de faucheur et enfonça profondément un couteau dans la poitrine de Bridger. La lame brisa le sternum et la force du coup abasourdit Bridger. Il recula en titubant, vit une dernière fois les yeux brûlants et tomba.

Dans sa chute, il fixait le poignard fiché dans sa poitrine et il reconnut sans grande surprise le pommeau d'argent. Le couteau de Glass. *D'une certaine façon, c'est un soulagement de mourir*, pensait Bridger, c'est plus facile que de vivre avec son sentiment de culpabilité…

Sentant un coup dans ses côtes, il sursauta, ouvrit les yeux et découvrit Fitzgerald, qui se tenait au-dessus de lui.

— C'est l'heure, gamin. En route.

13

5 octobre 1823

Les restes calcinés du village arikara avaient l'air de squelettes aux yeux de Hugh Glass. C'était étrange et effrayant à la fois. Cet endroit qui grouillait récemment de vie, avec ses cinq cents familles, était à présent aussi mort qu'un cimetière, monument noirci sur la haute falaise dominant le Missouri.

Le village se trouvait à treize kilomètres au nord du confluent avec la Grand River, et Fort Brazeau à cent dix kilomètres au sud. Glass avait deux raisons de faire ce détour en remontant le Missouri. Ayant épuisé sa réserve de viande séchée, il avait dû se nourrir à nouveau de racines et de baies. Glass s'était souvenu des champs de maïs qui entouraient les villages arikaras et avait espéré pouvoir y trouver de quoi manger.

Il savait aussi que le village lui fournirait de quoi faire un radeau. Avec un radeau, il n'aurait qu'à se laisser descendre jusqu'à Fort Brazeau. En traversant le village d'un pas lent, il se rendit compte qu'il n'aurait aucune peine à se procurer les matériaux nécessaires. Les huttes et les palissades mettaient à sa disposition des milliers de rondins adéquats.

Il s'arrêta pour scruter l'intérieur d'une grande cabane proche du centre du village, manifestement une sorte de construction commune. Percevant un mouvement, il recula, le cœur battant, attendit que ses yeux s'accoutument à la pénombre intérieure. Comme il n'avait plus besoin de béquille, il avait taillé l'extrémité de sa branche de peuplier pour en faire une lance grossière. Il se tint prêt à l'utiliser.

Un chien, un chiot en fait, geignit dans la cabane. Soulagé et excité par cette perspective de viande fraîche, Glass fit un pas en avant. Il retourna sa lance : s'il réussissait à attirer le chien, il lui fendrait le crâne avec le gros bout de son bâton. *Pas la peine d'abîmer la viande.* Sentant le danger, l'animal se réfugia dans le fond de la cabane.

Glass se lança à sa poursuite, s'arrêta net, interloqué, quand le chiot sauta dans les bras d'une très vieille squaw. La femme, recroquevillée sur une paillasse couverte d'une couverture en loques, tenait le chien comme un bébé. Elle pressait son visage contre l'animal et on ne voyait que ses cheveux blancs dans l'obscurité. Elle poussa un cri puis se mit à émettre une plainte hystérique. Au bout d'un moment, sa plainte se transforma en une incantation inquiétante. *Son chant de mort ?*

Les bras qui tenaient le petit chien se réduisaient à de la peau parcheminée et flasque pendant sur des os. Lorsque le regard de Glass se fut ajusté à l'obscurité, il découvrit les détritus et la saleté qui entouraient l'Indienne. Un grand pot en terre contenait de l'eau, mais il n'y avait pas trace de nourriture. *Pourquoi n'est-elle pas allée chercher du maïs ?* Glass en avait cueilli quelques épis en arrivant au village. Les Sioux et les cerfs avaient pillé la majeure partie de la récolte, mais il en restait sûrement un peu. *Serait-elle infirme ?*

Il prit un épi dans son parflèche, l'éplucha et se pencha pour le présenter à la vieille femme. Il le tint longtemps devant elle tandis qu'elle poursuivait ses lamentations. Le chien renifla le maïs, le lécha. Glass tendit le bras, caressa doucement la chevelure blanche. Finalement, la vieille femme mit un terme à son incantation et tourna son visage vers la lumière provenant de la porte.

Glass découvrit avec stupeur des yeux totalement blancs – aveugles. Il comprenait maintenant pourquoi les Arikaras l'avaient abandonnée, quand ils avaient dû fuir au cœur de la nuit.

Il lui prit la main, referma doucement ses doigts autour de l'épi. Elle marmonna quelque chose qu'il ne comprit pas, porta le maïs à sa bouche. Glass vit qu'elle n'avait plus de dents et qu'elle pressait l'épi cru entre ses gencives. Le jus sucré des grains parut réveiller sa faim et elle grignota maladroitement l'épi. *Il lui faut du bouillon...*

Glass regarda autour de lui, vit une marmite rouillée près de la fosse du feu au centre de la pièce. Il baissa les yeux vers le pot de terre : son eau était saumâtre, des sédiments flottaient à la surface. Il alla dehors le vider et le remplir au ruisseau qui traversait le village.

En chemin, il repéra un autre chien près du cours d'eau et cette fois n'épargna pas l'animal. Bientôt, un feu ronfla au centre de la hutte. Glass en fit rôtir une partie sur une broche, mit d'autres morceaux à cuire dans la marmite. Il jeta du maïs dans le pot avec la viande, continua à explorer le village. Le feu n'avait pas ravagé toutes les huttes en terre et il trouva dans l'une d'elles de la corde pour son radeau. Il dénicha aussi un gobelet de fer-blanc et une louche taillée dans une corne de bison.

Lorsqu'il retourna à la grande hutte, il trouva la vieille femme aveugle comme il l'avait laissée, suçant l'épi de maïs. Il remplit le gobelet de bouillon, le posa près d'elle sur la paillasse. Le chiot, troublé par l'odeur de son frère rôtissant au-dessus du feu, se blottit contre les pieds de la squaw. La femme sentit elle aussi l'odeur de la viande. Elle prit le gobelet, avala le bouillon dès qu'il eut assez refroidi. Glass le remplit de nouveau, ajouta cette fois des petits morceaux de viande découpés avec le rasoir. La vieille but trois gobelets avant de sombrer dans le sommeil. Glass étendit la couverture sur ses épaules osseuses.

Il s'approcha ensuite du feu et s'attaqua au chien rôti. Les Pawnees considéraient sa chair comme un mets de choix et abattaient de temps à autre un de ces animaux comme les Blancs le font d'un cochon. Glass préférait de loin le bison, mais dans sa situation, du chien ferait l'affaire. Il mangea aussi du maïs, garda le bouillon et la viande bouillie pour l'Indienne.

Une heure plus tard, il était encore en train de manger quand la femme poussa un cri. Il s'approcha d'elle. Elle répétait inlassablement les mêmes mots, « *Hi touwi hi… Hi touwi hi…* ». Elle n'avait plus le ton effrayé de son chant de mort, mais parlait d'une voix tranquille qui cherchait à exprimer une pensée importante. Les mots n'avaient aucun sens pour Glass. Ne sachant que faire, il lui prit la main. Elle pressa faiblement ses doigts, les porta à sa joue. Ils restèrent un moment ainsi, puis elle ferma ses yeux aveugles et s'endormit.

Le lendemain, elle était morte.

Glass passa une bonne partie de la matinée à construire un échafaudage funéraire grossier à un endroit dominant le Missouri. Quand il eut terminé, il retourna à la grande hutte, enveloppa la vieille femme dans sa couverture. Il la porta à l'échafaudage, le chien traînant pitoyablement dans son sillage. Curieux cortège funèbre. Comme sa jambe blessée, l'épaule de Glass avait bien guéri pendant les semaines qui avaient suivi le combat contre les loups. Il grimaça cependant quand il hissa le corps sur les branches assemblées et sentit de nouveau le long de sa colonne vertébrale des élancements déconcertants. Son dos continuait à l'inquiéter. Avec de la chance, il serait à Fort Brazeau dans quelques jours et quelqu'un là-bas le soignerait correctement.

Il se tint un moment près du corps, respectant un usage venant d'un passé lointain. Glass se demanda un instant quels mots avaient été prononcés à l'enterrement de sa mère, et à celui d'Elizabeth. Il se représenta un monticule de terre fraîchement retournée près d'une tombe ouverte. L'idée d'enfouir les corps dans une terre froide, étouffante, lui avait toujours paru moins appropriée que la coutume des Indiens, qui plaçaient les corps en hauteur, comme pour les transmettre aux cieux.

Le chien se mit soudain à grogner et Glass se retourna. Quatre Indiens à cheval s'approchaient lentement, distants de soixante-dix mètres environ. A leurs vêtements et à leurs chevelures, il reconnut aussitôt des Sioux. Un instant pris de panique, Glass estima la distance qui le séparait des arbres touffus de la falaise. Se rappelant sa première rencontre avec les Pawnees, il décida toutefois de ne pas bouger.

Un peu plus d'un mois s'était écoulé depuis que les trappeurs et les Sioux s'étaient alliés pour faire le siège des Arikaras. Glass se souvint que les Sioux avaient quitté le combat, écœurés par la tactique utilisée par Henry Leavenworth, un sentiment partagé par les hommes de la Rocky Mountain Fur Company. Restait-il quelque chose de cette alliance ? Glass demeurait immobile, affectant une confiance absolue, et regardait les Indiens se diriger vers lui.

Ils étaient jeunes : trois d'entre eux sortaient à peine de l'adolescence. Le quatrième semblait plus âgé : vingt-cinq ans, environ. Les braves les plus jeunes avançaient prudemment, prêts à se servir de leur arme, comme s'il était un animal étrange. Le Sioux le plus âgé les précédait d'une demi-longueur, tenant négligemment un fusil London au canon appuyé en travers du cou d'un énorme étalon. L'animal avait la croupe marquée au fer par les lettres « US ». *Une des bêtes de Leavenworth...* Dans un autre contexte, Glass aurait peut-être trouvé cela amusant.

L'Indien arrêta son cheval à un mètre cinquante de Glass, l'examina des pieds à la tête. Il regarda ensuite l'échafaudage funéraire et parut ne pas saisir le rapport entre ce Blanc estropié, sale, et la squaw arikara morte. De loin, les Sioux l'avaient observé hisser péniblement le corps sur l'échafaudage. Cela n'avait aucun sens.

L'Indien fit passer une de ses jambes par-dessus le grand étalon, se laissa glisser agilement au sol. Il marcha vers Glass en le dévisageant de ses yeux sombres. Malgré les soubresauts de son estomac, le trappeur soutint sans broncher le regard du Sioux.

Le brave manifestait sans effort ce que Glass était forcé de contrefaire : une confiance totale. Il s'appelait Yellow Horse[1]. Il était grand, plus d'un mètre quatre-vingts, les épaules carrées, sa posture accentuait la puissance de son cou et de sa poitrine. Dans ses cheveux tressés, il portait trois plumes d'aigle, dont les encoches indiquaient le nombre d'ennemis tués au combat. Deux

---

1. « Cheval-Jaune ».

bandes décoratives couraient d'un côté à l'autre de sa tunique de daim en haut du torse. Glass remarqua la finesse de l'ouvrage, des centaines de piquants de porc-épic tressés, teints en couleurs vives, vermillon et indigo.

Alors que les deux hommes se tenaient face à face, l'Indien tendit le bras vers le collier de Glass, considéra la griffe d'ours en la faisant tourner entre ses doigts. Il la laissa retomber, porta son regard sur les balafres de la tête et de la gorge du Blanc. Puis il pressa l'épaule de Glass pour qu'il se retourne, examina aussi les blessures sous la chemise élimée. Fixant le dos de Glass, il dit quelque chose à ses trois compagnons. Glass entendit les autres guerriers descendre de cheval et s'approcher. Ils se mirent à parler d'un ton excité en lui touchant le dos. *Que se passe-t-il ?*

Ce qui fascinait les Indiens, c'étaient les profondes plaies parallèles s'étirant d'un bout à l'autre du dos du Blanc. Ils avaient vu de nombreuses blessures, mais jamais de cette sorte. Les sillons remuaient, ils grouillaient d'asticots.

L'un des Sioux parvint à saisir entre ses doigts un ver blanc qui se tortillait, le montra au Blanc. Glass poussa un cri d'horreur, déchira le reste de sa chemise, tendit vainement le bras vers les blessures inaccessibles, puis tomba à quatre pattes et vomit en se représentant cette hideuse invasion de sa chair.

Les Indiens mirent Glass à cheval derrière l'un des jeunes braves et ils quittèrent le village arikara. Le chien de la vieille squaw prit le sillage des chevaux. L'un des Indiens s'arrêta, sauta à terre, incita l'animal à s'approcher. Du côté arrondi de son tomahawk, il frappa le chien à la tête, le saisit par ses pattes de derrière et remonta sur son cheval pour rattraper les autres.

Le camp sioux était situé immédiatement au sud de la Grand River. L'arrivée des quatre braves avec un Blanc provoqua aussitôt une grande effervescence et des dizaines d'Indiens prirent le sillage des cavaliers quand ils passèrent entre les tipis.

Yellow Horse mena le cortège à une tente basse plantée à l'écart du camp, ornée de dessins singuliers : éclairs tombant de nuages noirs, bisons disposés géométriquement autour d'un soleil, formes vaguement humaines dansant autour d'un feu. Yellow Horse appela. Au bout d'un moment, un vieillard rabougri souleva le rabat du tipi. Il cligna des yeux dans le soleil éclatant, des yeux qui devaient être à peine visibles sous ses rides profondes même quand il ne les plissait pas. De la peinture noire couvrait la partie supérieure de son visage et il avait attaché un corbeau mort, desséché, derrière son oreille droite. Torse nu malgré la fraîcheur de ce jour d'octobre, il ne portait qu'un pagne. La peau pendant de sa poitrine creuse était striée de bandes alternées de noir et de rouge.

Yellow Horse descendit de cheval, indiqua à Glass de faire de même. Le trappeur s'exécuta avec raideur, ses blessures à nouveau douloureuses après les soubresauts de la chevauchée. Yellow Horse parla au sorcier de l'étrange homme blanc qu'il avait trouvé dans les ruines du village arikara, de la façon dont il avait libéré l'esprit de la vieille squaw. L'homme n'avait montré aucune peur quand ils s'étaient approchés de lui, bien qu'il n'eût pour toute arme qu'un bâton taillé en pointe. Il parla aussi de la griffe d'ours de son collier, de ses blessures à la gorge et dans le dos.

Pendant les longues explications de Yellow Horse, le sorcier garda le silence, mais dans son masque de rides ses yeux exprimaient un vif intérêt. Les Indiens assemblés se rapprochèrent pour écouter et un murmure s'éleva quand Yellow Horse mentionna les asticots dans les plaies du dos.

A la fin du récit, le sorcier s'approcha de Glass. Le sommet du crâne de l'homme ratatiné atteignait à peine le menton du Blanc, ce qui plaçait le vieux Sioux dans une position idéale pour examiner la griffe de grizzly. Il en tâta du pouce l'extrémité comme pour vérifier son authenticité. Ses mains tremblantes touchèrent les cicatrices roses allant de l'épaule droite à la gorge de Glass.

Enfin, il le fit pivoter pour regarder son dos. Il agrippa le col de la chemise et tira. Le tissu élimé n'offrit que peu de résistance. Les Indiens se rapprochèrent encore pour voir de leurs yeux ce que Yellow Horse venait de décrire et se mirent aussitôt à jacasser dans leur langue étrange. En imaginant ce qui suscitait une telle excitation, Glass sentit de nouveau son estomac se soulever.

Le sorcier lâcha quelques mots, les Sioux se taisant instantanément. Il se retourna et disparut derrière le rabat de son tipi. Quand il revint, quelques minutes plus tard, il avait les bras chargés de diverses gourdes et de sacs ornés de perles. Il fit signe à Glass de s'allonger par terre, sur le ventre, étendit à côté de lui une superbe fourrure blanche, disposa dessus tout un éventail de remèdes. Glass n'avait aucune idée de ce que les sacs et les gourdes contenaient, mais une seule chose comptait. *Je m'en fiche. Qu'il me débarrasse de ces vers !*

Le sorcier s'adressa à l'un des jeunes guerriers, qui partit en courant et revint quelques minutes plus tard portant un pot noir rempli d'eau. Pendant ce temps, le sorcier avait reniflé la plus grosse des gourdes, puisé des ingrédients dans les divers sacs. D'une voix basse, il

173

entama une psalmodie, seul son qui vint briser le silence respectueux des membres de la tribu.

La grosse gourde contenait principalement de l'urine de bison provenant de la vessie d'un grand mâle abattu au cours d'une chasse de l'été. Il y ajouta de la racine d'aulne et de la poudre à canon. L'astringent obtenu était aussi fort que la térébenthine.

Le sorcier tendit à Glass un petit bâton d'une douzaine de centimètres de long. Il fallut un moment au trappeur pour comprendre ce qu'il devait en faire. Avec un profond soupir, il le glissa entre ses dents.

Glass se raidit, le sorcier versa le remède.

L'astringent causa à Glass la douleur la plus intense qu'il eût jamais éprouvée : du fer en fusion dans un moule de chair humaine. D'abord la souffrance fut locale, le liquide pénétrant dans chacun des cinq sillons, millimètre après millimètre. Puis les pointes de feu s'élargirent en une vague qui palpitait au rythme rapide de son cœur. Glass enfonça les dents dans le morceau de bois tendre. Il tenta d'imaginer l'effet cathartique qu'aurait le traitement, mais sans pouvoir échapper à la douleur présente.

L'astringent eut le résultat souhaité sur les asticots et des dizaines de petites formes blanches sortirent de la chair en se tortillant. Au bout de quelques minutes, le sorcier versa quelques louches d'eau sur le dos de Glass pour le débarrasser des vers et du liquide brûlant. La souffrance diminua lentement. Glass venait à peine de reprendre son souffle que le sorcier inclinait de nouveau la gourde.

L'homme versa quatre doses d'astringent. Après avoir lavé le dos une dernière fois, il appliqua sur les plaies un cataplasme fumant de pin et de mélèze. Yellow Horse aida ensuite Glass à gagner le tipi du sorcier. Une squaw apporta du gibier fraîchement cuit. Glass parvint à oublier la douleur de son dos assez longtemps pour se gaver de nourriture puis s'étendit sur une couverture en peau de bison et sombra dans un profond sommeil.

Il dormit, se réveilla et se rendormit pendant près de deux jours. Chaque fois qu'il reprenait conscience, il découvrait à son chevet de quoi manger et de quoi boire. Le sorcier changea à deux reprises le cataplasme de son dos. Après la brûlure fulgurante de l'astringent, la chaleur humide du cataplasme était comme la caresse apaisante d'une main maternelle.

La lumière du petit matin éclairait d'une faible lueur l'intérieur de la tente lorsque Glass s'éveilla, le troisième jour, dans un silence rompu uniquement par le hennissement des chevaux et le roucoulement des colombes. Le sorcier était endormi, une couverture en peau de bison remontée sur sa poitrine osseuse. Glass découvrit à côté de lui des vêtements en daim nettement pliés : un pantalon, des mocassins ornés de perles et une simple tunique. Il se leva lentement, s'habilla.

Les Pawnees considéraient les Sioux comme leurs ennemis mortels. Glass, qui s'était battu contre une bande de chasseurs sioux au cours d'une escarmouche dans les plaines du Kansas, avait maintenant d'eux une autre perception. Comment aurait-il pu ne pas être reconnaissant de ce que Yellow Horse et le sorcier avaient fait pour lui ? Le sorcier remua, se redressa quand il vit Glass et lui dit quelque chose que celui-ci ne comprit pas.

Yellow Horse apparut quelques minutes plus tard et parut satisfait de voir l'homme blanc debout. Les deux Indiens examinèrent son dos, échangèrent des commentaires au ton approbateur. Quand ils eurent terminé, Glass montra son dos et leva les sourcils d'un air interrogateur. *Ça guérit ?* Yellow Horse pinça les lèvres et hocha la tête.

Les trois hommes se retrouvèrent plus tard dans le tipi de Yellow Horse. Conjuguant langue des signes et dessins dans le sable, Glass tâcha d'expliquer d'où il venait et où il voulait aller. Yellow Horse sembla comprendre « Fort Brazeau » et Glass confirma lorsque l'Indien traça sur le sol une carte indiquant l'emplacement précis du fort au confluent du Missouri et de la White River. Le Sioux dit alors quelque chose aux autres guerriers présents dans la tente. Glass ne comprit naturellement pas et s'endormit ce soir-là en se demandant ce qu'il allait advenir de lui.

Le lendemain matin, à son réveil, il entendit un bruit de chevaux devant le tipi du sorcier. Il sortit, découvrit Yellow Horse et les trois jeunes braves rencontrés au village arikara. L'un d'eux tenait par la bride un cheval pie sans cavalier que Yellow Horse désigna du bras en s'adressant à Glass.

Le soleil venait de se détacher de l'horizon quand ils entamèrent leur chevauchée vers Fort Brazeau.

14

6 octobre 1823

Jim Bridger n'avait pas été trahi par son sens de l'orientation quand il avait pressé Fitzgerald de couper à travers la prairie en s'écartant de la courbe vers l'est du Petit Missouri. A l'ouest, l'horizon avalait le dernier arc du soleil lorsque les deux hommes tirèrent en l'air pour signaler qu'ils approchaient de Fort Union. Le capitaine Henry envoya un cavalier à leur rencontre.

Les trappeurs de la Rocky Mountain Fur Company réservèrent à Bridger et à Fitzgerald un accueil empreint d'un sombre respect. Fitzgerald portait le fusil de Glass comme le fier emblème de leur camarade mort. L'un d'eux se signa au passage de l'Anstadt et plusieurs hommes ôtèrent leur chapeau. Inéluctable ou non, la mort de Glass était difficile à accepter.

Tous se rassemblèrent dans le baraquement pour écouter le récit de Fitzgerald. Bridger ne put s'empêcher d'admirer son habileté, la subtilité de ses mensonges.

— Y a pas grand-chose à raconter, déclarait Fitzgerald. On savait tous comment ça finirait. Je prétends pas avoir été son ami mais… je respecte un gars qui s'est battu comme il s'est battu.

« On l'a enterré profond, on l'a même recouvert de pierres pour le protéger. Pour dire la vérité, capitaine, moi j'avais envie de partir tout de suite, mais Bridger a dit qu'il fallait qu'on fabrique une croix pour la tombe…

Bridger leva les yeux, révolté par cette dernière invention. Vingt visages admiratifs étaient tournés vers lui et plusieurs exprimaient leur approbation par un hochement. *Bon Dieu, non ! Pas du respect !* Ce qu'il avait tant désiré lui était maintenant accordé et il ne pouvait le supporter. Quelles que soient les conséquences, il devait se défaire du terrible fardeau de leur mensonge – de *son* mensonge.

Du coin de l'œil, il vit que Fitzgerald le fixait d'un regard glacial. *Ça m'est égal.* Il ouvrit la bouche pour parler, mais avant qu'il ait trouvé ses mots, le capitaine Henry déclara :

— Je savais que tu aurais une bonne influence, Bridger.

Nouveaux hochements de tête approbateurs des membres de la brigade.

Qu'est-ce que j'ai fait ? pensa le jeune homme en baissant les yeux.

15

9 octobre 1823

Les prétentions de Fort Brazeau à l'appellation de fort étaient au mieux ténues. Peut-être l'avait-on ainsi baptisé par vanité, pour institutionnaliser un nom de famille. Ou peut-être dans l'espoir de dissuader toute attaque par la simple force de la qualification. Dans un cas comme dans l'autre, le nom excédait de beaucoup ce qu'il désignait.

Fort Brazeau se réduisait à une unique cabane en rondins, un quai grossier et un poteau où attacher des chevaux. Les fentes étroites ménagées dans la cabane pour permettre de tirer constituaient la seule indication qu'on eût envisagé le côté militaire de la construction.

Çà et là, des tipis parsemaient la clairière entourant le fort, certains abritant temporairement des Indiens venus faire du troc, d'autres occupés de manière plus permanente par des ivrognes de la tribu des Sioux Yankton. Tous ceux qui voyageaient sur la rivière s'arrêtaient à Fort Brazeau pour y passer la nuit, généralement à la belle étoile, même si, pour quelques *cents*, les plus riches pouvaient dormir sur une paillasse dans la cabane.

A l'intérieur, cette cabane était moitié épicerie-bazar, moitié saloon. Comme elle était faiblement éclairée, les sensations y étaient surtout olfactives : fumées diverses, musc graisseux de peaux fraîches, odeur de barils ouverts de morue salée. Hormis les conversations d'hommes soûls, les principaux bruits étaient le bourdonnement constant des mouches et les ronflements provenant d'un grenier à coucher aménagé entre les chevrons.

Kiowa Brazeau, l'homme qui avait donné son nom au fort, regarda attentivement les cinq cavaliers à travers d'épaisses lunettes qui donnaient à ses yeux une grosseur anormale. Ce fut avec un grand soulagement qu'il reconnut le visage de Yellow Horse. Depuis quelque temps, Kiowa se préoccupait de l'état d'esprit des Sioux.

William Ashley venait de passer près d'un mois à Fort Brazeau pour préparer l'avenir de sa Rocky Mountain Fur Company après la débâcle aux villages arikaras. Dans cette bataille, les Sioux avaient été les alliés des Blancs, ou plus exactement ils l'avaient été jusqu'à ce qu'ils soient écœurés par la tactique apathique du colonel Leavenworth. En plein siège, les Sioux avaient brusquement levé le camp – non sans avoir au préalable volé les chevaux d'Ashley et de l'armée américaine. Ashley voyait dans la conduite des Sioux une véritable trahison. Kiowa, lui, la considérait avec une compréhension discrète, mais il ne voyait pas la nécessité d'offenser le fondateur de la Rocky Mountain Fur Company. Ashley et ses hommes étaient les meilleurs clients qu'il ait jamais eus et lui achetaient quasiment tout ce qu'il avait en magasin.

La fragile économie de Fort Brazeau dépendait cependant en dernière instance du troc avec les tribus locales. Celle des Sioux avait pris une importance accrue depuis le changement radical de relations avec les Arikaras. Kiowa craignait que le dédain des Sioux pour

Leavenworth ne s'étende à sa personne et à son poste commercial. L'arrivée de Yellow Horse accompagné de trois braves était bon signe, en particulier lorsqu'il devint clair qu'ils lui amenaient un Blanc dont ils s'étaient apparemment occupés.

Un petit groupe d'Indiens résidents et de *voyageurs** de passage se forma pour accueillir les nouveaux venus. Ils regardaient surtout l'homme blanc au visage et au cuir chevelu horriblement balafrés. Brazeau s'adressa à Yellow Horse en sioux, langue qu'il parlait couramment, et l'Indien lui fournit des explications. Glass devint le centre d'une attention gênante. Ceux qui parlaient sioux écoutèrent Yellow Horse relater comment il avait trouvé le Blanc, seul et sans armes, grièvement blessé par un ours. Les autres ne purent que s'interroger sur l'histoire que l'homme avait manifestement à raconter.

Lorsque Yellow Horse eut achevé son récit, Kiowa s'adressa au Blanc :

— Qui êtes-vous ?

Comme l'homme semblait avoir des difficultés à répondre, Brazeau pensa qu'il n'avait pas compris et il répéta sa question en français.

Glass avala sa salive, s'éclaircit doucement la gorge. Il se rappelait avoir rencontré Brazeau pendant la brève halte que la brigade avait faite au fort en remontant la rivière. Visiblement, Brazeau ne se souvenait pas de lui. L'idée vint alors à Glass que son apparence physique avait probablement beaucoup changé.

— Hugh Glass.

Il avait prononcé ces mots péniblement, d'une voix qui ressemblait plutôt à une sorte de gémissement pitoyable.

— Un gars d'Ashley, ajouta-t-il.

— Vous venez de le manquer. M. Ashley a envoyé Jed Stuart vers l'ouest avec quinze hommes, puis il est retourné à Saint Louis lever une nouvelle brigade.

Kiowa se tut, pensant que son silence inciterait peut-être le blessé à fournir d'autres informations. Comme Glass ne montrait aucun signe qu'il allait poursuivre, un Ecossais borgne se fit l'interprète de la curiosité du groupe. Avec un accent prononcé et une voix de crétin, il demanda :

— C'est quoi qui vous est arrivé ?

Glass parla lentement et avec le moins de mots possible :

— Un grizzly m'a attaqué.

Bien qu'irrité par le pathétique ton geignard de sa voix, il continua :

— Le capitaine Henry m'a laissé avec deux hommes.

Il s'interrompit de nouveau, posa une main sur sa gorge.

— Ils m'ont abandonné en emportant tout mon équipement.

— C'est-y les Sioux qui vous ont amené ici ? voulut savoir l'Ecossais.

Remarquant l'expression douloureuse de Glass, Kiowa répondit à sa place :

— Yellow Horse l'a trouvé seul dans un village arikara. Corrigez-moi si je me trompe, monsieur Glass, mais je crois comprendre que vous avez descendu seul la Grand River.

Glass confirma d'un hochement de tête.

L'Ecossais borgne ouvrit la bouche pour poser une autre question, mais Kiowa le devança :

— M. Glass nous contera son histoire plus tard. Je pense qu'il mérite qu'on le laisse manger et dormir.

Les lunettes de Brazeau lui donnaient un air intelligent et avunculaire. Il prit Glass par l'épaule, le conduisit à la cabane, le fit asseoir à une longue table et adressa quelques mots en sioux à sa femme. Elle apporta une assiettée d'un ragoût puisé dans un grand pot en fonte. Glass huma la nourriture, la mangea et en reprit deux fois.

Assis en face de lui, Kiowa l'observait patiemment dans la faible lumière et éloignait les curieux.

Rassasié, Glass fut soudain traversé par une idée embarrassante :

— Je n'ai pas de quoi payer...

— Je ne pensais pas que vous auriez de l'argent sur vous. A mon fort, on fait crédit aux hommes d'Ashley.

Glass hocha la tête et Kiowa précisa :

— Je peux vous équiper et vous mettre sur le prochain bateau pour Saint Louis.

— Je ne vais pas à Saint Louis, répondit Glass avec véhémence.

Kiowa eut l'air abasourdi.

— Où voulez-vous aller, alors ?

— A Fort Union.

— Fort Union ! On est en octobre ! Même si vous échappez aux Rees et que vous arrivez aux villages mandans, vous n'y serez jamais avant décembre. Et c'est à cinq cents kilomètres de Fort Union. Vous allez remonter le Missouri à pied en plein hiver ?

Glass ne répondit pas. Sa gorge était douloureuse et il n'attendait de permission de personne. Il but une gorgée d'eau à un grand gobelet de métal, remercia Kiowa pour le repas et entreprit de monter l'échelle branlante menant au grenier à coucher. Il s'arrêta à mi-chemin, redescendit et sortit.

Glass trouva Yellow Horse campant à l'écart du fort sur la berge de la White River. Ses compagnons et lui s'étaient occupés de leurs chevaux, ils avaient fait un peu de troc et ils partiraient le lendemain matin. Yellow Horse évitait le fort le plus possible. Kiowa et sa femme sioux l'avaient toujours traité honnêtement, mais l'endroit le déprimait. Il éprouvait du mépris et même de la honte pour les Indiens crasseux qui vivaient autour du fort, prostituaient leurs épouses et leurs filles pour un verre de whisky. Il y avait beaucoup à craindre d'un mal qui poussait des hommes à abandonner leur ancienne vie et à tomber dans une telle déchéance.

Au-delà de l'effet de Fort Brazeau sur les Indiens qui y vivaient, d'autres aspects du poste l'inquiétaient profondément. Il s'émerveillait de la complexité et de la qualité des marchandises produites par les Blancs, de leurs fusils et de leurs haches jusqu'à leurs tissus et à leurs aiguilles. Toutefois, un peuple capable de faire de telles choses, de maîtriser des pouvoirs qu'il ne comprenait pas, l'emplissait d'appréhension. Et que penser des histoires sur de grands villages blancs de l'Est aux habitants aussi nombreux que les bisons ? Même s'il doutait qu'elles soient vraies, chaque année le mince filet de négociants grossissait. Il y avait eu aussi la bataille entre les Arikaras et les soldats. Certes, c'étaient les Arikaras que les Blancs voulaient punir, une tribu pour laquelle il n'avait aucune bienveillance. Et certes, les soldats blancs s'étaient comportés en couards et en imbéciles. Il avait peine à comprendre son inquiétude. Pris séparément, aucun de ses mauvais pressentiments ne semblait convaincant. Yellow Horse sentait toutefois que ces brins éparpillés pouvaient se rassembler, se tresser en un avertissement qu'il ne parvenait pas encore à saisir pleinement.

Lorsque Glass arriva au campement des Sioux, Yellow Horse se tenait près d'un feu bas qui éclairait les visages alentour. Le trappeur avait un moment pensé rétribuer les Indiens pour les soins qu'ils lui avaient prodigués, mais quelque chose lui disait que Yellow Horse s'en offenserait. Il songea à un menu cadeau : une carotte de tabac ou un couteau. Ces babioles ne lui parurent pas une expression appropriée de sa gratitude. Glass s'approcha du Sioux, ôta son collier à griffe d'ours et le passa autour du cou de l'Indien.

Yellow Horse le fixa longuement. Glass lui rendit son regard, hocha la tête et retourna à la cabane.

En grimpant de nouveau dans le grenier, Glass trouva deux *voyageurs** déjà endormis sur la large paillasse. Dans un coin, on avait étendu une peau miteuse. Il se coucha dessus et sombra dans le sommeil presque aussitôt.

Une bruyante conversation en français montant de la pièce d'en bas le réveilla le lendemain matin. Des rires joyeux ponctuaient la discussion et Glass remarqua qu'il était maintenant seul dans le grenier. Il y resta étendu un moment, savourant le luxe d'être au sec et au chaud.

Le traitement brutal du sorcier avait été efficace. Si le dos de Glass n'était pas totalement guéri, les plaies avaient au moins été purgées de leur abominable infection. Il étira ses membres l'un après l'autre comme s'il évaluait les pièces complexes d'une machine qu'il venait d'acheter. Sa jambe pouvait soutenir le poids de son corps, même s'il marchait encore avec une boiterie marquée. Et bien qu'il n'eût pas recouvré ses forces, son bras et son épaule fonctionnaient normalement. Le recul d'une arme à feu lui causerait, présumait-il, une douleur aiguë, mais il faisait confiance à sa capacité de manier un fusil.

Un fusil. Il appréciait l'offre de Kiowa de l'équiper. Ce qu'il voulait, cependant, c'était *son* fusil. Ça et les aveux des deux hommes qui l'avaient dépouillé. Se retrouver à Fort Brazeau n'avait rien d'exaltant. Bien sûr, c'était une étape. Glass ne considérait aucunement le fort comme une ligne d'arrivée à franchir avec joie, mais plutôt comme une ligne de départ à quitter avec détermination. Son corps en voie de guérison et la possibilité de s'équiper constituaient des avantages qui lui avaient manqué ces six dernières semaines. Son objectif demeurait néanmoins lointain.

Allongé sur le dos dans le grenier, il remarqua un seau posé sur une table. La porte s'ouvrit en bas et un miroir fendillé accroché à la cloison du grenier captura la lumière matinale. Glass se leva, s'approcha lentement de la glace.

Il ne fut pas vraiment stupéfait. Il s'attendait au changement. C'était quand même étrange de voir enfin les blessures que, pendant des semaines, il avait seulement pu imaginer. Trois marques de griffes parallèles traçaient des lignes profondes dans la barbe fournie de sa joue. Il pensa à des peintures de guerre. Rien d'étonnant à ce que les Sioux lui aient témoigné du respect. Du tissu cicatriciel rosâtre entourait la limite de son cuir chevelu et le dessus de sa tête présentait quelques entailles. Il remarqua que là où poils et cheveux repoussaient, du gris se mêlait désormais au châtain, en particulier dans sa barbe. Il examina attentivement sa gorge. Là aussi, des andains marquaient le chemin des griffes, et des balafres noueuses indiquaient les endroits des sutures.

Glass défit sa tunique en daim pour regarder son dos, mais le miroir sombre ne montrait guère plus que les contours des longues blessures. L'image mentale des asticots le hantait encore. Il abandonna son examen et descendit.

Une douzaine d'hommes étaient rassemblés dans la salle, massés autour de la longue table et au-delà. La conversation s'interrompit lorsque Glass s'avança.

Kiowa le salua en passant aisément à l'anglais. Le don des langues du Français était un atout pour un négociant dans le Babel de la Frontière.

— Bonjour, monsieur Glass. Nous parlions justement de vous.

Glass hocha la tête mais ne répondit pas.

— Vous avez de la chance, reprit Kiowa. Je vous ai peut-être trouvé un moyen de remonter la rivière.

L'intérêt de Glass fut immédiat.

— Je vous présente Antoine Langevin.

Un petit homme à longue moustache se leva cérémonieusement de la table et tendit le bras pour serrer la main de Glass, qui fut surpris de la vigueur de sa poigne.

— Langevin est arrivé hier soir. Comme vous, monsieur Glass, il a une histoire à raconter. Il vient des villages mandans. D'après lui, notre tribu vagabonde, les Arikaras, a établi un nouveau campement à moins de deux kilomètres des Mandans.

L'homme dit en français quelque chose que Glass ne comprit pas.

— J'y viens, Langevin, maugréa le marchand, irrité par l'interruption. J'ai pensé que M. Glass apprécierait quelques informations. Comme on l'imagine aisément, nos amis les Mandans redoutent que leurs nouveaux voisins ne leur apportent des ennuis. Pour les laisser occuper une partie de leur territoire, les Mandans ont exigé que les Arikaras mettent fin à leurs attaques contre les Blancs.

Kiowa ôta ses lunettes, en essuya les verres avec le pan de sa chemise avant de les remettre sur le perchoir de son nez rubicond.

— Ce qui m'amène à ma propre situation, reprit-il. Mon petit fort dépend de la circulation sur la rivière. J'ai besoin que des négociants et des trappeurs comme vous descendent et remontent le Missouri. J'ai beaucoup apprécié la visite que M. Ashley et ses hommes m'ont rendue, mais cette guerre avec les Arikaras me conduira à coup sûr à la ruine...

« J'ai donc demandé à Langevin de prendre la tête d'une délégation remontant le Missouri. Porteuse de cadeaux, elle tentera de renouer des liens avec les Arikaras. En cas de succès, nous informerons Saint Louis que le Missouri est de nouveau ouvert au commerce.

« Il y a place pour six hommes et des provisions sur le *bâtard*[*1] de Langevin... Voici Toussaint Charbonneau, ajouta Kiowa en désignant un autre homme assis à la table.

Glass connaissait ce nom et il regarda avec intérêt l'époux de Sacagewea[2].

— Toussaint a été interprète pour Lewis et Clark. Il parle mandan, arikara et toute autre langue que vous aurez besoin de comprendre en chemin.

— Et l'anglais, ajouta Charbonneau.

Si l'anglais de Kiowa était presque dépourvu d'accent, celui de Charbonneau gardait de fortes traces de la

---

1. Mot canadien désignant un canot de dix mètres ou plus.
2. Indienne shoshone qui guida l'expédition de Lewis et Clark.

mélodie de sa langue maternelle. Glass lui tendit la main et Kiowa poursuivit les présentations.

— Voici Andrew MacDonald, dit-il en indiquant l'Ecossais de la veille.

Glass remarqua qu'en plus d'être borgne l'homme avait perdu le bout de son nez.

— Il est probablement le plus grand crétin que j'aie jamais vu, mais il est capable de pagayer toute une journée sans s'arrêter. Nous l'appelons « Professeur ».

Professeur inclina la tête pour amener Kiowa dans le champ de vision de son bon œil, qui s'alluma quand il entendit mentionner son surnom, dont l'ironie lui échappait manifestement.

— Enfin, voici Dominique Cattoire, dit Kiowa en pointant le doigt vers un *voyageur** fumant une mince pipe en terre. Son frère Louis est la principale source de revenus des *putains**, et ce en tout lieu. Il sera aussi du voyage, si nous arrivons à le faire sortir de la tente de la prostituée. Nous l'appelons Louis la Vierge...

Des rires fusèrent autour de la table.

— Ce qui m'amène à vous, reprit Kiowa. Comme ils remontent la rivière, ils sont obligés de voyager léger. Ils ont besoin d'un chasseur qui fournira de la viande au camp. Votre histoire me conduit à penser que vous savez comment vous procurer de la nourriture, et que vous serez probablement meilleur encore avec un fusil.

Glass hocha la tête en réponse.

— Il y a une autre raison pour laquelle un fusil de plus sera utile à notre délégation. Dominique a entendu des rumeurs selon lesquelles un chef arikara nommé Elk's Tongue[1] s'est séparé du gros de la tribu. Il mène

---

1. « Langue-d'Elan ».

une petite bande de guerriers quelque part entre les Mandans et la Grand River. Nous ignorons ce qu'il mijote, mais il a promis de venger l'attaque contre le village ree.

Glass songea aux ruines noircies du village arikara, hocha de nouveau la tête.

— Vous êtes partant ? lui demanda Kiowa.

Ne tenant pas vraiment à s'encombrer de compagnons de route, Glass avait projeté de remonter le Missouri seul à pied. Il avait l'intention de partir le jour même et l'idée d'attendre le rebutait. Il devait cependant reconnaître que c'était une offre intéressante. Le nombre était synonyme de sécurité, si les hommes étaient bons. Ceux de la délégation de Kiowa semblaient aguerris et Glass savait qu'il n'existait pas de meilleurs bateliers que les *voyageurs**. Il savait aussi que son corps n'était pas encore totalement guéri et que sa progression serait lente s'il marchait. Remonter le Missouri avec le *bâtard** prendrait aussi du temps, mais s'il laissait les autres pagayer, il aurait un mois de plus pour se rétablir.

Une main sur la gorge, il répondit :

— D'accord.

Langevin dit quelque chose en français à Kiowa, qui se tourna de nouveau vers Glass.

— Langevin me rappelle qu'il y a des réparations à faire sur le canot. Vous partirez demain à l'aube. Mangez quelque chose, nous nous occuperons ensuite de votre équipement.

Kiowa entreposait ses marchandises le long du mur du fond de la cabane. Une planche posée sur deux tonneaux vides faisait office de comptoir. Glass se concentra d'abord sur le choix d'une arme longue. Il y en avait cinq, dont trois vieux mousquets rouillés clairement destinés au troc avec les Indiens. Entre les deux fusils, le choix semblait a priori évident. L'un était une longue arme classique du Kentucky, de très belle facture, avec un fini noyer bruni. L'autre, un vieux Model 1803 de l'infanterie américaine, dont la crosse avait été brisée et réparée avec du cuir brut. Glass prit les deux et sortit de la cabane, accompagné de Kiowa. Le trappeur avait une décision importante à prendre, il voulait donc voir les fusils au grand jour.

Kiowa dut contenir son impatience tandis que Glass examinait le long fusil du Kentucky.

— C'est une arme magnifique, assura le patron de Fort Brazeau. Les Allemands n'y connaissent rien en cuisine, mais ils savent fabriquer un fusil.

Glass approuva, il avait toujours admiré les lignes élégantes des armes du Kentucky. Celle-ci présentait cependant deux inconvénients : son petit calibre, qu'il avait correctement estimé à du 32, et sa longueur, qui la rendait lourde à porter et difficile à charger. Elle était idéale pour un gentleman-farmer chassant l'écureuil en Virginie. Glass avait besoin de tout à fait autre chose.

Il tendit le Kentucky à Kiowa et souleva le Model 1803, le fusil qu'avaient porté de nombreux soldats de l'expédition Lewis et Clark. Glass concentra son attention sur la réparation. On avait cloué du cuir brut mouillé autour de la cassure et on l'avait laissé sécher. Il avait rétréci en perdant son eau et durci comme pierre. La crosse était laide mais semblait solide. Glass examina ensuite le mécanisme du chien et de la détente. Il avait été récemment graissé et ne présentait aucun point de rouille. Le trappeur passa lentement la main sur la crosse, puis sur le canon court. Il glissa un doigt dans le large trou du canon, apprécia la dimension de son calibre. Du 53.

— Le gros fusil vous plaît, hein ?

Glass acquiesça de la tête.

— Essayez-le, proposa Kiowa. Avec un fusil comme ça, vous pourriez tuer un ours ! ajouta-t-il avec un sourire malicieux.

Le marchand tendit à Glass une corne à poudre et une mesure. Glass introduisit dans le canon une charge de deux cents grains. Kiowa lui passa une balle de 53 et tira de la poche de son gilet un patch graissé. Glass enveloppa la balle avec le patch, la glissa dans le canon et, avec la baguette, la poussa dans la culasse. Il versa ensuite de la poudre dans le bassinet, ramena le chien en arrière et chercha une cible.

A cinquante mètres de lui, un écureuil se tenait sur la fourche d'un grand peuplier. Glass visa, pressa la détente. Un très bref instant sépara la mise à feu du bassinet et l'explosion dans le canon. De la fumée emplit l'air, cachant un moment la cible. Le recul de l'arme contre son épaule avait fait grimacer Glass.

Lorsque la fumée s'éclaircit, Kiowa s'approcha du pied de l'arbre, se pencha pour ramasser le corps en lambeaux de l'écureuil, dont il ne restait plus grand-chose à part une queue broussailleuse. Il retourna près de Glass, jeta la dépouille déchiquetée à ses pieds et commenta :

— Je dirai que ce fusil ne convient pas vraiment pour la chasse à l'écureuil.

Cette fois, Glass lui rendit son sourire et déclara :

— Je le prends.

Ils regagnèrent la cabane, où Glass choisit le reste de son équipement : un pistolet de calibre 53 pour compléter le fusil, un moule à balles, du plomb, de la poudre et des silex. Un tomahawk et un grand couteau à écorcher, un épais ceinturon de cuir auquel accrocher ses armes. Deux chemises de coton rouge à porter sous la tunique en daim. Une grande capote Hudson Bay, un bonnet de laine et des moufles. Cinq livres de sel et trois carottes de tabac. Une aiguille et du fil. De la corde. Pour porter ce fourniment, il choisit une sacoche à franges de cuir ornée de perles. Il remarqua que les *voyageurs** portaient tous à la taille des petits sacs pour y serrer leur pipe et leur tabac. Trouvant que ce serait pratique d'y ranger ses silex et son morceau d'acier, il en prit un aussi.

Quand il eut fini, il se sentit riche comme un roi. Après six semaines sans rien posséder d'autre que les habits qu'il avait sur le dos, il était tout à fait prêt pour les batailles qui l'attendaient. Kiowa calcula ce que le trappeur lui devait : cent vingt-cinq dollars au total.

Glass s'assit pour écrire à William Ashley :

10 octobre 1823

Cher Monsieur Ashley,

Mon équipement m'a été volé par deux hommes de notre brigade avec qui je réglerai mes comptes. M. Brazeau m'a fait crédit et j'ai pris la liberté de donner ma paie à la Rocky Mountain Fur Company comme garantie en échange des marchandises achetées. J'ai l'intention de récupérer ce qui m'appartient et je m'engage à vous rembourser ma dette.

Votre humble serviteur,

Hugh Glass

— J'enverrai votre lettre avec la facture, dit Kiowa.

Ce soir-là, Glass partagea un repas copieux avec Kiowa et quatre de ses cinq nouveaux compagnons. Le cinquième, Louis Cattoire dit la Vierge, n'était pas encore sorti de la tente de la prostituée. Son frère Dominique rapporta que la Vierge avait alterné phases d'ébriété et de fornication depuis son arrivée à Fort Bra-zeau. Sauf lorsque Glass était directement concerné, les *voyageurs** parlaient le plus souvent en français. Glass saisissait çà et là des mots et des bribes de phrases appris pendant son séjour à Campeche, pas assez toute-fois pour suivre la conversation.

— Veille à ce que ton frère soit prêt demain matin, recommanda Langevin. J'ai besoin de sa pagaie.

— Il le sera, assura Cattoire.

— Et n'oubliez pas votre mission, dit Kiowa. Ne pas-sez pas tout l'hiver chez les Mandans. J'ai besoin de la confirmation que les Arikaras n'attaqueront pas les mar-chands empruntant la rivière. Si je n'ai pas de nouvelles de vous d'ici la fin de l'année, je ne pourrai pas prévenir Saint Louis à temps afin de modifier les plans pour le printemps.

— Je connais mon boulot, répondit Langevin. Vous aurez l'information dont vous avez besoin.

— A propos d'information, reprit Kiowa, passant sans transition du français à l'anglais, nous aimerions tous savoir ce qui vous est arrivé exactement, monsieur Glass.

Cette fois, même le regard éteint de Professeur étin-cela d'intérêt. Glass parcourut la tablée des yeux.

— Il n'y a pas grand-chose à raconter.

Kiowa traduisit la réponse, qui fit rire les hommes présents.

— Avec tout le respect que je vous dois, *mon ami**, votre visage lui-même raconte une histoire... mais nous aimerions en connaître les détails.

S'installant pour un récit qu'ils escomptaient passion-nant, les *voyageurs** bourrèrent de nouveau leurs lon-gues pipes. Kiowa tira de la poche de son gilet une tabatière en argent gravé, porta une pincée de tabac à ses narines.

Encore embarrassé par sa voix geignarde, Glass pressa sa gorge de la main et se lança :

— Une grosse femelle grizzly m'a attaqué sur les bords de la Grand River. Le capitaine Henry a laissé John Fitzgerald et Jim Bridger derrière pour m'enterrer quand je mourrais. Au lieu de quoi, ils m'ont tout volé. J'ai l'intention de reprendre mon bien et de veiller à ce que justice soit faite.

Kiowa traduisit et il s'ensuivit un long silence, chargé d'attente. Finalement, Professeur demanda, avec son lourd accent écossais :

— Z'allez vraiment pas nous en dire plus ?

— Sans vouloir vous vexer, monsieur, vous n'êtes pas un grand *raconteur**, remarqua Toussaint Charbonneau.

Glass soutint son regard mais n'ajouta rien.

— C'est votre affaire si vous voulez garder pour vous les détails de votre combat avec l'ourse, intervint Kiowa. Je ne vous laisserai cependant pas partir sans que vous m'ayez parlé de la Grand River.

Kiowa Brazeau avait compris très tôt qu'il ne lui fallait pas faire commerce seulement de marchandises mais aussi d'informations. On fréquentait son comptoir à la fois pour ce qu'on pouvait y acheter et pour ce qu'on pouvait y apprendre. Comme son fort était situé au confluent du Missouri et de la White River, il connaissait bien la White. De même que la Cheyenne River, plus au nord. Il avait appris ce qu'il pouvait de la Grand River par un certain nombre d'Indiens, mais ses connaissances demeuraient lacunaires.

Il s'adressa en sioux à sa femme, qui alla chercher un livre fort mal en point qu'ils manipulaient tous deux comme s'il s'agissait de la bible familiale. Kiowa ajusta ses lunettes pour lire le long titre qui barrait sa couverture déchirée :

— « Histoire de l'expédition... »

— « ... placée sous le commandement des capitaines Lewis et Clark », termina Glass pour lui.

— *Ah bon* !* s'exclama le marchand. Notre voyageur blessé a des lettres !

— Revue par Paul Allen et publiée à Philadelphie en 1814, précisa encore Glass.

— Alors, vous connaissez aussi la carte dressée par le capitaine Clark ?!

Glass acquiesça. Il se rappelait parfaitement l'excitation qu'avait suscitée la publication longtemps attendue de ce livre. Comme les cartes qui avaient façonné ses rêves d'enfant, Glass l'avait vu pour la première fois dans les bureaux de Rawsthorne & Sons à Philadelphie.

Kiowa posa le volume sur la table et il s'ouvrit à la page intitulée « Carte de l'itinéraire de Lewis et Clark à travers la partie ouest de l'Amérique du Nord, du Mississippi à l'océan Pacifique ». Pour préparer leur expédition, Clark avait étudié la cartographie et ses instruments. Sa carte, une merveille pour l'époque, surpassait en détails et en exactitude tout ce qui avait précédé. Elle montrait clairement les principaux affluents du Missouri, de Saint Louis aux Trois-Fourches.

Si elle reproduisait avec fidélité les rivières qui se jetaient dans le Missouri, les détails concernaient surtout les environs des confluents. On savait peu de choses sur leurs cours et leurs sources. Il y avait néanmoins quelques exceptions : en 1814, on ajouterait au document les découvertes faites sur le bassin de la Yellowstone par Drouillard et Colter, et on indiquerait la piste suivie par Zebulon Pike dans le sud des Rocheuses.

Kiowa avait lui-même dessiné le cours de la Platte, avec notamment une estimation approximative de ses branches nord et sud. Et sur la Yellowstone, le fort abandonné de Manuel Lisa était indiqué au confluent avec la Big Horn River.

Glass examina attentivement la carte. Il la connaissait bien, après les longues heures passées chez Rawsthorne & Sons et ses plus récentes études à Saint Louis, mais ce qui suscitait sa curiosité, c'étaient les détails ajoutés par Kiowa, les dessins au crayon reposant sur une décennie de savoir accumulé.

Le thème en était l'eau et les noms racontaient l'histoire des lieux. Certains rappelaient des batailles : War Creek, Lance Creek, Bear in the Lodge Creek[1]. D'autres décrivaient la flore et la faune locales : Antelope Creek, Beaver Creek, Pine Creek, Keya Paha, Rosebud[2]. D'autres encore portaient sur une caractéristique du cours d'eau : Deep Creek, Rapid Creek, la Platte, Sulphur Creek, Sweet Water[3]. Enfin, quelques-uns signalaient un aspect plus spirituel ou mythique : Medicine Lodge Creek, Castle Creek[4].

Kiowa bombarda Glass de questions : pendant combien de jours avaient-ils remonté la Grand River avant de parvenir au premier confluent ? Combien de rivières s'y jetaient ? Quels points de repère jalonnaient le terrain ? Quels signes de castors et autre gibier ? Quelle quantité de bois ? Quelle distance jusqu'aux Buttes-Jumelles ? Quelles traces de la présence d'Indiens ? De

---

1. Rivières de la Guerre, de la Lance, de l'Ours-dans-la-Hutte.
2. Rivières des Antilopes, des Castors, des Pins, de la Colline-de-la-Tortue, du Bouton-de-Rose.
3. Rivières Profonde, Rapide, du Soufre, des Eaux-Pures.
4. Rivières de la Hutte-de-Magie, du Château.

quelles tribus ? Kiowa utilisait un crayon bien taillé pour ajouter les nouveaux détails.

Glass recevait autant qu'il donnait. Quoique la carte fût pour l'essentiel gravée dans sa mémoire, les détails avaient pris une nouvelle importance quand il avait décidé de traverser seul le territoire. Combien de kilomètres des villages mandans à Fort Union ? Quels affluents principaux au-dessus de Fort Mandan et combien de kilomètres entre eux ? Quelle était la configuration du terrain ? Quand le Missouri gelait-il ? Où pouvait-il gagner du temps en coupant à travers les boucles de la rivière ?

Il recopia des parties importantes de la carte de Clark qui lui serviraient plus tard de références. Il se concentra sur la distance entre les villages mandans et Fort Union, traça les cours de la Yellowstone et du Missouri sur plusieurs centaines de kilomètres au nord de Fort Union.

Les autres quittèrent la table l'un après l'autre tandis que Kiowa et Glass poursuivaient leur discussion jusque tard dans la nuit, la faible lumière de la lampe à pétrole projetant des ombres fantasques sur les murs de rondins. Sevré de conversation intelligente, le marchand ne voulait pas lâcher Glass. Il fut émerveillé par le récit que lui fit l'ancien marin de sa longue marche du golfe du Mexique à Saint Louis. Apportant d'autres feuilles de papier, il lui fit dessiner une carte grossière des plaines du Texas et du Kansas.

— Un homme comme vous pourrait prospérer dans mon comptoir. Les voyageurs sont avides du type d'informations que vous possédez.

Glass secoua la tête.

— Vraiment, *mon ami**, pourquoi ne pas passer l'hiver ici ? Je vous engagerai.

Kiowa aurait volontiers payé cet homme rien que pour sa compagnie.

Glass secoua de nouveau la tête, plus fermement cette fois.

— Je dois m'occuper de mes propres affaires.

— Une entreprise un peu idiote pour un homme de votre compétence, non ? Traverser la Louisiane en plein hiver. Poursuivre ceux qui vous ont trahi au printemps, si vous y êtes toujours résolu…

La chaleur de leur conversation sembla quitter la pièce, comme si on avait ouvert une porte sur une froide journée. Les yeux de Glass étincelèrent et Kiowa regretta immédiatement son commentaire.

— Ce n'est pas un sujet sur lequel j'ai sollicité vos conseils.

— Non, monsieur, reconnut le marchand. Certainement pas.

Il restait deux heures à peine avant le lever du soleil lorsque Glass, épuisé, grimpa enfin l'échelle du grenier. La nervosité engendrée par la perspective du départ ne lui permit cependant que de dormir fort peu.

Il fut réveillé par un bruyant pot-pourri d'obscénités. L'un de ceux qui les prononçaient vociférait en français, et si Glass ne comprenait pas tous les mots, le contexte rendait clair leur sens général.

L'homme qui braillait était Louis la Vierge, que son frère Dominique venait de tirer des profondeurs d'un sommeil d'ivrogne. Fatigué des pitreries de Louis et ne parvenant pas à le réveiller par le rituel coup de pied dans les côtes, Dominique avait essayé une autre tactique : uriner sur le visage de son frère. C'était cet acte totalement irrespectueux qui avait déclenché la pluie de jurons, et suscité la colère de la squaw avec laquelle le soiffard avait passé la nuit. Elle tolérait toutes sortes d'indécences dans son tipi, elle en encourageait même certaines, mais l'arrosage inconsidéré de Dominique avait souillé sa meilleure couverture, ce qui l'avait mise en rage. Elle poussait pour l'heure des cris perçants de pie offensée.

Le temps que Glass sorte de la cabane, le concert d'insultes menaçait de dégénérer en bagarre. Tel un lutteur de la Grèce antique, Louis la Vierge se tenait complètement nu devant son frère. Si le premier avait l'avantage de la taille sur le second, il souffrait en revanche du désavantage de trois jours de beuverie d'affilée, sans parler d'un réveil abrupt et déplaisant. Il n'y voyait pas encore très clair et titubait un peu, handicaps qui ne tempéraient en rien sa détermination à se battre. Familier du style de combat de Louis, Dominique attendait de pied ferme l'inévitable assaut. Avec un rugissement guttural, son frère baissa la tête et se jeta en avant.

Il mit toute la force de sa charge derrière le poing qu'il expédia vers la tête de son frère. S'il avait atteint sa cible, il aurait probablement enfoncé le nez de Dominique dans son cerveau. En l'espèce, le frère aîné esquiva nonchalamment le coup.

Le swing manqué déséquilibra totalement Louis et Dominique lui faucha les jambes d'un coup de pied circulaire. Il tomba lourdement sur le dos. Le souffle coupé, il se tortilla pitoyablement un moment en tentant de remplir ses poumons d'air. Lorsqu'il put de nouveau respirer, il se remit à jurer et se releva. Dominique le frappa du pied au plexus solaire, ce qui le renvoya à sa quête désespérée d'un peu d'air.

— Je t'avais dit d'être prêt, crétin ! On part dans une demi-heure.

Pour souligner ses dires, Dominique lui décocha un autre coup de pied, cette fois dans la bouche, lui fendant les lèvres.

Le combat terminé, le petit attroupement qui s'était formé se dispersa. Glass descendit à la rivière. Le *bâtard** de Langevin était attaché à l'embarcadère et le courant rapide du Missouri tirait sur sa corde d'amarrage. Comme son nom l'indiquait, il était plus petit que le grand *canot de maître**, et cependant plus allongé que les canots les plus courants : près de dix mètres de long.

Portés par le courant, Langevin et Professeur avaient pu manœuvrer à eux seuls l'embarcation chargée d'une lourde cargaison de fourrures, fruit du troc avec les Mandans. A pleine charge, il aurait fallu dix hommes pour remonter le Missouri. Cette fois, la cargaison de Langevin serait légère : quelques cadeaux à distribuer aux Mandans et aux Arikaras. Avec quatre hommes seulement pour pagayer, leur progression serait quand même rude.

Assis sur un tonneau, Toussaint Charbonneau croquait une pomme tandis que Professeur chargeait le canot sous la surveillance de Langevin. Pour répartir également le poids de leur cargaison, ils avaient disposé au fond de l'embarcation, de l'avant à l'arrière, deux longues perches sur lesquelles Professeur posa quatre balles de marchandises. L'Ecossais ne parlait apparemment pas français – d'ailleurs, il donnait parfois l'impression de ne pas parler anglais non plus. Langevin croyait remédier à son manque de compréhension en lui parlant plus fort. Cela aidait peu Professeur, mais les gesticulations de Langevin fournissaient toutefois de précieux indices.

L'œil aveugle de Professeur contribuait à son air abruti. Il l'avait perdu dans un bar de Montréal où un bagarreur notoire surnommé Joe l'Huître le lui avait quasiment arraché. Professeur avait réussi à le remettre en place, mais il n'avait plus fonctionné. L'œil mort regardait fixement de côté, comme s'il guettait une éventuelle attaque par le flanc. Professeur ne s'était jamais résolu à le dissimuler par un bandeau.

Il n'y eut pas de fanfare pour leur départ. Dominique et Louis la Vierge arrivèrent à l'embarcadère, chacun portant un fusil et un petit sac. La Vierge cligna des yeux dans le reflet du soleil matinal sur l'eau. Il avait de la boue séchée dans ses longs cheveux, du sang sur le menton et le devant de sa vareuse. Il sauta cependant agilement dans le canot et s'installa à l'avant, avec dans le regard une lueur qui n'avait rien à voir avec le soleil. Dominique prit la position de barreur à l'arrière. Son frère dit quelque chose en français et les deux hommes s'esclaffèrent.

Langevin et Professeur s'assirent l'un à côté de l'autre au milieu du canot, une balle de marchandises devant eux, une autre derrière. Charbonneau et Glass se placèrent à côté de la cargaison, Charbonneau vers l'avant, Glass vers l'arrière.

Les quatre *voyageurs** prirent leurs pagaies, amenèrent la proue dans le courant. Ils enfoncèrent profondément leurs pagaies dans l'eau et l'embarcation commença à remonter la rivière. La Vierge se mit à chanter, et les trois autres joignirent bientôt leur voix à la sienne :

> *Le laboureur aime sa charrue,*
> *Le chasseur son fusil, son chien ;*
> *Le musicien aime sa musique ;*
> *Moi, mon canot – c'est mon bien** !*

— *Bon voyage, les amis* !* leur cria Kiowa. Ne passez pas l'hiver chez les Mandans !

Glass se retourna, fixa un moment Kiowa Brazeau qui leur adressait des signes de l'embarcadère de son petit fort. Puis le trappeur regarda de nouveau vers l'amont et ne se retourna plus.

On était le 11 octobre 1823. Pendant plus d'un mois, il s'était écarté de sa proie. Détour stratégique, mais détour quand même. A partir de maintenant, Glass irait droit au but.

DEUXIÈME PARTIE

16
29 novembre 1823

Quatre pagaies frappaient l'eau avec un ensemble parfait. Les minces pales coupaient la surface, s'enfonçaient de plus de quarante centimètres et poussaient dur. Le canot avançait péniblement, se rebiffant contre le courant. A la fin de chaque série de coups de rame, il se soulevait de l'eau et pendant un instant on avait l'impression que la rivière allait leur voler les mètres difficilement gagnés, mais avant qu'elle ne les en spolie complètement, les pagaies frappaient l'eau de nouveau.

Une fine pellicule de glace recouvrait l'eau dormante quand ils avaient embarqué, à l'aube. Quelques heures plus tard, Glass, adossé à un banc de nage, se chauffait au soleil du milieu de matinée en savourant la sensation nostalgique de flotter sur l'eau.

Après leur départ de Fort Brazeau, Glass s'était essayé au maniement de la pagaie. Après tout, raisonnait-il, il était marin de formation. Les *voyageurs** ricanèrent, ce qui renforça sa détermination. Sa sottise ne tarda pas à lui sauter aux yeux. Ses compagnons pagayaient au rythme remarquable de soixante coups par minute, avec une régularité de bonne montre suisse. Glass n'y serait jamais parvenu même si son épaule avait été complètement guérie. Il battit l'eau pendant quelques minutes avant que quelque chose de mou et d'humide lui frappe la nuque. En se retournant, il découvrit le sourire moqueur de Dominique.

« Pour vous, monsieur le mangeur de lard ! » s'exclama le *voyageur**.

Pendant le reste du trajet, Glass mania non une pagaie mais une énorme éponge pour vider l'eau qui s'accumulait constamment au fond du canot.

Les plaques d'écorce de bouleau de sa coque étaient cousues ensemble avec de la wattope, fine racine de pin. Les coutures étaient calfatées par du goudron de pin, qu'on appliquait de nouveau dès qu'une fissure apparaissait. Lorsqu'il était devenu difficile de trouver de l'écorce de bouleau, les *voyageurs** avaient été contraints d'utiliser d'autres matériaux pour leur rapiéçage. En plusieurs endroits, ils avaient cousu du cuir brut qu'ils avaient ensuite recouvert de gomme. Glass était étonné par la fragilité de la coque. Un coup de pied l'aurait aisément trouée et l'une des principales tâches de Dominique au poste de barreur consistait à éviter les débris flottants qui menaçaient à tout moment de mettre leur embarcation à mal. Au moins, ils bénéficiaient du cours relativement docile de l'automne. Les crues de printemps pouvaient entraîner vers l'aval des arbres entiers.

Les défauts mêmes du *bâtard** lui conféraient un avantage non négligeable. S'il était frêle, il était aussi léger, atout d'importance tandis qu'ils luttaient contre le courant. Glass en vint rapidement à comprendre l'étrange affection des *voyageurs** pour leur canot. Chacun dépendait de l'autre. Les hommes passaient la moitié de leur temps à se plaindre amèrement de leur canot, et l'autre moitié à le soigner tendrement.

Fiers de l'aspect de leur embarcation, ils la décoraient de plumes et de couleurs gaies. Sur la haute proue, ils avaient peint une tête de cerf qui défiait l'eau en inclinant ses bois vers elle. (A l'arrière, Louis la Vierge avait peint le cul de l'animal.)

— Bon endroit où débarquer droit devant ! annonça-t-il de son poste d'observation à l'avant.

Langevin scruta l'amont, découvrit une rive sablonneuse que caressait un léger courant, leva les yeux pour juger de la position du soleil dans le ciel.

— D'accord. Je dirais qu'il est à une pipe. *Allumez*.

La pipe occupait une telle place dans la culture des *voyageurs* qu'ils l'utilisaient comme mesure de distance. Une pipe représentait l'intervalle entre leurs courtes haltes pour fumer. En descendant une rivière, une pipe pouvait correspondre à quinze kilomètres ; dans l'âpre remontée du Missouri, ils s'estimaient heureux quand ils en couvraient trois.

Les *voyageurs* avaient rapidement adopté un rythme routinier. Ils prenaient leur petit déjeuner dans la lueur bleu-violet précédant l'aube, nourrissaient leurs corps de restes de gibier et de pâte à pain frite, chassaient le froid du matin avec des gobelets de thé brûlant. Ils étaient sur l'eau dès que la lumière leur permettait de voir, afin d'arracher une progression à chaque heure de la journée. Ils avançaient de cinq ou six pipes par jour. Vers midi, ils faisaient halte assez longtemps pour manger de la viande fumée et des pommes séchées, car ils ne faisaient rien cuire avant le dîner. Ils accostaient au coucher du soleil après avoir passé une douzaine d'heures sur l'eau. Glass disposait alors généralement d'une heure environ de jour déclinant pour trouver du gibier. Les hommes attendaient pleins d'espoir l'unique coup de feu qui signalerait le succès de sa chasse. Il revenait rarement bredouille au camp.

La Vierge sauta dans l'eau peu profonde près de la berge sablonneuse, en veillant à ce que le fond fragile du canot ne frotte pas contre le sable. De l'eau jusqu'aux genoux, il gagna la rive et attacha l'amarre à un gros morceau de bois flotté. Langevin, Professeur et Dominique sautèrent ensuite, le fusil à la main, et scrutèrent la ligne des arbres. Glass et Charbonneau couvrirent leurs compagnons tandis qu'ils pataugeaient en direction de la berge, puis ils les imitèrent. La veille, alors qu'il chassait, le trappeur était tombé sur un lieu de campement abandonné, avec les cercles de pierres de dix tipis. Ils n'avaient aucun moyen de savoir si c'était la bande d'Elk's Tongue, mais cette découverte les avait rendus nerveux.

Les hommes tirèrent pipe et tabac du sac accroché à leur taille, se passèrent un brandon enflammé à un petit feu allumé par Dominique. Les deux frères étaient assis, le derrière dans le sable. A leur poste à la poupe et à la proue, ils demeuraient debout et s'asseyaient donc pour fumer. Les autres restaient debout, heureux de pouvoir se dégourdir les jambes.

La température, plus froide, s'insinuait dans les blessures de Glass comme un orage se faufile dans une vallée de montagne. Chaque matin il se réveillait le corps raide et endolori car les longues heures d'immobilité dans le canot aggravaient son état. Il profitait pleinement de la halte en allant et venant sur le banc de sable pour mieux faire circuler le sang dans ses membres engourdis.

Il examina ses compagnons en se rapprochant d'eux. Les tenues des *voyageurs** étaient remarquablement semblables, presque, se dit-il, comme si on avait distribué à chacun un uniforme. Ils portaient des bonnets de laine rouge dont on pouvait rabattre les côtés pour protéger les oreilles, avec un gland attaché au sommet. (La Vierge ornait le sien d'une plume d'autruche.) En guise de chemises, ils avaient de longues vareuses en coton blanc, rouge ou bleu marine. Chacun d'eux nouait autour de sa taille une large ceinture en tissu bariolé dont il laissait pendre l'extrémité sur une de ses jambes. Par-dessus ballottait le sac à feu dans lequel il gardait sa pipe et autres choses essentielles à portée de main. Pour le bas du corps, un pantalon en daim souple afin de permettre de plier confortablement les jambes dans un canot. Sous chaque genou, ils attachaient un foulard, ajoutant une touche élégante de plus à leur tenue. Aux pieds, ils portaient des mocassins sans chaussettes.

A l'exception de Charbonneau, lugubre comme la pluie de janvier, les *voyageurs** abordaient chaque instant de la journée avec un optimisme sans nuage. Ils riaient à la moindre occasion. Supportant mal le silence, ils remplissaient chaque heure de discussions incessantes et passionnées sur les femmes, la rivière ou les Indiens, et s'insultaient copieusement. Laisser passer une occasion de faire un bon mot était considéré comme un manque de caractère, un signe de faiblesse. Glass aurait voulu mieux comprendre le français, ne serait-ce que pour l'amusement qu'il aurait pris à saisir les plaisanteries qui les rendaient tous si joyeux.

Dans les rares moments où la conversation languissait, l'un d'eux entonnait une chanson pleine d'entrain que les autres reprenaient aussitôt. Ce qui leur manquait en talent musical, ils le compensaient par un enthousiasme débridé. Tout bien pesé, pensait Glass, c'était un mode de vie agréable.

Ce soir-là, Langevin interrompit les conversations anodines pour un bref moment de sérieux :

— Il faut commencer à poster une sentinelle la nuit. Deux hommes, qui se relaieront.

Charbonneau rejeta un long jet de fumée avant de répondre :

— Je vous ai prévenus, à Fort Brazeau. Je traduis, je ne monte pas la garde.

— Ben, moi, je vais pas me priver de sommeil pour qu'il puisse dormir, déclara Louis la Vierge tout net.

— Moi non plus, dit Dominique.

Même Professeur semblait contrarié.

Ils se tournèrent tous vers Langevin, mais il refusa de laisser une discussion troubler son plaisir de fumer une pipe. Quand il eut terminé, il se leva et dit simplement :

— *Allons-y**. On gâche des moments de jour.

Cinq jours plus tard, ils parvinrent au confluent avec une petite rivière dont l'eau cristalline jaunissait rapidement en se mêlant au flot boueux du Missouri. Langevin la contemplait en se demandant ce qu'il fallait faire.

— On pourrait camper ici, suggéra Charbonneau. J'en ai assez de boire de la boue.

— Ça me fait mal de le reconnaître, mais il a raison, approuva Louis la Vierge. Toute cette eau sale me fout la chiasse.

Langevin se réjouissait lui aussi de la perspective de boire de l'eau claire. Ce qui le préoccupait, c'était que le petit affluent était situé sur la rive ouest. Et il supposait que la bande d'Elk's Tongue rôdait à l'ouest du Missouri. Depuis que Glass avait découvert le lieu d'un campement indien récent, le petit groupe se cantonnait à la rive est, tout particulièrement quand il faisait halte pour la nuit. Langevin regarda vers l'ouest, où l'horizon engloutissait la dernière bande écarlate de soleil. Il se tourna ensuite vers l'est, mais il n'y avait pas d'endroits où débarquer avant la prochaine courbe du Missouri.

— D'accord, décida-t-il. On n'a pas vraiment le choix.

Ils pagayèrent jusqu'à la rive. Professeur et Louis déchargèrent le canot et quand il fut vide les *voyageurs** le portèrent sur la berge. Ils le basculèrent ensuite sur le flanc, créant un abri rudimentaire ouvert du côté de la rivière.

Glass gagna la berge en pataugeant. Un banc de sable d'une centaine de mètres courait vers l'aval jusqu'à une jetée naturelle : de gros blocs de roche recouverts de saules et de broussailles. Du bois flotté et d'autres débris bloqués par cette jetée obstruaient la rivière et la forçaient à s'éloigner de la berge en pente douce. Au-delà du banc de sable, d'autres saules conduisaient à un bosquet de peupliers, qui se faisaient de plus en plus rares à mesure qu'ils remontaient vers le nord.

— J'ai faim, annonça Charbonneau. Allez nous chercher un bon dîner, monsieur le chasseur.

— Pas de chasse ce soir, répliqua Glass.

Charbonneau s'apprêtait à protester, mais Glass le devança :

— Nous avons de la viande séchée en abondance. Vous pouvez vous passer de viande fraîche pour un soir.

— Il a raison, approuva Langevin.

Ils mangèrent donc de la viande séchée avec de la bouillie frite dans une poêle en fer sur un feu bas. Ils se regroupèrent autour des flammes. Bien que le vent âpre eût faibli au coucher du soleil, ils pouvaient voir leur haleine. Le ciel clair leur prédisait une nuit froide et une forte gelée le matin venu.

Langevin, Dominique et Louis la Vierge allumèrent leur pipe en terre et se renversèrent en arrière pour savourer le plaisir de pétuner. Glass n'avait pas fumé depuis l'attaque du grizzly, il avait encore trop mal à la gorge. Professeur raclait la bouillie accrochée au fond de la poêle ; Charbonneau s'était éloigné du camp une demi-heure plus tôt. Dominique chantait à voix basse pour lui-même, comme s'il rêvassait tout haut :

> *J'ai cueilli ce charmant bouton de rose,*
> *J'ai cueilli ce charmant bouton de rose,*
> *J'en ai effeuillé les pétales l'un après l'autre,*
> *J'ai rempli mon tablier de son odeur...*

— C'est drôle que tu chantes ça, commenta son frère. Je parie que ça fait un an que t'as pas cueilli de bouton de rose. C'est *toi* qu'on devrait appeler « la Vierge »...

— Mieux vaut avoir soif que boire à tous les trous boueux du Missouri.

— Oh, monsieur a des principes. Il fait le difficile.

— Je vois pas pourquoi je devrais m'excuser d'avoir des principes. Contrairement à toi, j'aime les femmes qui ont des dents, par exemple.

— Je leur demande pas de mâcher ma nourriture.

— Tu coucherais avec une truie si elle portait une jupe en calicot.

— Ça fait sûrement de toi l'orgueil de la famille Cattoire. Je suis sûr que maman serait très fière de savoir que tu baises seulement avec les putains distinguées de Saint Louis.

— Maman, non. Papa, peut-être.

Ils partirent tous deux d'un rire sonore puis se signèrent solennellement.

— Pas si fort, murmura Langevin. Vous savez bien que le bruit porte, sur l'eau.

— Pourquoi t'es de mauvais poil, ce soir ? grommela Louis. Déjà qu'il faut supporter Charbonneau... J'ai connu des enterrements plus drôles.

— Un enterrement, on en aura un si vous continuez à brailler tous les deux.

Louis la Vierge n'avait pas l'intention de laisser Langevin gâcher une bonne conversation :

— Tu savais que cette squaw de Fort Brazeau avait *trois* tétons ?

— A quoi ça sert, trois tétons ? objecta Dominique.

— Ton problème, c'est que tu manques d'imagination.

— Ben, toi, si t'en avais un peu moins, ça te ferait pas un mal de chien quand tu pisses.

Louis envisagea une réplique cinglante, mais à la vérité il commençait à se lasser de se chamailler avec son frère. Langevin n'était manifestement pas d'humeur loquace, Charbonneau s'était isolé quelque part dans les bois. Il se tourna vers Professeur, avec qui, à sa connaissance, personne n'avait jamais eu la moindre conversation.

Finalement, il regarda Glass et l'idée lui vint brusquement qu'il ne lui avait pas vraiment parlé depuis qu'ils avaient quitté le fort. Ils avaient eu quelques brefs échanges, le plus souvent sur l'efficacité dont Glass faisait preuve pour mettre de la viande fraîche dans leur marmite. Pas de véritable conversation, cependant, en tout cas rien de comparable aux lentes digressions dans lesquelles Louis Cattoire aimait s'embarquer.

Il se reprocha soudain son manque de savoir-vivre. Il ne savait pas grand-chose de Glass, hormis qu'il s'était sorti vivant d'une bagarre avec un ours. Mais surtout, pensait Louis, Glass ne connaissait pas grand-chose de lui, et il voulait sûrement en savoir plus. En outre, c'était une bonne occasion de pratiquer l'anglais, langue dont il estimait être un locuteur accompli.

— Hé, mangeur de lard…

Lorsque Glass leva la tête, il lui demanda :

— Vous êtes d'où ?

La question – et l'usage inattendu de l'anglais – prit Glass par surprise. Il s'éclaircit la voix.

— De Philadelphie.

La Vierge hocha la tête, attendit que Glass lui retourne la question. En vain.

— Mon frère et moi, on est de Contrecœur, dit-il finalement.

Glass hocha la tête à son tour mais garda le silence.

Décidément, va falloir l'appâter, l'Américain, pensa Louis la Vierge.

— Vous savez pourquoi on est tous *voyageurs** ? demanda-t-il avec un terrible accent français.

Non, fit Glass de la tête, toujours silencieux. Reconnaissant le prélude aux histoires rebattues de son frère, Dominique leva les yeux au ciel.

— Contrecœur se trouve sur le Saint-Laurent. Y a de ça une centaine d'années, tous les hommes de notre village étaient de pauvres paysans. Ils s'éreintaient dans les champs toute la sainte journée mais la terre était mauvaise, le temps trop froid, ils arrivaient jamais à avoir une bonne récolte.

« Un jour, une belle jeune fille nommée Isabelle qui travaillait dans un champ voit surgir de l'eau un étalon grand et fort, noir comme du charbon. Il se tenait dans le fleuve et fixait la fille, qui avait très peur. Comprenant qu'elle allait s'enfuir en courant, il donne une ruade dans l'eau et une truite vole vers la fille…

Incapable de trouver le mot anglais qu'il cherchait, Louis la Vierge imita de sa main droite le tortillement du poisson avant de poursuivre :

— Le poisson tombe à ses pieds dans la boue, Isabelle, elle voit ce *petit cadeau**, elle est toute contente, elle le ramasse et le porte à sa famille pour le dîner. Elle raconte l'histoire du cheval à son père et à ses frères, ils pensent qu'elle plaisante. Ils éclatent de rire et lui disent d'essayer d'obtenir d'autres poissons de son nouvel ami.

« Isabelle retourne au champ, et chaque jour elle voit l'étalon noir. Chaque jour il se rapproche un peu plus, chaque jour il lui fait un cadeau. Une fois une pomme, une fois des fleurs. Chaque jour, elle parle à sa famille du cheval qui surgit du fleuve et chaque jour son père et ses frères rigolent de son histoire.

« Un beau jour, finalement, l'étalon va jusqu'à Isabelle, elle monte sur son dos et il plonge dans le fleuve. Ils disparaissent dans le courant... et on ne les a plus jamais revus...

Le feu projetait des ombres dansantes derrière Louis Cattoire et la rivière grondait comme pour confirmer son récit.

— Ce soir-là, comme Isabelle ne rentrait pas, son père et ses frères se mettent à sa recherche. Ils trouvent sur la berge des traces de la fille et de l'étalon. Ils fouillent la rive en amont et en aval, sans la retrouver.

« Le lendemain, tous les hommes du village montent dans leurs barques pour se joindre aux recherches. Et ils font le serment d'abandonner leurs fermes et de rester sur le fleuve jusqu'à ce qu'ils retrouvent la pauvre Isabelle. Mais ils l'ont jamais retrouvée. Voilà pourquoi, monsieur Glass, on est tous *voyageurs**. Depuis ce jour, on continue tous à chercher la pauvre Isabelle...

— Où est Charbonneau ? demanda Langevin.

— « Où est Charbonneau » ! répéta Louis, furieux. Je vous raconte l'histoire d'une belle jeune fille perdue et tu me demandes où est passé un vieux birbe… ?

Langevin ne répondit pas et Louis reprit, avec un sourire :

— Il est *malade comme un chien**. Attends, je vais l'appeler…

Il mit ses mains en coupe autour de sa bouche et beugla :

— T'en fais pas, Charbonneau, on t'envoie Professeur pour te torcher le cul !

Toussaint Charbonneau était accroupi dans les broussailles, les fesses à l'air. Il était dans cette position depuis un bon moment et commençait à avoir une crampe dans la cuisse. Il ne se sentait pas bien depuis le départ de Fort Brazeau. Aucun doute, c'était la cuisine dégueulasse de Kiowa qui lui avait chamboulé les tripes. Il entendait Louis la Vierge se moquer de lui dans le camp, il ne pouvait pas le sentir, ce salopard… Une brindille craqua.

Charbonneau se releva d'un bond. Il tendit une main vers son pistolet, tira de l'autre sur son pantalon de daim. Echec total. L'arme tomba sur le sol sombre, le pantalon glissa jusqu'à ses chevilles. Lorsqu'il tenta un pas chancelant pour récupérer le pistolet, son pantalon le fit trébucher. Il s'étala à terre, s'écorchant le genou à un rocher. Grognant de douleur, il vit du coin de l'œil un grand élan disparaître d'un bond dans le bois.

— *Merde** !

Charbonneau s'accroupit de nouveau en grimaçant. Le temps qu'il revienne au camp, sa mauvaise humeur habituelle était encore montée d'un cran. Il lança un regard noir à Professeur, qui mangeait adossé à un gros rondin, une barbe de bouillie autour de la bouche.

— Il est dégoûtant, fulmina Charbonneau en français.

Louis la Vierge leva les yeux de sa pipe.

— Ah, je sais pas. Les reflets du feu sur le porridge autour de son menton, ça me rappelle une aurore boréale...

Langevin et Dominique se mirent à rire, ce qui accrut l'irritation de Charbonneau. Ne se rendant pas compte qu'on faisait de l'humour à ses dépens, Professeur continuait à mâchonner.

— Eh, toi, l'Ecossais débile, tu comprends un mot de ce que je dis ? lui lança Charbonneau, toujours en français.

Professeur mâchait sa bouillie, impassible comme une vache ruminant son herbe.

Ne manquant pas cette occasion d'être ouvertement rosse, Charbonneau sourit lui aussi et demanda aux autres :

— Comment il l'a perdu, son œil ?

Personne ne se précipita pour engager la conversation avec Charbonneau. Finalement, Langevin répondit :

— Dans une bagarre, à Montréal.

— C'est horrible. Ça me rend nerveux de sentir cet œil qui me fixe tout le temps.

— Un œil aveugle, ça peut pas fixer, argua Louis.

Il en était venu à éprouver de la sympathie pour Professeur, ou du moins à apprécier l'habileté de l'Ecossais avec une pagaie. En tout cas, il ne ressentait rien de tel pour Charbonneau. Les commentaires ronchons du vieux le barbaient depuis la première courbe de la rivière.

— On dirait qu'il me fixe, insista Charbonneau. Qu'il est tout le temps en train de m'épier. Et jamais il ne cligne. Je me demande pourquoi il ne se dessèche pas.

— Pas grave qu'il puisse pas voir, t'es pas si agréable à regarder, fit valoir Louis.

— Il pourrait au moins le cacher derrière un bandeau. J'ai bien envie de lui en coller un moi-même…

— Vas-y. Au moins, tu feras quelque chose, pour changer…

— Je ne suis pas ton employé ! répliqua Charbonneau d'une voix sifflante. Tu seras bien content de m'avoir quand les Arikaras viendront renifler ton scalp plein de poux !

Le traducteur de la délégation s'énervait tellement que de la salive bouillonnait aux coins de sa bouche.

— J'ouvrais des pistes avec Lewis et Clark quand tu souillais encore ta culotte !…

— Bon Dieu, quel vieux raseur ! Si tu me serines encore une de tes foutues histoires de Lewis et Clark, je me tire une balle dans la cervelle – ou mieux, dans la tienne ! Tout le monde me remercierait…

— *Ça suffit** ! intervint Langevin. Si je n'avais pas besoin de vous, c'est moi qui vous brûlerais la cervelle à tous les deux pour mettre fin à mes misères !

Charbonneau eut un ricanement triomphant.

— Mais écoute-moi bien, Charbonneau, continua Langevin, dans ce groupe, personne ne porte qu'une seule casquette. On est trop peu pour jouer à ça. Tu feras ta part du sale boulot comme tout le monde. Et tu peux commencer en prenant le deuxième tour de garde cette nuit.

Ce fut au tour de Louis de ricaner. Charbonneau s'éloigna du feu en marmonnant quelque chose sur la lewisia[1] et quelques-unes de ses utilisations possibles puis déroula sa couverture sous le canot.

— Pourquoi qu'il aurait le *bâtard** ce soir ? s'insurgea Louis.

Langevin ouvrit la bouche pour répondre, mais Dominique le devança :

— Laisse tomber.

---

1. Plante découverte par Lewis au cours de son expédition.

17

5 décembre 1823

Professeur se réveilla au matin avec deux pénibles sensations : il était gelé et il avait envie de pisser. Son épaisse couverture en laine ne recouvrait pas ses chevilles, même quand il se couchait sur le côté et recroquevillait sa longue carcasse. Il souleva la tête pour que son bon œil puisse voir, découvrit que du givre s'était déposé sur sa couverture pendant la nuit.

Les premiers signes d'une nouvelle journée luisaient faiblement sous l'horizon à l'est, mais une brillante demi-lune dominait encore le ciel. A l'exception de Charbonneau, tous les hommes dormaient, disposés comme les rayons d'une roue autour des dernières braises du feu.

L'Ecossais se leva péniblement, les jambes raidies par le froid. Au moins, le vent était tombé. Il jeta un rondin dans le feu, se dirigea vers les saules. Il n'avait fait qu'une douzaine de pas quand il trébucha sur un corps. Charbonneau.

Professeur pensa d'abord qu'il était mort, tué pendant sa garde, et s'apprêtait à pousser un cri d'alarme lorsque le traducteur de la délégation se redressa, chercha son fusil à tâtons, l'air égaré. *Dormir pendant la garde, ça va pas plaire à Langevin*, se dit Professeur. Son envie d'uriner se faisant plus pressante, il passa devant Charbonneau et se hâta de rejoindre les arbres.

Comme pour de nombreuses choses, Professeur fut décontenancé par la suite. Il éprouva une curieuse sensation, baissa les yeux, découvrit une flèche plantée dans son estomac. Un moment, il se demanda si Louis la Vierge ne lui avait pas joué un de ses tours. Puis une deuxième flèche le transperça, et une troisième. Avec une fascination horrifiée, il fixa les plumes empennées sur les minces tiges de bois. Soudain, il ne sentit plus ses jambes et il se rendit compte qu'il tombait en arrière. Il entendit son corps heurter durement le sol gelé, et dans les brefs moments qui précédèrent sa mort il eut le temps de se demander : *Pourquoi ça fait pas mal ?*

Charbonneau se retourna en entendant le bruit de la chute. Le grand Ecossais gisait sur le dos, trois flèches dans le torse. Il y eut un sifflement et Charbonneau ressentit une brûlure quand une flèche lui effleura l'épaule.

— *Merde !* hurla-t-il.

Il se jeta instinctivement par terre, scruta les saules obscurs pour repérer d'où venait le tir. Cette réaction lui sauva la vie. A quarante mètres de lui, les courtes flammes de plusieurs fusils percèrent la lumière bleu-noir précédant l'aube.

Les coups de feu lui révélèrent la position des attaquants. Charbonneau estima qu'il y avait au moins huit Indiens armés de fusils, plus un certain nombre avec des arcs. Il releva le chien de son arme, visa la cible la plus proche et fit feu. Une forme sombre s'effondra.

D'autres flèches jaillirent des arbres. Charbonneau fit volte-face et s'élança vers le camp, distant d'une vingtaine de mètres.

Le juron de Charbonneau avait réveillé le camp, la volée tirée par les Arikaras provoqua le chaos. Balles de mousquets et flèches tombèrent sur les hommes encore à demi endormis telle une pluie de grêlons en fer. Langevin poussa un cri quand une balle lui érafla une côte. Dominique sentit un projectile lui entailler le mollet. Glass ouvrit les yeux à temps pour voir une flèche s'enfoncer dans le sable à dix centimètres de son visage.

Les hommes se précipitèrent vers le piètre abri du canot tiré à terre au moment même où deux guerriers arikaras surgissaient des saules. Ils se ruèrent vers le camp, leurs cris de guerre perçants emplissant l'air. Glass et Louis s'arrêtèrent et visèrent, tirèrent d'une distance d'à peine douze mètres. N'ayant pas eu le temps de coordonner leur action ni même de réfléchir, ils avaient tous deux pris pour cible le même Indien, un Arikara massif portant une coiffe de cornes de bison. Il s'écroula, les deux balles dans la poitrine. L'autre brave continua droit sur Louis, en décrivant de son tomahawk un arc de cercle dont le but était le crâne du *voyageur**. La Vierge tendit son fusil devant lui à deux mains pour parer le coup.

La hache en heurta le canon avec une force qui fit choir les deux hommes. L'Arikara fut le premier à se relever. Il ramassa son arme, la brandit de nouveau au-dessus de Cattoire, à genoux devant lui. Glass, qui avait saisi son propre fusil par le canon, lui en expédia la crosse à l'arrière du crâne. L'os craqua sous le talon de métal. Assommé, l'Arikara tomba à genoux devant Louis qui, entre-temps, avait réussi à se mettre debout.

Balançant son arme comme un gourdin, il frappa de toutes ses forces la tête de l'Indien. Le guerrier bascula sur le côté, les deux hommes coururent se mettre à l'abri derrière le canot.

Dominique se dressa à découvert pour tirer vers les arbres. Langevin tendit son fusil à Glass tout en pressant de son autre main sa blessure au flanc.

— Vous tirez, je recharge.

Glass se leva à son tour, visa, abattit sa cible avec une froide précision.

— C'est grave, votre blessure ? demanda-t-il à Langevin.

— Non. *Où est Professeur* ?

— Près des saules, mort, répondit Charbonneau d'un ton détaché en se redressant pour faire feu.

Balles et flèches continuaient à pleuvoir sur les hommes accroupis derrière le canot.

— Charbonneau, fils de pute ! s'écria Louis la Vierge. Tu t'es endormi pendant ta garde, hein ?

Charbonneau l'ignora et continua à verser de la poudre dans le canon de son arme.

— C'est sans importance, maintenant ! intervint Dominique. On met ce foutu canot à l'eau et on file !

— Ecoutez-moi ! ordonna Langevin. Charbonneau, Louis, Dominique, vous portez le *bâtard* jusqu'à la rivière. Vous tirez d'abord une dernière fois, vous rechargez vos armes et vous les laissez ici, dit-il en indiquant le sol entre lui et Glass. Nous deux, nous vous couvrirons avec une dernière volée puis nous vous rejoindrons pendant que vous nous couvrirez à votre tour avec vos pistolets.

Glass comprit une bonne partie des instructions de Langevin et devina le reste. Il fit aller son regard de l'un à l'autre des visages tendus. Personne n'avait une meilleure idée. Il fallait quitter la rive. Louis Cattoire passa la tête par-dessus le bord du canot pour tirer, imité par son frère et Charbonneau. Glass se leva pendant que ses compagnons rechargeaient. En s'exposant à découvert, ils provoquaient un feu plus nourri des Arikaras et des balles perçaient la coque du canot. Pour le moment, toutefois, les *voyageurs** parvenaient à dissuader les Indiens de se lancer dans une ruée générale.

Dominique ajouta deux pagaies aux fusils posés sur le sable.

— N'oubliez pas de prendre ça aussi.

La Vierge se leva à demi, se ramassa sur lui-même contre le banc de nage du milieu. Charbonneau se positionna à l'avant, Dominique à l'arrière.

— A trois, dit Langevin. Un, deux… trois !

Ils soulevèrent le canot au-dessus de leurs têtes d'un même mouvement et coururent vers l'eau, distante de dix mètres. Ils entendirent des cris excités et la fusillade redoubla. Des guerriers arikaras se risquèrent à découvert.

Glass et Dominique visèrent. Privés du canot, ils ne pouvaient que s'aplatir sur le sable pour se protéger. Ils n'étaient qu'à cinquante mètres des saules. Glass vit clairement le visage aux traits encore adolescents d'un Arikara qui fermait un œil en bandant un arc. Le trappeur tira, le jeune Indien tomba à la renverse. Glass tendit le bras vers le fusil de Dominique. Au moment où il en relevait le chien, celui de Langevin claqua près de lui. Glass trouva une autre cible, pressa la détente. Il y eut une étincelle dans le bassinet, mais la charge principale ne s'enflamma pas.

— Bon sang !

Langevin saisit le fusil de Charbonneau tandis que Glass commençait à remettre de la poudre. Au moment où Langevin allait faire feu, Glass lui posa une main sur l'épaule.

— Gardez un coup !

Ils ramassèrent fusils et pagaies, coururent vers la rivière.

Les trois hommes portant le *bâtard** y étaient déjà arrivés et dans leur hâte ils jetèrent quasiment le canot dans l'eau. Charbonneau plongea derrière, s'y agrippa.

— Tu vas le faire chavirer ! protesta Louis.

Le poids de Charbonneau sur un côté de l'embarcation la fit balancer dangereusement mais elle ne se renversa pas. Il passa les jambes par-dessus le bord, s'aplatit au fond du *bâtard** qui prenait déjà l'eau par les nombreux trous percés par les balles indiennes. En grimpant dedans, Charbonneau l'éloigna encore de la rive. Le courant frappa l'arrière du canot, le fit tourner, commença à l'emporter. La longue cordelle traînait derrière comme un serpent. Les deux frères virent les yeux de Charbonneau les fixer par-dessus le platbord. De minuscules geysers soulevés par les balles jaillissaient de l'eau autour d'eux.

— Attrape la corde ! cria Dominique.

Ils se jetèrent dans l'eau qui leur arrivait à mi-cuisse, tentèrent désespérément d'empêcher le canot de s'éloigner. Louis saisit la cordelle à deux mains, parvint à se relever et tira en arrière de toutes ses forces. Dominique pataugea pour le rejoindre et l'aider. Sa jambe blessée heurta un rocher. Il grogna de douleur et sous l'effet du courant son autre jambe se déroba. Il se retrouva complètement sous l'eau. Il se ressaisit, se releva, à deux mètres de son frère qui hurlait :

— J'arrive pas à le retenir !

Dominique tendait le bras quand soudain Louis lâcha prise. Horrifié, Dominique vit la corde glisser dans l'eau derrière le *bâtard** qui dérivait. Il allait se mettre à nager lorsqu'il remarqua l'expression stupéfaite sur le visage de son frère.

— Je… je… bégaya Louis la Vierge. Je crois que je suis blessé…

Dominique le rejoignit. Du sang coulait d'une plaie béante dans le haut du dos du *voyageur**.

Glass et Langevin étaient arrivés à la rivière au moment même où une balle avait atteint Louis. Ils l'avaient vu sursauter sous l'impact, lâcher la cordelle. Un moment, ils avaient cru que Dominique s'en saisirait, mais il s'en désintéressa pour se porter au secours de son frère.

— Le canot ! aboya Langevin.

Dominique ne l'écoutait pas. Furieux, Langevin cria de nouveau :

— Charbonneau !

— Je peux pas l'arrêter ! brailla en retour celui-ci.

En un instant, le canot se retrouva à quinze mètres de la berge. Il était vrai que sans pagaie Charbonneau ne pouvait rien faire pour le ralentir. Et il n'avait aucune intention d'essayer.

Langevin se tourna vers Glass et s'apprêtait à lui dire quelque chose quand une balle de mousquet se logea à l'arrière de sa tête. Il était mort avant que son corps touche l'eau. Glass regarda vers les saules. Un groupe d'une douzaine d'Arikaras courait vers la rivière. Un fusil dans chaque main, Glass plongea

vers Dominique et Louis. Il faudrait nager pour survivre.

Dominique soutenait son frère et tentait de lui maintenir la tête hors de l'eau. Glass rejoignit les deux
hommes et jeta un coup d'œil à Louis, dont il n'aurait
su dire s'il était vivant ou mort. Eperdu et quasi hystérique, Dominique cria en français quelque chose que
Glass ne comprit pas.

— Nagez ! l'exhorta le trappeur.

Lâchant l'un des fusils, il saisit Dominique par le col
et le tira vers le milieu de la rivière. Le courant enveloppa les trois hommes, les entraînant vers l'aval. Des
balles continuaient à frapper l'eau et Glass, en se
retournant, découvrit les Arikaras arrêtés au bord de
l'eau.

Glass libéra Dominique pour agripper son frère,
sans cesser de tenir le fusil restant et de battre furieusement des pieds pour ne pas couler. Dominique fit de
même et ils réussirent à doubler la jetée. Le visage de
Louis s'enfonçait par moments dans l'eau et les deux
hommes devaient déployer d'énormes efforts afin de le
maintenir à la surface. Dominique prononça de nouveau quelques mots qui furent noyés quand des remous
le submergèrent. Ce même rapide faillit faire perdre à
Glass sa prise sur le fusil. Dominique se mit à nager
vers le rivage.

— Pas encore ! dit Glass. Plus en aval !

Dominique continua. Il sentit ses pieds effleurer le
fond et se dirigea vers les eaux moins profondes. Glass
regarda derrière eux. Les rochers de la jetée naturelle
formaient une imposante barrière, aboutissant à une
portion de berge haute et escarpée. Il ne faudrait
cependant pas plus de quelques minutes aux Arikaras
pour la contourner.

— On est trop près ! insista Glass.

De nouveau, Dominique ne l'écouta pas. Glass envisagea un instant de continuer seul, y renonça et aida Dominique à tirer Louis jusqu'à la rive. Ils l'assirent par terre, adossé à la pente de la berge. Il cligna des yeux, les ouvrit, mais quand il toussa, du sang jaillit de sa bouche. Glass le tourna pour examiner sa blessure.

La balle avait pénétré sous l'omoplate gauche. Glass ne voyait pas comment elle aurait pu manquer le cœur. Dominique parvint en silence à la même conclusion. Glass regarda son fusil : pour le moment, sa charge mouillée le rendait inutile. La hachette était toujours accrochée à sa ceinture, mais le pistolet avait disparu. Il interrogea Dominique des yeux. « Qu'est-ce que tu veux faire ? »

Un léger bruit provint de Louis, dont la bouche esquissait un faible sourire. Ses lèvres remuèrent et Dominique approcha l'oreille pour comprendre. Dans un murmure à peine audible, son frère chantait :

Tu es mon compagnon de voyage…

Dominique reconnut instantanément la chanson familière, qui ne lui avait cependant jamais semblé aussi triste. Les yeux emplis de larmes, il pressa la main de Louis et l'accompagna d'une voix faible :

Tu es mon compagnon de voyage,
Je veux mourir dans mon canot.
Sur le tombeau, près du rivage,
Vous renverserez mon canot…

Glass se tourna vers la jetée, qui se trouvait à soixante-quinze mètres en amont. Deux Arikaras apparurent sur les rochers, braquèrent leurs mousquets sur eux.

Glass posa une main sur l'épaule de Dominique, ouvrit la bouche pour le prévenir, mais les deux détonations le firent pour lui. Les balles touchèrent la rive avec un bruit sourd.

— On ne peut pas rester ici, argua le trappeur.

— Je l'abandonnerai pas, déclara Dominique.

— Alors, il faut de nouveau essayer de nous enfuir par la rivière, tous les trois.

Dominique secoua énergiquement la tête.

— Non. Impossible de nager en le portant.

La jetée grouillait à présent d'Indiens.

— Si nous restons ici, nous mourrons tous, prédit Glass d'un ton plus pressant.

D'autres coups de feu claquèrent. Pendant un moment insoutenable, Dominique garda le silence, caressant doucement la joue livide de son frère. La Vierge regardait devant lui d'un air paisible, une faible lueur dans les yeux. Finalement, le *voyageur** se tourna vers Glass, et répéta :

— Je l'abandonnerai pas. Jamais.

Nouveaux coups de feu.

Glass sentait des instincts contradictoires s'affronter en lui. Il avait besoin de temps, du temps pour réfléchir à ses actes, pour les justifier – mais il n'en avait pas. Le fusil à la main, il plongea dans la rivière.

Dominique entendit un sifflement, sentit une balle s'enfoncer dans son épaule. Il se remémora les histoires horribles qu'il avait entendues sur les mutilations infligées par les Indiens.

— Je les laisserai pas nous couper en morceaux, murmura-t-il à son frère.

Il le prit sous les bras et le traîna dans l'eau. Une autre balle l'atteignit dans le dos.

— T'en fais pas, petit frère, chuchota-t-il en se penchant en arrière dans les bras accueillants du courant. Y a qu'à se laisser entraîner...

18

6 décembre 1823

Glass était accroupi, nu, devant un petit feu, aussi près des flammes qu'il pouvait le supporter. Il tenait ses mains en coupe pour capter la chaleur, attendait le dernier moment avant que sa peau ne se couvre de cloques, puis pressait ses doigts sur ses épaules ou ses cuisses. La chaleur s'insinuait dans sa chair, sans toutefois parvenir à dissiper le froid instillé en lui par les eaux glacées du Missouri.

Ses vêtements pendaient à des claies grossières disposées de trois côtés du feu. Les habits en daim demeuraient détrempés, mais il nota avec soulagement que sa chemise de coton était presque sèche.

Il avait dérivé sur près de huit cents mètres vers l'aval avant de sortir de l'eau pour se réfugier dans les plus épaisses broussailles qu'il avait pu trouver. Il s'était terré au centre d'un roncier, sur une piste frayée par des lapins, en espérant qu'aucun autre animal plus gros ne la fréquentait. A l'abri dans un enchevêtrement de branches, il avait de nouveau procédé au sombre inventaire de ses biens et de ses blessures.

S'il faisait la comparaison avec un passé récent, il avait de quoi se sentir soulagé. Certes, de nombreux hématomes et écorchures se disputaient son corps après le combat sur la rive et la fuite dans la rivière. Il avait même découvert une entaille à l'un de ses bras, là où une balle l'avait sans doute effleuré. Certes, le froid avait réveillé la douleur de ses vieilles blessures, mais elles ne s'étaient pas rouvertes. Et s'il risquait à présent de mourir de froid, il avait survécu à l'attaque des Arikaras. Un instant, il revit Dominique et Louis blottis contre la berge escarpée, chassa cette image de son esprit.

Quant à ses possessions, la perte la plus importante était celle de son pistolet. Le fusil était mouillé mais en bon état. Il avait toujours son couteau, le sac à feu contenant silex et lame d'acier. Il avait sa hachette, qu'il utilisa pour faire du petit bois dont il tapissa une fosse peu profonde. Il espérait que dans la corne la poudre était sèche. Il en versa un peu sur le sol, approcha un tison enflammé. Elle brûla avec une odeur d'œuf pourri.

Sa sacoche avait disparu avec sa chemise de rechange, ses moufles et sa couverture. S'y trouvait aussi la carte qu'il avait dessinée lui-même en indiquant soigneusement les affluents et divers repères du Haut Missouri. C'était sans importance puisqu'il la connaissait par cœur. Au total, il s'estimait relativement bien équipé.

Il décida d'enfiler sa chemise de coton bien qu'elle fût encore un peu humide. Au moins, le poids du tissu contribuerait à chasser le froid de son épaule douloureuse.

Glass alimenta son feu toute la journée. S'il craignait la fumée qu'il dégageait, il redoutait plus encore d'attraper la mort s'il ne se protégeait pas du froid. Pour penser à autre chose, il s'occupa de son fusil, le sécha soigneusement et y appliqua la graisse d'une petite boîte qu'il gardait dans son sac à feu. Lorsque le jour déclina, ses vêtements et son arme étaient prêts.

Il envisagea de se mettre en route à la tombée de la nuit : quelque part à proximité rôdait la bande d'Arikaras qui avait attaqué le camp. Il détestait l'idée de rester sans bouger, même si sa position était bien cachée. Il n'y avait malheureusement pas de lune pour éclairer son chemin le long de la berge accidentée du Missouri. Il n'avait comme choix que d'attendre le matin.

Glass décrocha ses vêtements des claies et s'habilla. Il creusa ensuite une fosse près du feu. Avec deux morceaux de bois, il y fit tomber les pierres brûlantes qu'il avait disposées en cercle autour des flammes, puis il les couvrit d'une mince couche de terre. Il ajouta au feu autant de bois qu'il put avant de s'étendre dans la fosse. La conjugaison des vêtements de daim presque secs, des pierres, du feu et de son propre épuisement le fit parvenir à un seuil minimum de chaleur qui permit à son corps de dormir.

Pendant deux jours, il remonta péniblement les berges du Missouri. Un moment, il se demanda s'il devait endosser la mission de Langevin auprès des Arikaras, décida finalement que non. Glass s'était uniquement engagé à fournir de la viande fraîche à la délégation, tâche qu'il avait consciencieusement remplie. Il ignorait si la bande d'Elk's Tongue était représentative des autres Arikaras. C'était sans importance. L'embuscade soulignait le danger de remonter la rivière en bateau. Même si les Arikaras, ou une partie d'entre eux, l'assuraient de leur bienveillance, il n'avait pas l'intention de retourner à Fort Brazeau. Son propre objectif était plus urgent.

Glass estimait à juste titre que les villages mandans se trouvaient à proximité. Malgré leur réputation pacifique, il craignait l'effet de leur nouvelle alliance avec les Arikaras. Y aurait-il des Arikaras chez les Mandans ? Si oui, comment avaient-ils présenté l'attaque des *voyageurs** ? Glass ne voyait aucune bonne raison de chercher à le découvrir. Il savait qu'un petit comptoir commercial, Fort Talbot, se trouvait à quinze kilomètres en aval des villages mandans. Il décida d'éviter les villages et de prendre la direction de ce comptoir. Les quelques marchandises qui lui manquaient, une couverture et une paire de moufles, il se les procurerait là-bas.

Le soir du deuxième jour de sa fuite, Glass se vit contraint de courir le risque de chasser. Il mourait de faim et une peau lui permettrait de faire du troc. Il repéra des traces fraîches d'élans près de l'eau, les suivit à travers un bosquet de peupliers, déboucha dans une vaste clairière qui bordait la rivière sur huit cents mètres. Près du ruisseau qui la traversait, un grand mâle, deux femelles et trois petits paissaient. Glass s'approcha lentement et se trouva presque à portée de tir lorsque quelque chose les effraya. Les six bêtes regardaient fixement dans sa direction. Il s'apprêtait à tirer lorsqu'il se rendit compte que les élans regardaient *au-delà* de lui.

Tournant la tête, il découvrit trois Indiens à cheval qui venaient d'émerger des peupliers, à quatre cents mètres derrière. Même à cette distance, il reconnut la coiffure hérissée des guerriers arikaras. Les Indiens tendirent le bras, talonnèrent leurs montures et galopèrent vers lui. Il chercha des yeux un endroit où s'abriter. Les arbres les plus proches étaient à plus de deux cents mètres devant. Il n'aurait jamais le temps de les atteindre. Impossible de fuir par la rivière, l'accès lui en était barré. Il pouvait faire face et tirer, mais même s'il faisait mouche, il ne rechargerait pas à temps pour éliminer les deux autres cavaliers. En désespoir de cause, il s'élança vers les arbres, ignorant la douleur qui remontait le long de sa jambe.

Glass avait à peine parcouru trente mètres quand il s'arrêta, terrifié : un autre Indien à cheval avait surgi *devant* lui. Le trappeur jeta un bref coup d'œil par-dessus son épaule : les Arikaras avaient couvert la moitié de la distance qui les séparait. Le quatrième Indien leva alors son arme et fit feu. S'attendant à être touché, Glass grimaça, mais la balle passa au-dessus de sa tête, atteignit le cheval d'un de ses poursuivants. L'Indien qui se trouvait devant lui avait tiré sur les trois autres ! L'homme galopa vers lui et il réalisa que c'était un Mandan.

Ignorant pourquoi le Mandan se portait apparemment à son secours, Glass se retourna pour affronter ses assaillants. Les deux Arikaras restants n'étaient plus qu'à cent cinquante mètres. Glass arma son fusil. Il tenta d'abord de prendre pour cible l'un des cavaliers, mais ils se penchaient derrière la tête de leur monture. Il visa l'une des bêtes au creux situé juste sous le cou.

Il pressa la détente, l'arme cracha sa balle. Le cheval hennit, ses jambes avant se dérobèrent sous lui. En tombant, il projeta son cavalier par-dessus sa tête.

Glass entendit un bruit de sabots, leva les yeux vers le Mandan, qui lui fit signe de monter sur son cheval. Glass grimpa derrière l'Indien. Le dernier Arikara tira la bride de sa monture pour la ralentir et fit feu, manqua son coup. Des talons, le Mandan relança son cheval vers les arbres, le fit tourner quand il y parvint. Les deux hommes sautèrent à terre pour recharger.

— Rees, dit l'Indien. Pas bon.

Glass approuva de la tête en tassant une charge de poudre dans le canon de son fusil.

— Mandan, poursuivit l'Indien en se désignant. Ami.

Glass visa, mais le seul Arikara encore à cheval s'était mis hors de portée. Ses deux compagnons privés de monture le flanquaient. La perte de deux chevaux avait éteint leur envie de continuer le combat.

Le Mandan dit qu'il s'appelait Mandeh-Pahchu et qu'il chassait l'élan quand il était tombé sur Glass et les Arikaras. Il savait d'où venait l'homme blanc au visage balafré. La veille, Charbonneau, le traducteur, était arrivé chez les Mandans. Cet homme, qu'ils connaissaient bien depuis qu'il avait travaillé pour Lewis et Clark, leur avait raconté l'attaque des Arikaras contre les *voyageurs**. Mato-Tope, un chef mandan, était furieux contre Elk's Tongue et sa bande. Tout comme le marchand Kiowa Brazeau, Mato-Tope souhaitait que le Missouri soit ouvert au commerce. Il savait que les *voyageurs** ne voulaient aucun mal aux Indiens. En fait, selon Charbonneau, ils étaient venus porteurs de cadeaux et d'une offre de paix.

Mato-Tope redoutait précisément ce type d'événement lorsque les Arikaras avaient cherché un nouveau lieu où s'établir. Les Mandans dépendaient de plus en plus du commerce avec les Blancs et plus aucun bateau ne venait du sud depuis l'attaque de Leavenworth contre les Arikaras. La nouvelle de ce dernier incident prolongerait la fermeture du Missouri.

Tous les villages mandans avaient rapidement appris la colère de Mato-Tope, et le jeune Mandeh-Pahchu avait estimé que se porter au secours du Blanc l'aiderait à se gagner la faveur du chef. Mato-Tope avait une jolie fille dont Mandeh-Pahchu disputait l'affection aux autres jeunes braves. Il se voyait traversant le village avec son nouveau trophée et remettant l'homme blanc à Mato-Tope, sous le regard admiratif de tous les Mandans. Le Blanc semblait cependant le soupçonner de vouloir le détourner de sa route et répétait obstinément les mêmes mots : « Fort Talbot. »

Remonté sur le mustang, Glass observait Mandeh-Pahchu avec intérêt. S'il avait entendu de nombreuses histoires sur les Mandans, il n'en avait jamais vu un en chair et en os. Le jeune guerrier portait sa chevelure comme une couronne à laquelle il accordait manifestement beaucoup d'attention. Une longue queue-de-cheval entourée de bandes de peau de lapin oscillait dans son dos. Devant, des cheveux enduits de graisse lui tombaient de part et d'autre du visage, jusqu'à la ligne des mâchoires. Le milieu du front était barré d'une mèche, elle aussi graissée et peignée. L'Indien portait en outre divers ornements : de grosses boucles en étain tiraient sur les trois trous percés dans son oreille droite et un collier de perles blanches contrastait avec la peau cuivrée de son cou.

A contrecœur, Mandeh-Pahchu accepta de conduire le Blanc à Fort Talbot. C'était tout près, à peine une demi-journée de cheval. En outre, il pourrait peut-être apprendre quelque chose au fort. Selon certaines rumeurs, les Arikaras s'en seraient pris à Fort Talbot et ses occupants auraient peut-être un message à lui confier. Ce serait une grande responsabilité. L'aide apportée à l'homme blanc et le message important dont on le chargerait sans aucun doute plairaient à Mato-Tope. Sa fille ne manquerait pas d'être impressionnée.

Il était presque minuit quand les contours de Fort Talbot se dessinèrent soudain sur le noir uniforme de la nuit. Le fort ne projetait aucune lumière dans la plaine et Glass fut surpris de se retrouver à cent mètres seulement de son enceinte en bois.

Les deux hommes virent une langue de feu trouer l'obscurité, entendirent tout de suite après un claquement sec provenant du fort. Une balle siffla, quelques centimètres au-dessus de leurs têtes.

Le cheval se cabra, Mandeh-Pahchu eut du mal à le maîtriser. Du plus fort qu'il put malgré sa blessure à la gorge, Glass cria d'un ton furieux :

— Ne tirez pas ! Nous sommes des amis !

D'une tourelle, une voix soupçonneuse repartit :

— Vous êtes qui ?

Glass distingua un reflet de lumière sur le canon d'un fusil, la forme sombre de la tête et des épaules d'un homme.

— Je suis Hugh Glass, de la Rocky Mountain Fur Company ! répondit le trappeur en cherchant à mettre le plus de vigueur possible dans sa voix.

Il parvenait à peine à se faire entendre, même à cette courte distance.

— C'est qui, le sauvage ?

— Un Mandan. Il m'a sauvé la vie quand trois Arikaras m'ont attaqué.

L'homme perché dans la tourelle cria vers l'intérieur du fort et Glass entendit des bribes de conversations. Trois autres hommes apparurent, quelque chose grinça derrière le portail. Un judas s'ouvrit, une autre voix, plus revêche encore, leur lança :

— Approchez, qu'on vous voie mieux !

Mandeh-Pahchu fit avancer son cheval, l'arrêta devant la porte. Glass en descendit et demanda d'un ton sarcastique :

— Vous avez une raison particulière de tirer sur tout ce qui bouge ?

— Mon associé s'est fait tuer par les Rees devant cette porte la semaine dernière.

— Eh bien, nous ne sommes ni l'un ni l'autre des Arikaras.

— Comment vous voulez qu'on le sache si vous rôdez comme ça dans le noir ?

Contrairement à Fort Brazeau, Fort Talbot semblait bâti pour soutenir un siège. Ses palissades s'élevaient à une hauteur de quatre mètres selon un périmètre rectangulaire d'une trentaine de mètres de longueur sur vingt de largeur. Deux tourelles grossières se dressaient à des coins diagonalement opposés de l'enceinte. Construites pour faire saillie, elles commandaient chacune deux des murs d'enceinte. L'une d'elles – la plus proche – avait un toit rudimentaire, manifestement destiné à protéger des intempéries un petit canon sur pivot à longue portée. L'autre n'était couverte que d'une ébauche de toit jamais terminé. Un corral s'adossait à l'un des côtés du fort, mais il ne contenait aucune bête.

Glass patienta tandis que les yeux luisant derrière le judas continuaient à l'examiner.

— Qu'est-ce que vous venez faire ici ? demanda la voix bourrue.

— Je vais à Fort Union. J'ai besoin de quelques affaires.

— On n'a pas grand-chose à offrir.

— Je n'ai besoin ni de poudre ni de vivres. Rien qu'une couverture, des moufles, et je repars.

— On dirait pas que vous avez de quoi faire du troc...

— Je peux vous signer une traite payable par William Ashley. La Rocky Mountain Fur Company enverra une brigade en aval au printemps. Elle honorera la traite.

241

Il y eut un long silence, que Glass rompit en ajoutant :

— Et elle considérera d'un œil favorable un comptoir qui est venu en aide à l'un de ses hommes.

Nouvelle pause, puis le judas se referma. Glass et Mandeh-Pahchu entendirent un bruit sourd et la porte se mit à bâiller sur ses gonds. La voix rébarbative appartenait à une sorte d'avorton qui semblait commander le fort. Il bombait le torse, un fusil dans les mains et deux pistolets à la ceinture.

— Seulement vous, décréta-t-il. Pas de nègres rouges dans mon fort.

Glass regarda Mandeh-Pahchu en se demandant ce que le Mandan comprenait. Le trappeur ouvrit la bouche pour répondre, se ravisa et pénétra dans le fort, dont le portail se referma aussitôt derrière lui.

Il découvrit à l'intérieur de l'enceinte deux bâtiments délabrés. Du plus proche, une faible lumière passait à travers les peaux huilées qui servaient de fenêtres. L'autre était totalement obscur et Glass supposa qu'on y entreposait les marchandises. Leurs murs arrière faisaient partie de l'enceinte du fort, leurs murs avant donnaient sur une toute petite cour empuantie par des relents de crottin. La source de cette odeur était attachée à un poteau : deux mules galeuses, probablement les seules bêtes que les Arikaras n'avaient pas réussi à voler. Outre ces animaux, la cour était occupée par une grosse machine à presser les peaux, une enclume posée sur une souche de peuplier et une pile branlante de bûches. Cinq hommes se tenaient dans le bâtiment éclairé, où ils furent bientôt rejoints par la sentinelle de la tour. La lumière chiche éclaira le visage couturé de Glass, qui sentit sur lui des regards curieux.

— Entrez, si vous voulez, dit l'avorton.

242

Glass pénétra dans une cabane exiguë ressemblant à un baraquement. Un feu dégageant de la fumée brûlait dans une grossière cheminée d'argile ménagée dans le mur du fond. La seule chose qui rachetait ce lieu malodorant, c'était sa chaleur, une chaleur provenant autant de la proximité d'autres hommes que du feu.

Le nabot commençait une phrase quand il fut pris d'un accès de toux grasse et profonde. Le même mal semblait affecter ses compagnons et Glass en redouta la cause. Lorsque le corps du petit homme cessa de se convulser, il prévint :

— On a pas de nourriture à donner.

— Ce n'est pas ce que je veux, je vous l'ai dit. Mettons-nous d'accord sur le prix d'une couverture et d'une paire de moufles et je m'en vais.

Glass tendit le bras vers la table installée dans un coin.

— Ajoutez ce couteau à écorcher.

Le gringalet gonfla de nouveau sa poitrine en prenant un air offensé.

— On n'est pas des radins, m'sieur. Les Rees nous ont coincés ici, ils nous ont volé toutes nos bêtes. La semaine dernière, cinq Indiens à cheval se sont approchés de la porte comme s'ils voulaient faire du troc. On a ouvert, ils se sont mis à tirer. Mon associé y a perdu la vie.

Comme Glass ne répondait pas, l'homme poursuivit :

— On peut plus sortir pour chasser ou couper du bois. Alors, vous comprenez, on fait attention à ce qui nous reste.

Il regardait Glass, attendant une approbation qui ne vint pas. Finalement, le trappeur répondit :

— Tirer sur un Blanc et un Mandan ne réglera pas vos problèmes avec les Rees.

243

L'homme qui les avait pris pour cible, un type crasseux sans dents de devant, tenta de se justifier :

— Tout ce que j'ai vu, c'est un Indien qui rôdait autour du fort en pleine nuit. Comment je pouvais savoir que vous étiez deux sur le cheval ?!

— Vous devriez prendre l'habitude de bien regarder avant de tirer.

L'avorton reprit la parole :

— C'est moi qui dis à mes hommes quand faut tirer, m'sieur. Entre les Rees et les Mandans, j'ai jamais trop fait la différence. En plus, ils s'entendent contre nous, maintenant. Une seule grande tribu de voleurs. J'aime mieux me tromper de bonhomme en tirant qu'en faisant confiance.

Désignant d'un doigt osseux ce qui l'entourait, il accéléra son débit et les mots jaillirent de sa bouche comme l'eau d'une digue rompue :

— J'ai construit ce fort de mes mains, j'ai une licence de commerce délivrée par le gouverneur du Missouri. On partira pas d'ici et on tirera sur tout ce qui est rouge et à portée de nos fusils. Je m'en fiche si on doit tuer toute cette sale engeance d'assassins et de voleurs.

— Et avec qui comptez-vous commercer ?

— On se débrouillera, m'sieur. Ici, le terrain est de première qualité. Avant longtemps, l'armée viendra donner une leçon à ces sauvages. On ne comptera plus les Blancs qui feront du commerce sur le Missouri – vous l'avez dit vous-même.

Glass sortit dans la nuit et le portail se referma derrière lui. Il poussa un profond soupir, vit son haleine se condenser dans l'air froid puis dériver sous l'effet d'une brise glacée. Il aperçut Mandeh-Pahchu sur son cheval près de la rivière. Au bruit des pas du trappeur, le Mandan se retourna et dirigea sa monture vers lui.

Avec le couteau à écorcher, Glass découpa une fente dans la couverture, y passa la tête pour la porter comme un poncho. Il glissa les mains dans les moufles fourrées et regarda l'Indien sans savoir quoi dire. Qu'y avait-il à dire, d'ailleurs ? *Je dois m'occuper de mes propres affaires.* Il ne pouvait redresser tous les torts rencontrés en chemin.

Finalement, il tendit le couteau à Mandeh-Pahchu et lâcha simplement :

— Merci.

Le Mandan regarda le couteau, revint à Glass, scruta ses yeux. Puis il fit demi-tour, s'éloigna le long du Missouri et disparut dans la nuit.

19

8 décembre 1823

John Fitzgerald gagna son poste de sentinelle, à quelque distance en aval de Fort Union. Il y trouva Pig, dont la poitrine relâchait de grands panaches d'haleine dans l'air froid de la nuit.

— C'est mon tour, dit Fitzgerald, d'un ton quasiment joyeux.

— Depuis quand ça te rend tout content de monter la garde ? demanda Pig avant de marcher vers le camp d'un pas tranquille en songeant aux quatre heures de sommeil dont il jouirait avant le petit déjeuner.

Fitzgerald coupa un gros morceau de sa carotte de tabac. Le goût fort de la chique lui emplit la bouche et lui calma les nerfs. Il attendit un long moment avant de cracher. L'air de la nuit lui mordait les poumons quand il inspirait, mais le froid ne le dérangeait pas. Il accompagnait généralement un ciel parfaitement clair et Fitzgerald avait besoin d'un ciel clair. Une lune à son troisième quartier projetait une vive clarté sur la rivière. Assez, espérait-il, pour suivre le bon chenal.

Une demi-heure plus tard, Fitzgerald alla au bosquet de saules où il avait caché son butin : un paquet de peaux de castor qu'il vendrait en aval, vingt livres de viande séchée dans un sac de jute, trois cornes de poudre, une centaine de balles de plomb, une petite casserole, deux couvertures de laine et, bien sûr, l'Anstadt. Il porta le tout au bord de l'eau et remonta chercher le canoë.

En longeant la rive, il se demanda si le capitaine Henry prendrait la peine d'envoyer quelqu'un à ses trousses. *Pauvre con.* Jamais Fitzgerald n'avait connu un type aussi doué pour attirer la foudre. Sous le funeste commandement de Henry, les hommes de la Rocky Mountain Fur Company avaient sans cesse frôlé la catastrophe. *Etonnant qu'on soit pas déjà tous morts...* La brigade ne disposait plus que de trois chevaux, ce qui limitait le piégeage à quelques petits cours d'eau proches, épuisés depuis longtemps. Les multiples tentatives de Henry pour acheter aux tribus locales quelques montures (dans de nombreux cas, celles-là mêmes que les Indiens leur avaient volées) s'étaient toutes soldées par un échec. Trouver de la nourriture pour trente hommes était devenu un problème. Les chasseurs n'avaient pas vu un bison depuis des semaines, et le menu de la brigade se composait maintenant essentiellement d'antilopes à la viande filandreuse.

La dernière goutte était tombée la semaine précédente, quand Stubby Bill lui avait rapporté une rumeur : « Le capitaine pense à nous faire remonter la Yellowstone pour occuper ce qui reste du vieux fort de Manuel Lisa, sur la Big Horn. »

Fitzgerald ignorait quelle distance les séparait de la Big Horn, mais il savait qu'elle se trouvait dans la direction opposée à celle qu'il voulait prendre. Si la vie sur la Frontière s'était révélée plus agréable qu'il ne l'avait imaginé quand il s'était enfui de Saint Louis, il en avait depuis longtemps assez de la mauvaise bouffe, du froid et du désagrément général de vivre avec une trentaine de types puants. Sans parler du risque incessant de se faire tuer. Le goût du whisky bon marché, l'odeur du parfum bon marché lui manquaient, et avec soixante-dix dollars en pièces d'or – la prime pour s'être occupé de Glass – il pensait sans cesse au jeu. Après un an et demi, on ne devait plus tellement le rechercher à Saint Louis, ni même plus au sud, peut-être. Il avait l'intention de le découvrir par lui-même.

Deux canoës creusés dans un tronc d'arbre avait été tirés sur un banc de sable et retournés, non loin du fort. Fitzgerald les avait examinés quelques jours plus tôt et avait conclu que le plus petit des deux était le meilleur. En outre, même porté par le courant, il lui fallait une embarcation qu'il puisse manœuvrer seul. Il remit le canoë à l'endroit, jeta ses deux pagaies dedans et le traîna jusqu'à l'eau.

L'autre, maintenant. En préparant sa désertion, Fitzgerald s'était demandé comment rendre le deuxième inutilisable. Il avait songé à percer un trou dans sa coque avant de trouver une solution plus simple. Il passa le bras dessous pour prendre ses pagaies. *Un canoë ne vaut rien sans pagaie.*

Fitzgerald poussa le sien dans l'eau, sauta dedans et pagaya pour l'amener dans le courant. La rivière l'entraîna aussitôt. Il s'arrêta pour prendre son butin, repartit. En quelques minutes, Fort Union disparut derrière lui.

Le capitaine Henry était assis seul dans ses quartiers empestant le moisi, l'unique pièce réservée à un seul homme à Fort Union. Hormis l'intimité qu'elle offrait – une rareté au fort –, il n'y avait pas grand-chose de bien à en dire. La chaleur et la lumière passaient uniquement par la porte de la pièce voisine quand elle était ouverte. Dans le froid et l'obscurité, Henry se demandait quoi faire.

Fitzgerald ne représentait pas une grande perte. Henry s'était méfié de cet homme depuis le premier jour, à Saint Louis. La brigade pouvait se passer du canoë, ce n'était pas comme s'il avait volé leurs derniers chevaux. La perte d'un paquet de fourrures était exaspérante mais pas catastrophique.

Le plus grave n'était pas la perte de l'homme qui était parti mais l'effet sur ceux qui étaient restés. La désertion de Fitzgerald était l'expression, claire et forte, de ce que pensaient les autres hommes. La Rocky Mountain Fur Company était un échec. Lui-même était un raté. *Et maintenant, quoi ?*

Il entendit le loquet de la porte se soulever, des pas lourds sur le plancher poussiéreux, puis Stubby Bill apparut dans l'encadrement.

— Murphy et l'équipe de piégeage viennent de rentrer, annonça l'homme trapu.

— Ils ont des peaux ?

— Non, capitaine.

— Pas une seule ?

— Non, capitaine. C'est même… un peu plus moche que ça.

— Je t'écoute.

— Ils ont pas ramené les chevaux non plus.

Henry prit le temps d'assimiler la nouvelle avant de demander :

— Rien d'autre ?

Stubby réfléchit un moment et répondit :

— Si, capitaine. Anderson est mort.

249

Henry ne prononça pas un mot de plus. Stubby attendit jusqu'à ce que le silence l'embarrasse et ressortit.

Le capitaine Henry demeura immobile quelques minutes dans l'obscurité froide avant de prendre sa décision. Ils abandonneraient Fort Union.

20

15 décembre 1823

La dépression formait une cuvette presque parfaite dans la plaine. Sur trois côtés, des petites collines s'élevaient pour la protéger des vents incessants accablant les espaces découverts. Le creux attirait en outre l'humidité vers son centre, où des buissons d'aubépine montaient la garde. La conjugaison des collines et des arbustes offrait un excellent abri.

Dans cette cuvette située à moins de cinquante mètres du Missouri, Hugh Glass était assis en tailleur près d'un petit feu dont les flammes chatouillaient la maigre carcasse d'un lapin embroché sur une branche de saule.

Tout en attendant que la bête finisse de rôtir, Glass prit soudain conscience du bruit de la rivière. C'était curieux de le remarquer seulement maintenant, alors qu'il la suivait depuis des semaines. Il l'entendait soudain avec la sensibilité aiguë d'une découverte. Il quitta les flammes des yeux pour observer la rivière et trouva étrange que ses eaux s'écoulant sans à-coups fassent un tel bruit. Le vent, peut-être ? Il songea que la source du bruit n'était pas tant l'eau ou le vent que ce qui se trouvait sur leur chemin. Il ramena son regard sur le feu.

Un élancement familier dans la jambe lui fit changer de position. Ses blessures lui rappelaient constamment que, s'il se rétablissait, il n'était pas encore guéri. Le froid aiguisait la douleur dans sa jambe et dans son épaule. Il présumait maintenant que sa voix ne redeviendrait jamais normale et que, bien sûr, son visage garderait à jamais les traces de sa rencontre avec le grizzly. Tout n'était pas noir, cependant. Son dos ne le faisait plus souffrir. Il n'avait pas mal non plus quand il mangeait, un progrès dont il se réjouissait en respirant l'odeur de la viande rôtie.

Glass avait abattu le lapin dix minutes plus tôt dans le jour déclinant. Cela faisait une semaine qu'il n'avait pas vu trace d'Indiens, et lorsque ce lapin gras avait traversé son chemin en bondissant, l'occasion de s'offrir un succulent dîner lui avait paru trop belle pour qu'il la laisse passer.

A quatre cents mètres en amont de Glass, Fitzgerald cherchait un endroit où accoster quand il avait entendu le claquement proche d'un fusil. *Merde !* Il obliqua vers la rive pour ralentir le canoë, fut pris dans un tourbillon, pagaya en arrière, scrutant la berge pour repérer la source du coup de feu.

Trop loin au nord pour les Arikaras. Des Assiniboins ?

Fitzgerald ne voyait pas grand-chose dans la lumière crépusculaire, et ce ne fut que quelques minutes plus tard qu'il aperçut la lueur d'un feu. Il parvint à discerner une silhouette d'homme, sans distinguer toutefois d'autres détails. Un Indien, probablement. Aucun Blanc n'avait à faire aussi haut dans le Nord – pas en décembre, en tout cas. Il envisagea de s'approcher en rampant pour tuer l'homme qui avait tiré, mais il n'était pas sûr, ce faisant, de ne pas devoir en affronter plusieurs. Finalement, il décida de tenter de passer sans se faire repérer. Il attendrait que la nuit soit tombée et que le feu détourne l'attention de l'homme – et de ses éventuels compagnons – de la rivière. La lune lui fournirait assez de lumière pour diriger le canoë.

Fitzgerald patienta près d'une heure après avoir silencieusement tiré l'avant de l'embarcation sur le banc de sable mou. A l'ouest, l'horizon avala les dernières lueurs du jour, rendant plus vive celle du feu. La silhouette de l'homme se pencha au-dessus des flammes, sans doute pour s'occuper de son dîner. *Maintenant.* Fitzgerald vérifia que l'Anstadt et ses deux pistolets étaient chargés, les posa à portée de main. Il mit ensuite le canoë à l'eau et sauta dedans. Deux coups de pagaie l'amenèrent dans le courant, après quoi il se contenta d'utiliser la pagaie comme un gouvernail, l'enfonçant doucement dans l'eau d'un côté ou de l'autre.

Hugh Glass tira sur une des pattes arrière du lapin, qui se détacha facilement quand il tordit la jointure. Il planta ses dents dans la chair délicieuse.

Fitzgerald s'efforçait de s'éloigner le plus possible de la berge, mais le courant le rabattait. Le feu se rapprochait avec une rapidité inquiétante. Fitzgerald s'efforçait de surveiller la rivière tout en observant le dos de l'homme assis près du feu. Il distingua un poncho fait avec une couverture Hudson Bay… et ce qui ressemblait à un bonnet de laine.

Un bonnet de laine ? Un Blanc ?

Fitzgerald se tourna de nouveau vers la rivière. Un énorme rocher se dressait devant lui, à moins de trois mètres !

Il plongea sa pagaie dans l'eau, poussa de toutes ses forces. A la fin de son mouvement, il la sortit de l'eau, l'appuya contre le rocher. Le canoë tourna – pas assez. L'arrière frotta contre la roche avec un grincement. Fitzgerald se mit à pagayer vivement. *Plus la peine de se retenir, maintenant.*

Glass entendit un bruit d'éclaboussement suivi d'un long grincement. Il saisit instinctivement son fusil, se tourna vers le Missouri et s'éloigna rapidement de la lumière du feu. Puis il rampa vers la rivière, ses yeux s'ajustant à l'obscurité.

Alors qu'il inspectait l'eau pour déceler la source du bruit, il entendit une pagaie frapper l'eau et distingua à peine un canoë éloigné d'une centaine de mètres. Il leva son arme, releva le chien et visa la forme sombre d'un homme. Son doigt se replia au-dessus du pontet… s'arrêta.

Glass ne voyait aucune raison de tirer. Quel qu'il pût être, l'autre semblait chercher à éviter le contact et allait dans une autre direction. Il ne constituait pas une menace.

Fitzgerald pagaya dur jusqu'à parvenir à une courbe du Missouri, à quatre cents mètres du feu de camp. Il laissa ensuite l'embarcation dériver sur plus d'un kilomètre et demi avant de la diriger vers l'autre rive et de chercher un endroit où accoster.

Quand il en eut trouvé un, il tira le canoë hors de l'eau, le renversa, étendit sa couverture dessous. En mastiquant un morceau de viande séchée, il songea de nouveau à la silhouette assise devant le feu. *Drôle d'endroit pour un Blanc en décembre...*

Fitzgerald disposa soigneusement son fusil et ses deux pistolets près de lui, se recroquevilla sous sa couverture. L'Anstadt captait la lumière et la retenait, ses plaques d'argent luisant tels des miroirs au soleil.

Le capitaine Henry connut enfin une bonne passe. Tant de choses heureuses lui arrivèrent en une succession si rapide qu'il eut du mal à s'y retrouver.

Pour commencer, le ciel brilla d'un bleu indigo pendant deux semaines. Avec le beau temps, la brigade couvrit les trois cent vingt kilomètres séparant Fort Union de la Big Horn en six jours.

Le fort abandonné était à peu près resté tel que dans le souvenir de Henry. En 1807, Manuel Lisa avait établi un comptoir commercial au confluent de la Yellowstone et de la Big Horn. Il l'appela Fort Manuel et en fit un camp de base pour le commerce et l'exploration des deux rivières. Lisa maintint des relations particulièrement bonnes avec les Corbeaux et les Têtes-Plates, qui utilisèrent les fusils qu'ils lui achetèrent pour faire la guerre aux Pieds-Noirs. Ceux-ci, et c'était bien le moins, devinrent des ennemis acharnés des Blancs.

Encouragé par sa modeste réussite commerciale, Lisa avait fondé en 1809 la Saint Louis Missouri Fur Company, dont l'un des premiers investisseurs fut Andrew Henry. Henry avait pris la tête d'un groupe de cent trappeurs pour sa malheureuse expédition jusqu'aux Trois-Fourches. Pendant sa remontée de la Yellowstone, il avait fait halte à Fort Manuel et se rappelait l'emplacement stratégique du fort, le gibier abondant et les excellentes ressources en bois. Henry savait que le fort était abandonné depuis plus d'une dizaine d'années, mais il espérait trouver dans ce qui en restait de quoi commencer à bâtir un nouveau comptoir.

L'état du fort dépassa ses espérances. Si les années d'abandon avaient pesé sur le bâtiment, le bois demeurait sain et solide. Cela leur épargnerait des semaines de dur labeur à abattre des arbres et à les traîner.

Les relations de Henry avec les tribus locales (du moins au départ) contrastèrent fortement avec ses mésaventures de Fort Union. Il envoya un groupe commandé par Allistair Murphy couvrir de cadeaux ses nouveaux voisins, en premier lieu les Têtes-Plates et les Corbeaux. Dans ses rapports avec les tribus locales, Henry s'aperçut qu'il bénéficiait de la diplomatie de son prédécesseur. Les Indiens semblaient relativement contents de la réoccupation du fort. Ou tout au moins, ils étaient disposés à faire du troc.

Les Corbeaux, notamment, étaient riches en chevaux et Murphy acquit soixante-douze de leurs bêtes. Comme plusieurs cours d'eau descendaient des monts Big Horn voisins, le capitaine dressa un plan pour déployer énergiquement ses trappeurs à nouveau mobiles.

Pendant deux semaines, Henry ne cessa de regarder derrière lui, comme si la malchance devait fatalement s'attacher à ses pas, puis il se laissa aller à un brin d'optimisme. *La chance a peut-être tourné pour moi ?* On ne saurait lui reprocher de l'avoir espéré.

Hugh Glass se tenait devant les restes de Fort Union. Le portail reposait à plat sur le sol : on en avait emporté les gonds lorsque le capitaine Henry avait abandonné les lieux. D'autres indignités avaient frappé le fort à l'intérieur. Toutes les charnières métalliques avaient été démontées afin, supposa Glass, d'être réutilisées ailleurs. Les visiteurs passés après le départ de Henry avaient arraché des pieux aux palissades, sans doute pour faire du feu. L'un des baraquements montrait un mur noirci, probablement à la suite d'une timide tentative pour incendier le fort. Les sabots de nombreux chevaux avaient baratté la neige de la cour.

Je poursuis un mirage. Pendant combien de jours avait-il marché ou rampé pour parvenir à cet instant ? Il repensa à la clairière et à la source près de la Grand River. *Quel mois était-ce ? Août ? Et maintenant ? Décembre ?*

Glass grimpa l'échelle rudimentaire menant à la tourelle, contempla toute la vallée. A cinq cents mètres, il vit la tache rouille d'une dizaine d'antilopes enfonçant leurs pattes dans la neige pour aller brouter de la sauge. Un vol d'oies aux ailes déployées descendait vers la rivière. Aucun autre signe de vie. *Où sont-ils passés ?*

Il campa deux nuits dans le fort, incapable de se détourner simplement d'une destination qui avait si longtemps été sienne. Il savait néanmoins que son véritable objectif n'était pas un lieu mais deux hommes – deux hommes et deux vengeances.

En quittant Fort Union, Glass décida de suivre la Yellowstone. S'il ne pouvait que deviner le chemin choisi par Henry, il doutait que le capitaine ait pris le risque de répéter son échec du Haut Missouri. Restait la Yellowstone.

Il la longeait depuis cinq jours quand il parvint au sommet d'une butte. Il se figea, stupéfait.

Reliant le ciel à la terre, les monts Big Horn se dressaient devant lui. Quelques nuages tournoyaient autour de leurs pics, accentuant l'illusion d'un mur vertical sans fin. Malgré ses yeux larmoyants à cause de l'éclat du soleil reflété par la neige, il ne pouvait détourner le regard. Rien, pendant les vingt années passées dans les plaines, ne l'avait préparé à ces hauteurs.

Le capitaine Henry leur avait souvent parlé des Rocheuses, mais Glass supposait que ses histoires comportaient la dose habituelle d'embellissements ajoutés autour d'un feu de camp. Glass constatait maintenant que la description faite par Henry était très infidèle. Homme pragmatique, Henry avait dépeint ces montagnes comme des barrières, des obstacles à surmonter dans l'effort pour relier l'Est à l'Ouest par un flux commercial. Ce qui manquait totalement à la description du capitaine, c'était la ferveur dont Glass se sentit envahi devant ces hauteurs majestueuses.

Naturellement, il comprenait le point de vue de Henry. Le terrain des vallées était déjà difficile et Glass avait peine à imaginer les efforts qu'il fallait déployer pour porter des fourrures par-delà des montagnes telles que celles qu'il avait sous les yeux.

Il fut plus impressionné encore par ces pics dans les jours qui suivirent, quand la Yellowstone l'en rapprocha. Leur masse était un repère, un but assigné contre le temps même. D'autres se sentaient peut-être mena-

cés devant ce site tellement plus grand qu'eux-mêmes ;
pour Glass, au contraire, quelque chose de sacré lui
semblait couler de ces hauteurs comme d'une fontaine,
un sentiment d'immortalité qui rendait ses douleurs
quotidiennes insignifiantes.

Et donc il marchait, jour après jour, vers les montagnes situées au bout de la plaine.

Devant une palissade grossière, Fitzgerald subissait
l'interrogatoire d'un petit bout d'homme juché sur le
rempart, au-dessus de la porte. Le trappeur avait soigneusement répété son mensonge pendant les longues
journées dans le canoë :

— J'ai un message de Saint Louis pour le capitaine
Henry, de la Rocky Mountain Fur Company.

— La Rocky Mountain Fur Company ? grommela
l'homme après une quinte de toux. On vient d'avoir un
de vos gars qu'allait dans l'autre direction. Un mal
élevé qui partageait un cheval avec un Peau-Rouge. Au
fait, si vous êtes de sa compagnie, vous pouvez régler
sa traite...

Fitzgerald sentit son estomac se contracter et son
souffle se raccourcir. *Le Blanc de la rivière !* S'efforçant
de garder un ton calme et détaché, il reprit :

— Je dois l'avoir manqué... Il s'appelle comment ?

— Me rappelle même pas son nom. On lui a fourni
deux ou trois trucs et il est parti.

— A quoi il ressemblait ?

— Ah, ça, je m'en souviens. Des balafres plein la
figure, comme s'il s'était fait bouffer par une bête sauvage.

Glass ! Vivant ! Foutu bonhomme !

259

Fitzgerald échangea deux peaux contre de la viande séchée, se hâta de retourner à la rivière. Ne se contentant plus de se laisser porter par le courant, il pagayait pour faire avancer le canoë. Vite et loin. Glass allait peut-être dans l'autre direction, mais Fitzgerald ne nourrissait pas le moindre doute sur les intentions de ce vieux saligaud.

21

31 décembre 1823

La neige commença à tomber vers la mi-journée. Les nuages s'approchèrent avec nonchalance, obscurcissant le soleil si progressivement que Henry et ses hommes ne s'en aperçurent pas.

Ils n'avaient aucune raison d'être inquiets. Leur fort remis en état semblait prêt à affronter tous les défis que les éléments pouvaient imaginer leur lancer. En outre, après avoir décrété que le groupe fêterait la fin de l'année, le capitaine fit aux trappeurs une surprise qui suscita une joie délirante : on boirait de l'alcool !

Si Henry se révélait ignorant en de nombreux domaines, il comprenait l'importance des motivations. Sa gnôle, faite à base de levure et de baies d'amélanchier, avait fermenté pendant un mois dans un tonneau. Le breuvage obtenu avait un goût acide. Si aucun des hommes ne pouvait l'avaler sans une grimace, aucun non plus n'était disposé à laisser passer l'occasion d'en boire. Il provoquait un état d'ivresse profond et quasi immédiat.

Henry réservait un second cadeau à la brigade. Il jouait assez bien du violon et, pour la première fois depuis des mois, son moral remonta suffisamment pour l'inciter à aller prendre son vieil instrument. Les sons aigus du violon se mêlèrent aux rires alcoolisés pour créer une joyeuse cacophonie dans le baraquement bondé.

Une bonne partie de cette gaieté tournait autour de Pig, dont la carcasse obèse s'étalait devant la cheminée. Sa capacité à tenir l'alcool n'égalait pas son tour de taille, apparut-il bien vite.

— On dirait qu'il est mort, diagnostiqua Black Harris en lui décochant un coup de pied dans la panse.

Les orteils de Harris s'enfoncèrent dans la graisse molle des bourrelets de Pig sans le tirer de son hébétude.

— Ben, s'il est mort, faut lui faire un bel enterrement, suggéra Patrick Robinson, homme taciturne que la plupart des trappeurs n'avaient jamais entendu parler en dehors des moments où il ingurgitait la gnôle maison de Henry.

— Fait trop froid, objecta un autre trappeur. Mais on pourrait lui faire un vrai linceul !

La proposition souleva un vif enthousiasme. On alla chercher deux couvertures, une aiguille et du fil. Robinson, tailleur habile, entreprit de coudre un linceul autour de la masse énorme de Pig. Black Harris prononça un sermon émouvant et, l'un après l'autre, les hommes récitèrent des éloges funèbres.

— C'était un gars bien et qui croyait en Dieu, dit l'un d'eux. Seigneur, nous te le renvoyons dans son état virginal... sans que sa peau ait jamais connu le savon.

— Si tu peux arriver à le soulever, nous t'implorons de le faire monter au ciel, dans le Grand Au-Delà, ajouta un autre.

Une dispute tapageuse détourna l'attention des funérailles de Pig. Allistair Murphy et Stubby Bill avaient une divergence d'opinion quant à celui d'entre eux qui tirait le mieux au pistolet. Murphy provoqua Stubby Bill en duel, idée que le capitaine Henry se hâta d'écarter. Il autorisa toutefois un concours de tir.

Stubby Bill proposa d'abord que chacun tire sur un gobelet en fer posé sur la tête de l'autre. Tout aussitôt, malgré son ivresse, il lui vint à l'esprit que cela pourrait être une incitation pour le moins dangereuse. Les deux hommes trouvèrent un compromis en décidant finalement de prendre pour cible un gobelet placé sur la tête de Pig. Comme ils le considéraient tous deux comme un ami, ils s'efforceraient l'un et l'autre de viser au mieux. Les trappeurs mirent le corps enveloppé de son suaire en position assise contre le mur, placèrent un gobelet sur sa tête.

Ils dégagèrent ensuite une longue allée dans le baraquement, avec les tireurs à un bout et Pig à l'autre. Le capitaine cacha une balle de plomb dans une de ses mains ; Murphy choisit la bonne et décida de tirer en second. Stubby Bill prit le pistolet passé sous sa ceinture, vérifia qu'il y avait de la poudre dans le bassinet. Il équilibra le poids de son corps d'un pied sur l'autre, se plaça de côté par rapport à sa cible. Il replia son bras armé pour pointer l'arme vers le plafond ; du pouce, il releva le chien, qui cliqueta dans le silence tendu de la cabane. Après être resté un moment à osciller dans cette position, Stubby Bill parvint à abaisser le pistolet en décrivant du bras un arc de cercle lent et somme toute gracieux.

Ce fut alors qu'il hésita. Les conséquences d'un coup de feu raté s'imposèrent à son esprit alors qu'il fixait – au bout de son viseur – la masse gélatineuse de Pig. Stubby Bill aimait bien Pig. Il l'aimait beaucoup, même. *C'est une mauvaise idée*, pensa-t-il. Il sentit une goutte de sueur glisser le long de sa courte colonne vertébrale. Les formes qu'il percevait au bord de son champ de vision lui rappelèrent la présence des hommes qui se pressaient autour de lui. Sa respiration maintenant haletante faisait monter et descendre son bras armé. Tout à coup, le pistolet lui sembla lourd. Il retint son souffle pour arrêter les mouvements de son bras, mais le manque d'air lui fit tourner la tête. *Si tu rates, que ce soit plutôt au-dessus qu'en dessous.*

Finalement, en espérant que tout irait bien, il pressa la détente, ferma les yeux lorsque la poudre s'enflamma. La balle s'enfonça dans le mur de rondins derrière Pig, une bonne cinquantaine de centimètres au-dessus du gobelet. Les spectateurs rugirent de rire.

— Joli coup, Stubby !

— Tu réfléchis trop, dit Murphy en s'avançant.

D'un même geste fluide, il leva son pistolet, visa et tira. Le coup de feu claqua, la balle transperça le bas du gobelet, qui rebondit contre le mur avant de rouler bruyamment sur le sol aux pieds de Pig.

Si aucun des coups de feu n'avait tué Pig, le second avait au moins eu le mérite de le réveiller, et le linceul fut agité d'une série de contorsions. Les hommes applaudirent le vainqueur, puis se tordirent de rire en voyant le suaire se tortiller. La longue lame d'un coutelas perça brusquement la couverture, y taillant une fente. Deux mains apparurent, déchirèrent le tissu. Emergea ensuite le visage charnu de Pig, qui clignait des yeux dans la lumière. Nouveau concert de rires et de railleries.

— Un veau en train de naître !

Le concours de tir avait été le lancement des festivités, et bientôt tous les hommes déchargèrent leurs armes sur le plafond. Une fumée de poudre noire envahit le baraquement en même temps que de joyeux « Bonne année ! ».

— Hé, capitaine, dit Murphy, on devrait faire tonner le canon !

Henry n'y vit pas d'objection, ne serait-ce que pour faire sortir les trappeurs de la cabane avant qu'ils la détruisent complètement. En braillant, les hommes de la Rocky Mountain Fur Company ouvrirent la porte, s'avancèrent dans la nuit sombre et se dirigèrent en titubant vers la palissade.

Ils furent alors surpris par la violence de la tempête. La légère chute de neige de l'après-midi avait dégénéré en un véritable blizzard faisant tourbillonner de gros flocons. La couche de neige était déjà épaisse d'une vingtaine de centimètres, davantage là où des congères s'étaient formées. S'ils avaient été en état de réfléchir, les hommes auraient apprécié que le sort ait tenu la tempête au large pendant qu'ils se construisaient un abri. Au lieu de quoi, ils concentrèrent toute leur attention sur le canon.

L'obusier de quatre livres était en réalité plus un fusil géant qu'un canon, destiné non aux remparts d'un fort mais à la proue d'un bateau à quille. Il était monté sur un pivot dans un coin de la tourelle, ce qui lui permettait de garder deux des murs du fort. Son fût mesurait moins d'un mètre, avec trois tourillons pour le renforcer (pas suffisamment, s'avérerait-il).

Un colosse du nom de Paul Hawker se prit pour le canonnier du fort. Il prétendit même avoir servi dans l'artillerie pendant la guerre de 1812. La plupart de ses camarades en doutaient, mais ils reconnurent qu'il avait une voix pleine d'autorité lorsqu'il donna l'ordre de charger le canon. Hawker et deux hommes grimpèrent dans la tourelle, les autres restèrent en bas et se contentèrent de les observer du terrain d'exercice offrant un abri précaire.

— Canonniers à vos postes ! aboya Hawker.

Si la manœuvre lui était apparemment familière, il n'en allait pas de même pour ses subordonnés. Ils posèrent sur lui des regards vides, attendant qu'on leur explique en langage de civils leurs responsabilités.

— Toi, dit Hawker à mi-voix en se penchant vers l'un des deux hommes, amène la poudre et la bourre.

Il se tourna vers l'autre.

— Toi, tu vas allumer le cordon au feu.

Reprenant une posture militaire, il s'écria :

— Chargez le canon !

Suivant les instructions de Hawker, le premier trappeur remplit de deux onces de poudre une mesure gardée à cet effet dans la tourelle. Hawker braqua la gueule du canon vers le ciel et, ensemble, ils y firent tomber la poudre. Ils insérèrent ensuite une bourre de chiffon de la taille d'un poing et utilisèrent un refouloir pour tasser la charge contre la culasse.

Hawker déplia une toile cirée contenant les amorces – des morceaux de tuyau de plume d'oie longs de sept à huit centimètres, remplis de poudre et scellés aux deux bouts par de la cire. Il plaça l'un d'eux dans le trou de ventilation de la culasse du canon. Lorsqu'on approcherait le cordon allumé de l'amorce, il ferait fondre la cire, mettrait le feu à la poudre de l'amorce qui, à son tour, mettrait le feu à la charge de la culasse. Ça, c'était pour la théorie.

A l'échelle de la tourelle montait à présent l'homme envoyé allumer le cordon – en fait un long bâton percé à une extrémité d'un trou dans lequel on faisait passer un bout de corde épaisse imprégné de salpêtre. Lorsque Hawker souffla sur la braise, une lueur teignit son visage d'un rouge de mauvais augure. Avec la raideur pompeuse d'un cadet de West Point, il beugla :

— PRÊT !

Dans la cour, les trappeurs levèrent les yeux, attendant avec impatience une détonation assourdissante. Bien qu'il tînt lui-même le cordon, Hawker hurla « FEU ! » et approcha de l'amorce le bout rougeoyant.

La cire fondit rapidement, la poudre de l'amorce s'enflamma avec un grésillement, suivi d'un *pop !* à tout le moins surprenant. Comparé à l'explosion fracassante escomptée, le bruit du canon parut à peine plus fort qu'un claquement de mains.

— C'était quoi, ça ? lança une voix, accompagnée par des sifflets et des rires moqueurs. Autant cogner sur une casserole !

Hawker fixait son canon, consterné que ce moment de démonstration virile se soit soldé par un tel fiasco. Il convenait de vite rectifier le tir.

— C'était qu'un échauffement ! brailla-t-il vers le bas. Canonniers... à vos postes !

Ses deux acolytes, soudain soucieux de leur propre réputation, posèrent sur lui un regard dubitatif.

— Secouez-vous, bande de crétins ! murmura Hawker d'une voix sifflante. Triplez la charge !

Augmenter la charge réglerait en partie le problème. En même temps, la bourre aussi avait été insuffisante. *Plus de bourre égale plus de résistance, égale une explosion plus forte*, raisonna Hawker. *Je vais leur en donner, moi, du boucan !*

Ils versèrent la triple charge dans la gueule du canon. *Mais avec quoi faire une nouvelle bourre ?* se demanda Hawker. L'instant d'après, il ôtait sa tunique de daim, l'enfonçait dans le fût. *Encore.* Il se tourna vers ses servants.

— Donnez-moi vos tuniques.

Les deux hommes le regardèrent, visiblement inquiets.

— Il fait froid, Hawker !

— Donnez-moi vos tuniques, bon Dieu !

Ils s'exécutèrent à contrecœur et Hawker ajouta les deux vêtements au sien. Les huées continuaient à monter vers eux tandis qu'ils s'affairaient autour de l'obusier. Quand ils eurent terminé, tout le fût était rempli de peau de daim bien tassée.

— Prêt ! cria Hawker en tendant de nouveau la main vers le cordon. FEU !

Il approcha le bout embrasé de l'amorce et le canon explosa. Il explosa *vraiment*. Les tuniques en daim avaient effectivement accru la résistance – à tel point qu'il éclata en mille superbes morceaux.

Pendant un moment grandiose, l'explosion illumina le ciel nocturne, puis un énorme nuage de fumée âcre dissimula la tourelle. Les hommes se jetèrent au sol pour échapper aux éclats qui criblaient les murs de rondins du fort et s'enfonçaient dans la neige en crépitant. Le souffle projeta les assistants de Hawker par-dessus le bord de la tourelle et ils retombèrent dans la cour. L'un d'eux se brisa un bras dans sa chute, l'autre deux côtes. Ils seraient peut-être morts tous les deux s'ils n'avaient pas atterri dans une épaisse congère.

Lorsque le vent commença à dissiper la fumée alentour, tous les regards se levèrent, cherchant le courageux artilleur. Tous gardèrent le silence jusqu'à ce que le capitaine appelle :

— Hawker !

Pas de réponse. Lorsque le vent tourbillonnant acheva d'emporter la fumée, ils purent voir une main dépasser du bord du rempart. Une seconde main apparut, puis la tête de Hawker. Son visage était noir comme du charbon, du sang coulait de ses oreilles. Bien qu'appuyé des deux mains à la tourelle, il chancelait. La plupart des hommes s'attendaient à ce qu'il bascule en avant et meure. Au lieu de quoi, il se redressa et hurla :

— Bonne et heureuse année, bande de saligauds !

Un tonnerre d'approbation retentit dans la nuit.

Hugh Glass trébucha dans la congère, étonné qu'il y ait déjà autant de neige. Il ne portait pas de moufle à la main avec laquelle il tirait au fusil, et la morsure du froid sur sa peau nue le fit grimacer. Il la glissa sous sa capote pour la sécher. Au début, il n'avait neigé que par intermittence – aucune raison de se mettre à l'abri. Glass comprenait maintenant son erreur.

Il regarda autour de lui en tâchant d'estimer ce qu'il restait de jour. La tempête rapprochait l'horizon, et les hautes montagnes, à l'arrière-plan, disparurent totalement. Glass parvint à distinguer une mince ligne de crête et, çà et là, un pin solitaire en sentinelle. Même les contreforts se fondaient dans les nuages grisâtres informes. Glass se félicita d'avoir la Yellowstone comme chemin sûr à suivre. *Une heure avant le coucher du soleil ?* Il prit la moufle dans sa sacoche, l'enfila sur sa main humide et raide. *Rien sur quoi tirer par ce temps, de toute façon.*

Cela faisait cinq jours qu'il avait quitté Fort Union. Il savait maintenant que Henry et sa brigade avaient emprunté cette route : la piste des trente hommes n'était pas difficile à suivre. Glass se rappela le comptoir abandonné de Manuel Lisa sur la Big Horn, mentionné sur les cartes qu'il avait étudiées. *Henry n'ira sûrement pas plus loin – pas en cette saison.* Glass avait une idée approximative des distances, mais combien de terrain avait-il déjà couvert ? Impossible à dire.

La température avait brusquement chuté avec l'arrivée de la tempête, mais c'était surtout le vent qui était inquiétant. Il semblait renforcer le froid, le faire pénétrer par toutes les coutures des vêtements. Glass en sentit d'abord la morsure sur son nez et ses oreilles à nu. Le vent faisait pleurer ses yeux et couler son nez. Tandis qu'il avançait à grand-peine dans la neige, un engourdissement douloureux le gagna, changeant ses doigts agiles en tubes de chair maladroits. Il fallait qu'il cherche un abri pendant qu'il pouvait encore trouver du bois pour faire un feu – et pendant que ses doigts étaient encore capables de manier silex et morceau d'acier.

La berge, de l'autre côté de la rivière, s'élevait abruptement. Elle l'aurait un peu abrité, mais il n'y avait pas moyen de traverser à gué. Du côté de Glass, le terrain morne et plat n'opposait aucune résistance au vent. Il repéra un bosquet d'une dizaine de peupliers à quinze cents mètres environ, à peine visibles dans les tourbillons de neige et le jour déclinant. *Pourquoi ai-je autant attendu ?*

Il lui fallut vingt minutes pour couvrir la distance. Par endroits, le vent avait balayé la neige jusqu'à dénuder la terre ; à d'autres, les congères lui montaient aux genoux. La neige s'insinuait dans ses mocassins – quel idiot il était, de ne pas avoir songé à se fabriquer des guêtres ! Son pantalon en daim, mouillé par la neige, finit par geler et se transformer en étuis raides enserrant ses jambes. Le temps qu'il arrive aux peupliers, il ne sentait plus ses orteils.

La tempête redoubla pendant qu'il fouillait le bosquet du regard pour déterminer le meilleur abri possible. Le vent semblait souffler de toutes parts à la fois, ce qui compliquait la tâche. Glass choisit finalement un arbre abattu. Les racines sorties de terre se déployaient en un arc perpendiculaire à la base épaisse du tronc, offrant un abri dans deux directions. *Si seulement le vent s'arrêtait de souffler des quatre points cardinaux !*

Glass posa son fusil et se mit immédiatement à ramasser du bois. Il y en avait en abondance. Le problème, c'était l'amadou et le petit bois sec. Sous les dix centimètres de neige qui recouvraient le sol, les feuilles étaient mouillées, inutilisables. Il arracha de petites branches aux peupliers, mais elles étaient encore vertes. La lumière déclinait et il se rendit compte avec une inquiétude croissante qu'il était plus tard qu'il ne l'avait cru. Le temps qu'il rassemble ce dont il avait besoin, l'obscurité était presque totale.

Il empila son bois à brûler près de l'arbre déraciné, creusa furieusement le sol pour obtenir une cuvette dans laquelle allumer son feu. Il enleva ses moufles pour prendre l'amadou qu'il lui restait, mais ses doigts gelés remuaient à peine. Il mit ses mains en coupe autour de sa bouche, souffla. La légère chaleur fut aussitôt balayée par l'assaut de l'air glacé. Il sentit une nouvelle rafale âpre sur son dos et son cou, pénétrant jusqu'à sa peau et plus profondément encore, lui sembla-t-il. *Le vent est-il en train de tourner ?* Glass s'immobilisa, se demanda s'il devait passer de l'autre côté de l'arbre abattu. Le vent faiblissant, il décida de ne pas bouger.

Il disposa le petit bois et l'amadou dans la cuvette, prit le silex et l'acier dans son sac à feu. A sa première tentative, le silex lui entailla la jointure du pouce. La douleur se propagea dans tout son bras comme la vibration d'un diapason. S'efforçant de l'ignorer, Glass frappa de nouveau le silex sur l'acier. Une étincelle finit par tomber sur l'amadou, qui se mit à brûler. Glass se pencha au-dessus de la petite flamme, l'abrita de son corps tout en soufflant, tentant désespérément de communiquer sa propre vie au feu. Soudain, il sentit une rafale tourbillonnante et le vent lui projeta du sable et de la fumée au visage. Il toussa, se frotta les yeux ; quand il put les rouvrir, la flamme avait disparu. *Bon sang !*

Il frappa l'acier avec son silex, fit jaillir des étincelles, mais une trop grande partie de l'amadou et du petit bois avait brûlé. Le froid rendait douloureux le dos de ses mains nues. Ses doigts, en revanche, avaient perdu toute sensation. *Sers-toi de la poudre...*

Glass disposa ce qui restait d'amadou et de petit bois, ajouta cette fois des branches plus grosses. De sa corne, il fit tomber de la poudre, jura quand une rafale la dispersa. Il se plaça de nouveau de façon à faire barrage au vent le plus possible, frappa l'acier avec le silex.

Une flamme s'éleva de la cuvette, lui brûla les mains et lui lécha le visage. Il sentit à peine la douleur tant il se souciait avant tout d'entretenir la flamme qui dansait à présent dans le vent. Glass s'accroupit, étendit sa capote pour créer un abri plus vaste. Le petit bois s'était presque totalement consumé, mais il constata avec soulagement que plusieurs des branches plus grosses brûlaient. Il en ajouta d'autres, et au bout de quelques minutes il fut certain que son feu avait pris.

Il venait de s'adosser au tronc de l'arbre abattu quand une nouvelle rafale faillit l'éteindre. Glass se pencha de nouveau au-dessus des flammes, déploya sa capote et souffla sur les braises. De nouveau abrité, le feu se ranima.

Glass demeura dans cette position, courbé au-dessus des flammes, les bras tendus pour tenir sa capote, pendant près d'une demi-heure. La couche de neige s'épaissit encore tandis qu'il protégeait le feu. Il sentait le poids de la neige sur le vêtement là où il touchait le sol. Il sentit aussi autre chose, et son cœur se serra. *Il a tourné.* Le vent lui cinglait le dos, il ne tourbillonnait plus, il soufflait maintenant constamment dans la même direction. L'arbre ne fournissait plus d'abri. Pire, il captait le vent et le renvoyait – sur Glass et sur le feu.

Il lutta contre une panique grandissante, un cercle vicieux de peurs contradictoires. Le point de départ était clair : sans feu, il mourrait de froid. En même temps, il ne pouvait rester éternellement dans sa position actuelle, penché au-dessus des flammes, les bras en croix, le dos fouetté par le blizzard. Il était épuisé et la tempête pouvait faire rage pendant des heures, voire des jours. Il avait absolument besoin d'un abri, même rudimentaire. La direction du vent semblait maintenant assez stable pour miser sur l'autre côté de l'arbre. Ça ne pouvait pas être pire, mais Glass doutait de pouvoir changer de place sans perdre le feu. Et saurait-il en allumer un autre ? Dans le noir ? Sans amadou ?

Il échafauda un plan : courir de l'autre côté du peuplier déraciné, creuser une nouvelle cuvette, tenter d'y transporter le feu.

Inutile d'attendre. Il prit son fusil et autant de bois qu'il pouvait en porter. Comme s'il avait décelé la présence d'une nouvelle cible, le vent redoubla de fureur. Tête baissée, Glass fit le tour des racines géantes, jura en sentant la neige se glisser de nouveau dans ses mocassins.

L'autre côté de l'arbre semblait effectivement mieux abrité du vent, bien que la neige s'y empilât aussi haut. Glass laissa tomber fusil et bois, commença à creuser. Il lui fallut cinq minutes pour obtenir une fosse assez grande pour accueillir un feu. Il retourna de l'autre côté en mettant ses pieds dans les traces qu'il avait laissées dans la neige. L'obscurité était presque totale du fait des nuages et Glass espérait retrouver la lueur de son feu en faisant le tour de la base de l'arbre... Pas de lumière – pas de flammes.

Il ne restait à l'emplacement du feu qu'un tas de neige avec une légère dépression. Il creusa, animé par l'espoir insensé qu'il subsistait au moins une braise. Il ne trouva rien hormis un mélange boueux de terre et de neige fondue par la chaleur du feu. Dans les moufles en laine trempées, ses mains gelées le brûlaient.

Il battit rapidement en retraite du côté mieux abrité de l'arbre. Le vent paraissait s'être établi, mais il soufflait plus fort encore. Le visage de Glass était douloureux, ses mains avaient perdu toute dextérité. Il ne voulait pas penser à ses pieds – ce qui était facile puisqu'il ne sentait plus rien en dessous des chevilles. Le vent ne changeant plus de direction, le peuplier offrait au moins un abri. La température continuait cependant à chuter, et sans feu Glass savait qu'il n'échapperait pas à la mort.

Il n'avait plus le temps de chercher de l'amadou, à supposer qu'il y voie encore assez pour ça. Il décida de couper du petit bois avec sa hachette, en espérant qu'une autre dose de poudre suffirait pour l'allumer. Un instant, il se demanda s'il ne ferait pas mieux d'épargner sa poudre. *C'est bien le dernier de mes soucis*, se répondit-il. Il enfonça le fer de sa hachette dans la section d'un rondin, le frappa plusieurs fois sur le sol pour le fendre.

Le bruit qu'il fit couvrit presque un autre son – un claquement sourd, semblable à un coup de tonnerre lointain. Glass se figea, le cou tendu pour chercher la source du bruit. *Un coup de fusil ? Non, trop fort.* Il avait déjà entendu le tonnerre gronder pendant une tempête de neige, mais jamais par une température aussi froide.

Il attendit quelques minutes, écoutant attentivement. Aucun bruit ne rivalisait avec les hurlements du vent. Errer dans la tempête pour trouver la source de cet étrange claquement serait de la folie. *Allume ce foutu feu.* Il planta sa hachette dans un autre rondin.

Lorsqu'il eut coupé assez de petit bois, il en fit une pile et tendit la main vers sa corne à poudre. Il en restait peu. En saupoudrant le bois, parvenant à peine à maîtriser les mouvements de ses mains gelées, il se demanda s'il ne devait pas en garder pour une seconde tentative. *Non, on y est, maintenant.* Il vida la corne, prit de nouveau le silex et l'acier.

Au moment où il s'apprêtait à faire jaillir une étincelle, un grondement roula dans la vallée de la Yellowstone. Cette fois, il sut. C'était le bruit aisément reconnaissable d'un coup de canon. *Henry !*

Il se redressa, saisit son fusil. Le vent, retrouvant une proie, le gifla avec une violence qui le fit tituber. Glass commença à marcher vers la Yellowstone en s'enfonçant dans la neige épaisse. *J'espère que je suis du bon côté de la rivière.*

La perte du canon indignait le capitaine Henry. Bien que l'arme fût peu utile dans une bataille, son pouvoir de dissuasion était important. En outre, tout vrai fort possédait un canon et Henry en voulait un pour le sien.

Hormis le capitaine, l'événement n'avait pas refroidi les esprits pendant la fête de la nouvelle année au fort. Au contraire, l'explosion avait relancé les réjouissances. Si le blizzard avait contraint les hommes à rentrer, le baraquement bondé retentissait d'une gaieté débridée et cacophonique.

La porte s'ouvrit brusquement – toute grande – comme si une force s'était accumulée dehors avant de pousser le battant à l'intérieur. Les éléments s'engouffrèrent par l'ouverture, des doigts glacés agrippèrent les trappeurs, les arrachant à la chaleur douillette du feu.

— Ferme la porte, triple buse ! s'écria Stubby Bill sans daigner se retourner.

Les autres fixaient la porte sans mot dire. Le vent gémissait. La neige tourbillonnait autour de la forme menaçante qui se tenait sur le seuil et la faisait apparaître comme un élément de la tempête, projeté en leur sein par la nature sauvage elle-même.

Horrifié, Jim Bridger fixait le spectre. De la neige adhérait à toutes les surfaces de son corps, le recouvrant d'une couche blanche gelée. Sur son visage, la glace pendait à une barbe pâle, s'accrochait en dagues de cristal au bord replié d'un bonnet de laine. L'apparition aurait semblé entièrement sculptée dans le blanc de l'hiver s'il n'y avait eu les raies cramoisies des cicatrices barrant la figure, si les yeux n'avaient brillé de l'éclat du plomb fondu. Des yeux qui inspectaient l'intérieur de la cabane, la fouillaient lentement.

Un silence stupéfait se fit dans la pièce tandis que les hommes s'efforçaient de comprendre ce qu'ils voyaient. A la différence des autres, Bridger avait immédiatement compris. Il avait déjà eu cette vision en esprit. Son sentiment de culpabilité grandit, tourna comme une roue à aubes dans son estomac. Il fut pris d'une irrésistible envie de fuir. *Mais comment échapper à ce qui vient de l'intérieur de toi ?* C'était lui que le revenant cherchait, il le savait.

Quelques instants s'écoulèrent avant que Black Harris finisse par lancer :

— Bon Dieu. C'est Hugh.

Glass examina les visages abasourdis qu'il avait devant lui. Il fut brièvement déçu de ne pas repérer Fitzgerald parmi les hommes – mais il trouva Bridger. Leurs regards se seraient même croisés si ce dernier n'avait pas détourné la tête. *Exactement comme la dernière fois.* Glass reconnut le couteau familier que Bridger portait *maintenant* à sa ceinture. Il leva son fusil, l'arma.

Le désir de le tuer faillit le submerger. Après avoir rampé cent jours dans l'espoir de connaître ce moment, il avait enfin l'occasion de se venger, là, tout de suite, il suffisait d'une légère pression sur la détente. Une simple balle semblait toutefois une façon trop abstraite d'exprimer sa rage, alors que ce moment réclamait la satisfaction de la chair contre la chair. Tel un homme affamé devant un festin, il pouvait attendre un peu pour savourer la dernière morsure d'une faim sur le point d'être apaisée. Glass abaissa le fusil, l'appuya contre le mur.

Il marcha à pas lents vers Bridger tandis que les autres trappeurs s'écartaient sur son passage.

— Où est mon couteau, Bridger ? demanda-t-il quand il fut devant lui.

Le jeune homme tourna la tête pour le regarder, partagé entre l'envie d'expliquer et son incapacité à le faire.

— Lève-toi, ordonna Glass.

Bridger obtempéra.

Le premier coup le frappa violemment au visage. Bridger n'offrit aucune résistance. Il vit le poing arriver, n'esquiva pas. Glass sentit craquer le cartilage du nez, vit le flot de sang couler. Un millier de fois, il avait imaginé la satisfaction que ce moment lui procurerait et il était arrivé. Il était content de ne pas avoir abattu Bridger, content de ne pas s'être privé du plaisir charnel de la vengeance.

Le deuxième coup toucha le gamin sous le menton, l'expédiant contre le mur de rondins. Glass se complut de nouveau dans la satisfaction brute du contact. Le mur empêcha le jeune trappeur de tomber, le maintint debout.

Glass se rapprocha, explosa en un tourbillon de crochets au visage. Lorsque le sang devint si abondant que ses poings, inefficaces, commencèrent à glisser, il dirigea ses coups sur le ventre et la poitrine. Le souffle coupé, Bridger se plia, finit par s'effondrer. Glass se mit à le rouer de coups de pied auxquels Bridger ne pouvait pas, ou ne voulait pas riposter. Lui aussi avait imaginé ce moment. C'était l'heure des comptes et il ne se sentait aucun droit de résister.

Finalement, Pig intervint. Malgré les brumes de l'alcool, il avait analysé les implications de la scène violente qui se déroulait devant lui. De toute évidence, Bridger et Fitzgerald avaient menti sur le temps qu'ils avaient passé auprès de Glass. Il semblait pourtant inacceptable de laisser ce dernier débarquer comme ça et tuer leur ami, leur camarade. Pig tendit les bras pour saisir Glass par-derrière.

Ce fut quelqu'un d'autre qui saisit Pig. Il se retourna, découvrit le capitaine Henry et plaida :

— Vous allez quand même pas le laisser tuer Bridger ?!

— Je ne ferai rien du tout, répliqua Henry.

Comme Pig commençait à protester, il le coupa :

— C'est à Glass d'en décider.

Le revenant décocha un autre coup de pied et, malgré ses efforts pour se contenir, Bridger gémit de douleur.

Glass se tenait près de la forme recroquevillée à ses pieds, pantelant de la correction qu'il infligeait. Il sentit son cœur battre à ses tempes lorsque ses yeux se posèrent de nouveau sur la ceinture de Bridger. Dans son esprit, il le revit au bord de la clairière, attrapant le couteau que Fitzgerald lui avait lancé. *Mon couteau.* Il tendit la main, tira la longue lame de sa gaine. Le contact du pommeau moulé fut comme l'étreinte d'une main familière. Au souvenir des nombreuses fois où il avait eu besoin de cette arme, sa haine connut un nouveau pic. *Le moment est venu.*

Pendant combien de temps la perspective de ce moment l'avait-elle soutenu ? Il était maintenant arrivé, revanche plus complète que son imagination ne l'avait rêvé. Il fit tourner le couteau dans sa main, le soupesa, se prépara à l'enfoncer.

Pourtant, lorsqu'il baissa les yeux vers Bridger, quelque chose d'inattendu se produisit. La perfection du moment commença à s'étioler. Bridger le regardait, et dans ses yeux, Glass ne voyait pas de volonté de faire mal mais de la peur, nulle résistance mais de la résignation. *Défends-toi, bon sang !* Un peu d'opposition pour justifier le coup final.

Il n'y en eut pas. Serrant toujours le couteau, Glass regardait fixement le gamin. *Oui, un gamin.* D'autres images rivalisèrent tout à coup avec le souvenir du couteau volé. Il se rappela Bridger le soignant, se disputant avec Fitzgerald. Il vit d'autres images encore, comme le visage cendreux de Louis sur la berge entaillée du Missouri.

La respiration de Glass ralentit ; ses tempes cessèrent de battre au rythme de son cœur. Il parcourut la cabane des yeux, comme s'il prenait seulement conscience du cercle d'hommes qui l'entourait. Puis il fixa longuement le couteau qu'il tenait à la main, le glissa sous sa ceinture. Se détournant de Bridger, Glass se rendit compte qu'il avait froid et il s'approcha du feu, tendant ses mains ensanglantées vers la chaleur des flammes crépitantes.

22

27 février 1824

Un bateau à vapeur, le *Dolly Madson*, était arrivé à Saint Louis la semaine précédente, porteur de marchandises en provenance de Cuba, notamment du sucre, du rhum et des cigares. William H. Ashley, qui adorait les cigares, se demanda brièvement pourquoi le gros havane coincé entre ses lèvres ne lui procurait pas le plaisir habituel. Naturellement, il connaissait la réponse. Quand il marchait chaque jour jusqu'aux quais, il ne cherchait pas des navires apportant des babioles des Caraïbes. Non, ce qu'il attendait avec une impatience inquiète, c'était un canoë chargé de fourrures venant de l'ouest. *Où sont-ils ?* Il n'avait pas de nouvelles d'Andrew Henry ni de Jedediah Smith depuis cinq mois. *Cinq mois !*

Pour l'heure, Ashley faisait les cent pas dans son vaste et sombre bureau, à la Rocky Mountain Fur Company. Toute la journée, il n'avait pas tenu en place. Il s'arrêta devant une immense carte accrochée au mur dans laquelle il avait planté plus d'épingles que dans un mannequin de tailleur, et où il avait marqué au crayon gras l'emplacement des fleuves, des rivières, des comptoirs commerciaux, et d'autres repères encore.

Lorsqu'il remonta des yeux le Missouri, il s'efforça une fois de plus de chasser son pressentiment d'une ruine imminente. Il porta son attention sur un point du fleuve, immédiatement à l'ouest de Saint Louis, où l'un de ses bateaux à fond plat avait coulé avec une cargaison de dix mille dollars. Il considéra l'épingle indiquant les villages arikaras, où seize de ses hommes avaient été assassinés et dépouillés, où même la puissante armée des Etats-Unis n'était pas parvenue à dégager le terrain pour son entreprise. Il s'attarda sur une courbe du Missouri après les villages mandans où, deux ans plus tôt, les Assiniboins avaient volé à Henry un troupeau de soixante-dix chevaux. Remontant encore, il passa de Fort Union aux Grandes Chutes, où une attaque des Pieds-Noirs avait plus tard contraint Henry à se replier en aval.

Ashley baissa les yeux sur la lettre qu'il tenait à la main, la dernière demande de renseignements d'un de ses investisseurs, qui voulait connaître « la situation de l'entreprise sur le Missouri »... *Qu'est-ce que j'en sais ?...* Et bien entendu, la propre fortune d'Ashley, jusqu'au moindre sou, dépendait d'Andrew Henry et de Jedediah Smith.

Ashley éprouvait une envie irrésistible d'agir, d'entreprendre quelque chose, *n'importe quoi* – et cependant il ne pouvait rien faire de plus. Il avait déjà réussi à obtenir un prêt pour un nouveau bateau et des vivres. Ce navire était amarré à l'un des quais du fleuve et les vivres attendaient dans un entrepôt. Son annonce pour recruter de nouveaux trappeurs avait reçu plus de réponses qu'il n'en fallait. Il avait passé des semaines à sélectionner quarante hommes parmi les cent qui avaient postulé. En avril, il mènerait lui-même cette brigade sur le Missouri. *Plus d'un mois encore à attendre !*

Et où irait-il ? Lorsqu'il avait envoyé Henry et Smith vers l'ouest, en août, il était officieusement entendu qu'ils se retrouveraient sur le terrain – en un lieu à préciser par messagers. *Par messagers !*

Ses yeux revinrent à la carte et, du doigt, il suivit la ligne qui représentait la Grand River. Il se rappelait l'avoir tracée en s'interrogeant sur le cours de la rivière. *Ai-je eu raison ?* La Grand coule-t-elle droit vers Fort Union ? Ou tourne-t-elle dans une autre direction ? Combien de temps Henry et ses hommes ont-ils mis pour arriver au fort ? Assez longtemps, semblait-il, pour les priver d'une chasse d'automne. Etaient-ils même encore en vie ?

Le capitaine Andrew Henry, Hugh Glass et Black Harris étaient assis près des braises mourantes du feu dans le baraquement du fort de la Big Horn. Henry se leva, sortit de la cabane, revint les bras chargés de bois. Il posa une bûche sur les braises et les trois hommes regardèrent les flammes s'élever avidement vers leur nouveau festin.

— Je dois envoyer un messager à Saint Louis, dit Henry. J'aurais déjà dû le faire, mais j'ai voulu attendre que nous soyons installés sur la Big Horn...

Glass saisit aussitôt l'occasion :

— J'irai, capitaine.

Fitzgerald et l'Anstadt se trouvaient quelque part sur le Missouri. En outre, un mois en compagnie de Henry avait plus que suffi à rappeler à Glass la guigne dont le capitaine n'arrivait pas à se défaire.

— Bien. Je te donnerai trois hommes et des chevaux. Tu penses aussi qu'il vaut mieux que nous évitions le Missouri, je suppose ?

Glass hocha la tête.

— Je pense qu'il faut essayer de longer la Powder jusqu'à la Platte. Ensuite, ce sera tout droit pour Fort Atkinson.

— Pourquoi pas la Grand River ?

— Le risque est plus élevé de rencontrer des Rees. Et avec de la chance, nous pourrions tomber sur Jed Smith en suivant la Powder.

Le lendemain, Pig apprit d'un trappeur rouquin dénommé Red Archibald que Glass retournait à Saint Louis avec un message du capitaine pour William H. Ashley. Aussitôt, il alla trouver Henry et se porta volontaire pour l'accompagner. S'il craignait de quitter le confort relatif du fort, la perspective de rester dans l'Ouest l'effrayait plus encore. Pig n'était pas taillé pour la vie de trappeur et il le savait. Il songea au temps où il était apprenti tonnelier. Il regrettait cette ancienne vie et ses agréments frustes plus qu'il ne l'aurait imaginé.

Red serait aussi du voyage. Ainsi qu'un de ses amis, un Anglais aux jambes arquées du nom de William Chapman. Red et Chapman s'apprêtaient à déserter quand le bruit s'était répandu que Henry envoyait des messagers à Saint Louis. Le capitaine verserait même une prime aux volontaires. Accompagner Glass leur éviterait de devoir décamper en catimini. Ils partiraient sans se cacher et seraient payés pour ça. Chapman et Red n'arrivaient pas à croire à la chance qui s'offrait soudain à eux.

— Tu te rappelles le saloon de Fort Atkinson ? demanda Red.

Chapman partit d'un grand rire. Il s'en souvenait très bien, c'était la dernière fois qu'ils avaient bu un whisky correct en remontant le Missouri.

John Fitzgerald n'entendait rien des propos paillards échangés par-dessus le brouhaha du saloon de Fort Atkinson. Il se concentrait sur ses cartes, les prenait une par une à mesure qu'on les distribuait sur le feutre taché de la table. Un as... *Ma chance a peut-être tourné...* Un cinq... Un sept... Un quatre... Puis... un as. *Oui !* Il fit des yeux le tour de la table. Le lieutenant obséquieux à la grosse pile de pièces jeta trois cartes en annonçant :

— Je prends trois cartes et je mise cinq dollars.

Le cantinier jeta son jeu.

— Sans moi.

Un grand gaillard de batelier jeta une seule carte et poussa cinq dollars vers le milieu de la table.

Fitzgerald se défaussa de trois cartes en évaluant ses adversaires. Le batelier était un idiot, qui cherchait probablement une quinte ou une couleur. Le lieutenant avait sans doute une paire, mais pas une paire qui battait ses as.

— Je suis et je relance de cinq.

— Vous suivez et vous relancez avec quoi ? répliqua le lieutenant.

Fitzgerald sentit le sang lui monter au visage, des palpitations familières à ses tempes. Il avait perdu les cent dollars des fourrures qu'il avait vendues dans l'après-midi au cantinier. Il se tourna vers lui.

— OK, vieux, je te vends le reste de mes peaux de castor. Au même prix : cinq dollars le *plew*.

Pitoyable joueur de poker, le cantinier était un négociant avisé.

— Le prix a baissé depuis cet après-midi. Je te donne trois dollars par peau.

— Fumier !

— Traite-moi de ce que tu veux, c'est mon prix.

Fitzgerald jeta un coup d'œil au lieutenant prétentieux, puis hocha la tête en direction du cantinier. Celui-ci tira soixante dollars d'une bourse en cuir, empila les pièces devant Fitzgerald. Le trappeur mit dix dollars sur le tapis.

Le donneur servit une carte au batelier, trois à Fitzgerald et autant à l'officier. Fitzgerald les ramassa... Un sept... Un valet... Un trois. *Bon Dieu !* S'efforçant de garder un visage impassible, il releva les yeux, vit le lieutenant qui le fixait, un léger sourire aux lèvres.

Connard. Fitzgerald poussa le reste de sa cave au milieu de la table.

— Plus cinquante.

Le batelier siffla, jeta ses cartes.

Les yeux du lieutenant quittèrent le pot pour se poser sur Fitzgerald.

— Ça fait beaucoup d'argent, monsieur... comment déjà ? Fitzpatrick ?

Fitzgerald lutta pour se maîtriser.

— Fitz*gerald.*

— Fitz*gerald*... oui, pardon.

Le trappeur jaugea le militaire. *Il va se coucher, il a pas les tripes.*

Le lieutenant tenait ses cartes d'une main et tambourinait de l'autre sur la table. Il plissa les lèvres, ce qui fit tomber plus encore ses longues moustaches. Cette moue agaçait Fitzgerald, et plus encore la façon dont il le regardait.

— Je vois, annonça l'officier.

Fitzgerald sentit son estomac se tordre. Les mâchoires crispées, il montra sa paire d'as.

— Deux as, dit le lieutenant. Ça bat mes deux trois...

Il jeta sur le tapis sa petite paire.

— ... sauf que j'en ai un de plus.

Il lança sur le feutre un autre trois.

— Je crois que vous êtes lessivé pour ce soir, monsieur Fitz-machin... à moins que le bon cantinier ici présent ne vous achète votre petit canoë...

Ce disant, le lieutenant tendit les mains vers le tas de pièces. Fitzgerald dégaina son couteau à écorcher et le planta dans l'une d'elles. La main clouée à la table, l'officier se mit à hurler. Fitzgerald empoigna une bouteille de whisky et l'abattit sur le crâne du malheureux. Il s'apprêtait à enfoncer les arêtes tranchantes du goulot dans la gorge du lieutenant quand deux soldats le saisirent par-derrière et le firent tomber à terre.

Fitzgerald passa la nuit en salle de garde. Le lendemain matin, il fut amené, les fers aux pieds, devant un major assis dans une cantine déguisée en tribunal.

Le major pérora longuement dans un jargon dont Fitzgerald eut peine à saisir le sens. Le lieutenant était présent, la main entourée d'un bandage taché de sang. Le major interrogea le lieutenant pendant une demi-heure, fit ensuite de même avec le cantinier, le batelier et trois autres témoins du saloon. Fitzgerald trouva la procédure étrange puisqu'il n'avait pas l'intention de nier avoir blessé le lieutenant.

Au bout d'une heure, le major enjoignit à Fitzgerald de s'approcher du « banc », en réalité un banal bureau derrière lequel le gradé s'était installé à son aise.

— La cour vous déclare coupable de coups et blessures. Vous avez le choix entre deux sentences : faire cinq ans de prison ou vous engager dans l'armée des Etats-Unis...

Un quart de la garnison de Fort Atkinson ayant déserté cette année-là, l'officier saisissait l'occasion de renouveler ses effectifs.

Pour Fitzgerald, la décision était simple. Il avait dormi en salle de garde et ne doutait pas de pouvoir finalement s'en échapper, mais s'engager constituait une voie plus facile.

Plus tard dans la journée, John Fitzgerald leva la main droite et fit serment d'allégeance à la Constitution des Etats-Unis d'Amérique en tant que nouvelle recrue du 6ᵉ régiment. Jusqu'à ce que s'offre à lui l'opportunité de déserter, Fort Atkinson serait son foyer.

Hugh Glass attachait un sac sur un cheval lorsqu'il vit Jim Bridger traverser la cour dans sa direction. Jusque-là, le jeunot l'avait soigneusement évité ; cette fois, sa démarche et son regard n'avaient rien d'hésitant. Glass s'interrompit dans sa besogne pour le regarder approcher.

Parvenu devant Glass, Bridger s'arrêta.

— Je veux que vous sachiez que je regrette ce que j'ai fait.

Le jeune homme marqua une pause avant d'ajouter :

— Je voulais vous le dire avant que vous partiez.

Glass ouvrit la bouche, puis la referma. Il s'était demandé si le garçon l'aborderait, il avait même réfléchi à ce qu'il lui répondrait, il avait répété dans sa tête un long sermon. Pourtant, maintenant que Bridger se trouvait devant lui, les divers points du discours que Glass avait préparé lui échappaient. Il ressentait un curieux mélange de compassion et de respect.

— Suis ton propre chemin, Bridger, dit-il finalement avant de se tourner de nouveau vers sa monture.

Une heure plus tard, Hugh Glass et ses trois compagnons quittaient le fort de la Big Horn pour prendre la direction de la Powder et de la Platte.

23

6 mars 1824

Seuls les sommets des buttes les plus hautes bénéficiaient des derniers rayons du soleil. Sous le regard de Glass, ils s'éteignirent eux aussi à leur tour. C'était pour lui un moment aussi sacré que le sabbat, le bref passage de la lumière du jour à l'obscurité de la nuit. Le soleil battant en retraite entraînait avec lui la dureté de la plaine. Les vents hurlants faiblissaient, faisaient place à un calme total qui semblait impossible dans ce paysage immense. Les couleurs aussi étaient transformées. Les teintes franches du jour se mêlaient et devenaient floues, adoucies par un lavis de violets et de bleus sans cesse plus sombres.

Un espace aussi vaste ne pouvait être que divin. Et si Glass croyait en un dieu, il résidait sûrement dans ces grandes étendues de l'Ouest. Pas une présence physique, mais une idée, quelque chose situé au-delà de la capacité de l'homme à comprendre.

L'obscurité s'épaissit et Glass regarda les étoiles émerger, pâles d'abord, puis aussi brillantes qu'un phare côtier. Si beaucoup de temps avait passé depuis, les leçons du vieux capitaine de marine hollandais demeuraient gravées dans son esprit : « Connais les étoiles et tu auras toujours une boussole. » Glass repéra la Grande Ourse, la prit pour guide pour trouver l'étoile du Nord. Il chercha Orion, qui dominait l'horizon à l'est. Orion, le chasseur, prêt à frapper de son épée vengeresse.

Red rompit le silence :

— Tu prendras le dernier tour de garde, Pig.

Le rouquin tenait un compte minutieux de la répartition des corvées.

Pig n'avait pas besoin de ce rappel. Il tira sa couverture sur sa tête et ferma les yeux.

Cette nuit-là, ils campaient dans un ravin qui coupait la plaine telle une plaie géante. C'était l'eau qui l'avait creusé, pas l'eau des pluies douces et nourrissantes qu'on connaissait ailleurs. L'eau des hautes plaines provenait des crues torrentielles de printemps ou des averses violentes des orages d'été. Peu habitué à l'humidité, le sol ne parvenait pas à l'absorber. Au lieu de nourrir, l'eau détruisait.

Pig était sûr qu'il venait de s'endormir quand il sentit le pied de Red lui tapoter les côtes avec insistance.

— C'est ton tour.

Avec un grognement, Pig mit son corps en position assise avant de se lever péniblement. La Voie lactée était une rivière blanche qui traversait le ciel de nuit. Il enveloppa ses épaules dans la couverture, prit son fusil et descendit le ravin.

Deux Shoshones assistèrent à la relève tapis derrière un buisson d'armoise. C'étaient de jeunes garçons de douze ans, Little Bear et Rabbit[1], en quête non de gloire mais de viande. C'était cependant la gloire qu'ils avaient devant eux sous la forme de cinq chevaux. Ils se

---

1. « Petit Ours » et « Lapin ».

voyaient déjà entrer dans leur village au grand galop. Ils imaginaient les feux de joie et les fêtes en leur honneur. Les histoires qu'on raconterait sur leur ruse et leur bravoure. C'est à peine s'ils arrivaient à croire à leur chance, même si l'occasion offerte les remplissait autant de crainte que d'excitation.

Ils attendirent la dernière heure avant l'aube, en espérant que la vigilance de la sentinelle faiblirait à mesure que la nuit s'avançait. Ce fut le cas. L'homme ronflait lorsqu'ils quittèrent le buisson en rampant. Ils laissèrent les chevaux les sentir puis les voir quand ils s'approchèrent lentement. Les bêtes les observaient, tendues mais silencieuses, les oreilles dressées.

Lorsqu'ils arrivèrent enfin aux chevaux, Little Bear flatta le long cou de l'animal le plus proche, lui murmura des paroles apaisantes. Rabbit suivit. Ils caressèrent longuement les chevaux pour gagner leur confiance avant que Little Bear n'entreprenne de couper les lanières entravant les jambes avant de chaque bête.

Les deux garçons avaient libéré quatre des cinq chevaux quand ils entendirent la sentinelle remuer. Ils se figèrent, prêts à sauter sur un cheval et à fuir au galop. Ils fixèrent la forme sombre de l'homme, qui parut se rendormir. Rabbit fit signe à son compagnon : « On file ! » Little Bear secoua résolument la tête en montrant le cinquième cheval. Il s'approcha de la bête, se courba pour couper l'entrave. Son couteau s'étant émoussé, il passa un long moment angoissant à cisailler vainement le cuir brut tordu. De plus en plus nerveux et inquiet, le jeune Indien tira de toutes ses forces. La lanière se brisa, le bras du Shoshone partit en arrière, son coude heurta le tibia du cheval, qui protesta par un hennissement.

Le bruit tira Pig de son sommeil. Il se leva, écarquilla les yeux et arma son fusil en courant vers les chevaux. Il s'immobilisa brusquement lorsqu'une forme sombre apparut devant lui, et fut étonné de se retrouver face à un gamin. Le gamin – Rabbit –, tout en grands yeux apeurés et membres grêles, paraissait à peu près aussi dangereux que l'animal qui lui avait donné son nom. Il tenait d'une main un couteau, de l'autre une corde. Pig ne savait pas quoi faire. Il devait empêcher qu'on vole les chevaux, mais le gosse qu'il avait devant lui n'avait rien de menaçant. Finalement, Pig pointa simplement son arme vers lui et cria :

— Stop !

Little Bear, horrifié, assistait à la scène. Il n'avait jamais vu d'homme blanc avant cette nuit et celui-là ne semblait même pas humain. Il était énorme, avec un poitrail d'ours et un visage couvert de poils roux. Le géant s'approchait de Rabbit en braillant et en braquant son fusil sur lui. Sans réfléchir, Little Bear se jeta sur le monstre et lui enfonça son couteau dans la poitrine.

Pig entrevit une forme floue sur sa gauche avant de sentir la lame. Il resta sans bouger, stupéfait. Les deux jeunes Indiens ne bougeaient pas non plus, encore terrifiés par la créature. Puis les jambes de Pig se dérobèrent sous lui et il tomba à genoux. Son instinct lui souffla de presser la détente de son arme. Le coup partit, la balle fila, inoffensive, vers les étoiles.

Rabbit réussit à agripper la crinière d'un cheval, se hissa sur le dos de l'animal. Il cria le nom de Little Bear, qui regarda une dernière fois le monstre agonisant avant de sauter en croupe derrière son ami. Ni l'un ni l'autre ne maîtrisèrent la bête, qui faillit les jeter bas avant que les cinq chevaux partent au galop dans le ravin.

Glass et les autres arrivèrent juste à temps pour les voir disparaître dans la nuit. Pig était encore à genoux, les mains pressées sur sa poitrine. Il bascula sur le côté.

Glass se pencha au-dessus de lui, écarta les mains de la blessure, releva la chemise de Pig. La mine sombre, les trois hommes examinèrent l'entaille percée juste au-dessus du cœur.

Pig leva vers Glass des yeux implorants et apeurés.

— Tu vas me retaper, hein ?

Glass prit la grosse main du blessé et la serra.

— Je ne crois pas que je puisse, vieux.

Pig toussa. Son corps massif trembla, tel un grand arbre avant de s'abattre. Glass sentit la main de l'obèse devenir molle dans la sienne.

Le géant poussa un dernier soupir et mourut à la clarté des étoiles de la plaine.

24

7 mars 1824

Hugh Glass poignardait le sol avec son couteau sans parvenir à l'enfoncer de plus de quelques centimètres. Au-delà, la terre gelée opposait une résistance inflexible à la lame. Glass s'échina pendant près d'une heure avant que Red fasse remarquer :

— Tu peux pas creuser une tombe dans un sol comme ça.

Glass se redressa, pantelant, les jambes repliées sous lui.

— Ça irait sûrement plus vite si tu me donnais un coup de main.

— Je t'aiderais bien... sauf que je vois pas l'intérêt d'essayer de creuser dans une couche de glace.

Chapman leva les yeux de sa côtelette d'antilope pour ajouter :

— Faudra un sacré trou, pour Pig.

— On pourrait lui faire une de ces plates-formes où les Indiens mettent leurs morts, suggéra Red.

— Et avec quoi tu ferais ça ? grommela Chapman. Des branches d'armoise ?

Red regarda autour de lui, comme s'il prenait de nouveau conscience qu'ils se trouvaient dans une plaine sans arbres.

— En plus, reprit Chapman, il est trop gros pour qu'on arrive à le hisser sur une plate-forme.

— Et si on le recouvrait juste d'un tas de pierres ?

L'idée fut retenue et ils passèrent une heure à chercher des pierres alentour. Finalement, ils n'en rassemblèrent qu'une dizaine, dont une bonne partie qu'ils durent extirper de ce même sol gelé qui les empêchait de creuser une tombe.

— Y a à peine de quoi couvrir sa tête, remarqua Chapman.

— Si on couvre au moins sa tête, les pies pourront pas becqueter son visage, argua Red.

Les deux hommes furent surpris quand Glass se retourna brusquement et s'éloigna du camp.

— Où c'est qu'il va comme ça ? Hé ! cria Red au dos de Glass. Où tu vas ?

Sans répondre, Glass se dirigea vers une petite mesa distante de quatre cents mètres.

— J'espère que les Shoshones reviendront pas pendant qu'il est parti.

Chapman approuva de la tête.

— En attendant, on rallume le feu pour faire cuire d'autres morceaux d'antilope.

A son retour, une heure plus tard, Glass annonça :

— Il y a un surplomb rocheux à la base de la mesa. Assez grand pour mettre Pig dessous.

— Dans une grotte ? dit Red.

Chapman réfléchit un moment avant de lâcher :

— Ben, ça ferait comme une crypte, quoi.

Glass regarda les deux hommes et commenta :

— C'est le mieux qu'on puisse faire. Eteignez le feu et allons-y.

Il n'y avait aucun moyen digne de déplacer Pig. Il n'y avait pas de quoi fabriquer une litière et il était trop lourd pour être porté. Finalement, ils l'allongèrent à plat ventre sur une couverture et le traînèrent jusqu'à la mesa. Deux d'entre eux le tirèrent tour à tour tandis que le troisième se chargeait des quatre fusils. Ils firent ce qu'ils purent pour éviter les cactus et les yuccas qui jonchaient le sol.

Il leur fallut près d'une demi-heure pour parvenir à la mesa. Après avoir mis le mort sur le dos, ils le couvrirent avec la couverture et entreprirent de rassembler des pierres – il y en avait maintenant en abondance – pour fermer la crypte improvisée. Le surplomb rocheux était en grès et s'avançait au-dessus d'un espace d'un mètre et demi de longueur sur une hauteur de soixante centimètres. Glass utilisa la crosse de l'arme de Pig pour en nettoyer l'intérieur. Un animal y avait niché, mais ses traces ne signalaient pas une occupation récente.

Ils entassèrent une grande quantité de morceaux de grès, plus qu'ils n'en avaient besoin, parce qu'ils hésitaient sans doute à passer à l'étape ultime. Enfin, Glass jeta une dernière pierre sur le tas et décida :

— Ça suffit.

Il s'approcha du corps de Pig et les deux autres l'aidèrent à tirer le mort jusqu'à l'entrée de la crypte. Ils restèrent un moment à le contempler.

La tâche de prononcer quelques mots revint à Glass. Quand il ôta son bonnet, ses deux compagnons se hâtèrent de l'imiter, comme s'ils étaient embarrassés d'avoir eu besoin qu'il montre l'exemple. Il s'éclaircit la gorge, chercha dans sa mémoire le verset sur « la vallée de la mort », mais ne s'en souvint pas assez pour prononcer une oraison funèbre appropriée. Finalement, il dut se rabattre sur le Notre Père, qu'il récita de la voix la plus forte qu'il put prendre. Red et Chapman, qui n'avaient pas dit de prière depuis fort longtemps, marmonnaient en même temps que lui chaque fois qu'une phrase évoquait en eux un souvenir lointain.

Lorsqu'ils eurent terminé, Glass décida qu'ils porteraient le fusil de Pig à tour de rôle. Puis il se baissa pour prendre le couteau passé sous la ceinture du mort.

— Red, ça te sera utile. Chapman, tu auras sa corne à poudre.

Chapman accepta la corne avec solennité. Red fit tourner le couteau dans sa main en disant :

— Une sacrée bonne lame.

Glass saisit ensuite la bourse que Pig portait autour du cou et en vida le contenu sur le sol. Un silex et un morceau d'acier tombèrent, ainsi que quelques balles de mousquet, des patchs… et un fin bracelet d'étain. Glass trouva curieux qu'un tel colosse ait eu en sa possession un objet aussi délicat. Quelle histoire reliait cette babiole à Pig ? Une mère décédée ? Une amoureuse laissée au pays ? Ils ne le sauraient jamais, et l'irrévocabilité de ce mystère suscita chez Glass des pensées mélancoliques relatives à ses propres souvenirs.

Il ramassa le silex et l'acier, la balle et les patchs, les mit dans sa sacoche. Lorsque Red tendit la main vers le bracelet, que le soleil faisait miroiter, Glass lui saisit le poignet.

— Il en aura pas besoin, se défendit l'homme roux.

— Toi non plus.

Glass remit le bracelet dans le petit sac de Pig, souleva la tête massive pour le replacer autour du cou du géant.

Ils mirent une heure de plus pour finir le travail. Ils durent replier les jambes du cadavre pour qu'il rentre dans la crypte. Il resta à peine assez d'espace pour qu'ils le recouvrent avec la couverture. Glass fit de son mieux pour glisser le tissu sur le visage du mort. Puis ils fermèrent la crypte du mieux qu'ils purent. Après avoir placé la dernière pierre, Glass ramassa son fusil et s'éloigna. Red et Chapman regardèrent un instant le mur qu'ils avaient érigé, avant de prendre d'un pas rapide le sillage de Glass.

Pendant deux jours de plus, ils descendirent la Powder en longeant la paroi rocheuse jusqu'à ce que la rivière tourne abruptement en direction de l'ouest. Ils découvrirent un ruisseau qui coulait vers le sud et le suivirent jusqu'à ce qu'il se perde, avalé par les marais alcalins de la région la plus misérable qu'ils aient traversée jusque-là. Ils maintinrent cap au sud en marchant vers une montagne basse au sommet aplani comme un plateau. Devant coulaient les eaux larges et peu profondes de la North Platte.

Le lendemain du jour où ils parvinrent à la Platte, un vent fort se leva et la température chuta brutalement. En fin de matinée, des nuages bas laissèrent tomber de gros flocons duveteux. Le souvenir du blizzard essuyé sur la Yellowstone demeurait vif dans l'esprit de Glass et il se jura cette fois de ne pas prendre de risques. Ils firent halte au bosquet de peupliers le plus proche. Red et Chapman construisirent un appentis grossier mais solide tandis que Glass abattait et dépeçait un cerf.

En fin d'après-midi, une vraie tempête de neige faisait rage dans la vallée de la Platte. Les grands peupliers grinçaient sous la violence du vent hurlant et une neige humide s'amoncelait rapidement autour des trois hommes, mais leur abri tenait bon. Enveloppés dans des couvertures, ils entretenaient un grand feu devant l'appentis. Le tas de braises cramoisies qui grossissait à mesure que la nuit s'avançait dégageait une forte chaleur. La viande de cerf rôtie sur leur feu leur réchauffait les entrailles. Une heure avant l'aube, le vent commença à tomber et, au lever du soleil, la tempête était passée. La lumière du jour éclaira un monde si uniformément blanc qu'ils durent plisser les yeux pour se protéger de ses reflets brillants.

Glass partit en reconnaissance vers l'aval tandis que Red et Chapman levaient le camp. Il avait du mal à marcher dans la neige. La mince croûte de la surface soutenait un instant le pied avant de se briser et de le laisser s'enfoncer jusqu'au sol. Certaines congères mesuraient plus d'un mètre cinquante. Glass estima que le soleil de mars ferait tout fondre en un jour ou deux, mais d'ici là la neige ralentirait leur progression. Il maudit une fois de plus la perte des chevaux et se demanda s'il ne valait pas mieux attendre et en profiter pour faire provision de viande séchée. Lorsqu'ils repartiraient, ils n'auraient plus besoin de chercher chaque jour de quoi manger. Parce que, bien entendu, il ne fallait pas traîner. Plusieurs tribus considéraient la Platte comme leur terrain de chasse : les Shoshones, les Cheyennes, les Pawnees, les Arapahos, les Sioux. Si certains de ces Indiens étaient peut-être amis, la mort de Pig mettait en évidence les risques encourus.

En arrivant au sommet d'une butte, Glass s'arrêta net. A cent mètres devant lui, un petit troupeau d'une cinquantaine de bisons maintenait la position en cercle qu'il avait adoptée pour se protéger du blizzard. Le mâle dominant le repéra aussitôt, se tourna vers lui et la masse des bisons s'ébranla. *Ils vont s'enfuir.*

Glass mit un genou à terre, porta son arme à l'épaule, visa une femelle grasse et tira. La bête vacilla sous l'impact mais demeura sur ses pattes. *Pas assez de poudre à cette distance.* Il doubla la charge, fut de nouveau prêt à tirer dix secondes plus tard, visa de nouveau la femelle blessée et pressa la détente. L'animal tomba en avant dans la neige.

Glass inspecta l'horizon en enfonçant sa baguette dans le canon de son arme. Lorsqu'il reporta ses yeux sur le troupeau, il fut étonné qu'il n'ait pas pris la fuite. Pourtant, les bêtes semblaient s'agiter. Il vit un mâle faire un pas en avant devant le troupeau, s'enfoncer dans la neige jusqu'au poitrail. *Ils peuvent à peine bouger.*

Glass envisagea d'abattre une autre femelle ou un jeune, décida finalement qu'il avait plus qu'assez de viande pour trois. *Dommage. J'aurais pu en tuer une douzaine.*

Une idée lui traversa alors l'esprit et il se demanda pourquoi il n'y avait pas pensé avant. Il s'approcha à cinquante mètres du troupeau, prit pour cible le plus gros mâle qu'il put trouver et tira. Il rechargea rapidement, abattit un autre animal. Soudain, deux coups de feu claquèrent derrière lui, un jeune bison s'effondra. Glass se retourna, découvrit Chapman et Red.

— Yii-haa ! s'exclama le rouquin.

— Rien que les mâles ! cria Glass.

Les deux hommes le rejoignirent en rechargeant.

— Pourquoi ? l'interrogea Chapman. Les jeunes ont une viande plus tendre…

— C'est les peaux que je veux, répondit Glass. Nous allons fabriquer un *bullboat*[1].

Cinq minutes plus tard, onze bisons mâles gisaient morts dans la petite vallée. C'était plus qu'il ne leur en fallait, mais Red et Chapman avaient été pris de frénésie,

---

1. Embarcation faite de peaux de bison montées sur un cadre circulaire en bois.

une fois la fusillade commencée. Glass dut pousser fort sur sa baguette quand il rechargea : les tirs, nombreux, avaient encrassé son canon. Ce fut seulement après avoir versé la poudre et amorcé le bassinet qu'il avança vers le bison le plus proche.

— Chapman, monte sur la crête et inspecte les alentours. On a fait un sacré raffut. Red, sers-toi de ton nouveau couteau.

Dans l'œil vitreux de l'animal abattu brillait une dernière étincelle de vie tandis que son sang formait une flaque autour de lui dans la neige. Glass passa du mâle à la femelle, dégaina son couteau et l'égorgea. Cette bête-là, ils la mangeraient, il tenait à ce qu'elle soit correctement saignée.

— Viens par ici, Red. C'est plus facile d'écorcher à deux.

Ils firent basculer la femelle sur le flanc et Glass traça une profonde entaille sur toute la longueur de la panse. De ses deux mains, Red tira sur la peau tandis que Glass la détachait de la chair avec sa lame. Ils étendirent la dépouille sur la neige, côté poils dessous, découpèrent les meilleurs morceaux de l'animal : la langue, le foie, la bosse et les rognons. Ils les jetèrent sur la peau et se mirent au travail sur les mâles.

Quand Chapman revint, Glass lui assigna également une tâche :

— Il faut couper un carré aussi grand que possible dans chaque peau, ne taillade pas n'importe comment.

Les bras déjà rougis jusqu'aux épaules, Red leva les yeux de la carcasse sur laquelle il s'escrimait. Abattre les bisons avait été exaltant ; les écorcher était une sale besogne.

— Pourquoi pas faire juste un radeau ? se lamenta-t-il. Y a plein d'arbres le long de la rivière.

— La Platte n'est pas assez profonde, surtout en cette saison.

Le grand avantage du *bullboat* résidait dans son tirant d'eau : à peine plus de vingt centimètres. Le trop-plein de la montagne n'inonderait les berges que dans six mois. Au début du printemps, la Platte n'était guère qu'un ruisseau.

Vers midi, Glass renvoya Red au camp allumer des feux pour sécher la viande. Le rouquin traîna derrière lui sur la neige la dépouille de la femelle sur laquelle s'entassaient les morceaux de choix. Sur les corps des mâles, ils ne prélevèrent que les langues en plus des peaux.

— Tu fais rôtir le foie et deux ou trois langues pour ce soir ! cria Chapman à Red.

Ecorcher les bisons ne constituait que la première d'une suite nombreuse de tâches. Dans chaque peau, Glass et Chapman s'efforcèrent de découper le plus grand carré possible – il leur fallait des bords bien droits. L'épaisseur des fourrures d'hiver émoussait rapidement les couteaux, ce qui les contraignait à s'arrêter fréquemment pour aiguiser leurs lames. Quand ils eurent terminé, ils durent faire trois allers-retours pour traîner les dépouilles jusqu'au camp. La nouvelle lune dansait joyeusement au-dessus de la North Platte lorsqu'ils étendirent la dernière dans une clairière proche du campement.

Red avait travaillé avec zèle, il fallait le lui reconnaître. Trois feux bas brûlaient dans des fosses rectangulaires. Il avait découpé toute la viande en minces tranches qu'il avait suspendues sur des râteliers en rameaux de saule. Une odeur puissante de chair rôtie emplissait l'air. Comme Red l'avait fait tout l'après-midi, Glass et Chapman se gavèrent de viande succulente. Ils mangèrent pendant des heures, contents non seulement de l'abondance de nourriture mais aussi de l'absence de vent et de froid. Il semblait incroyable que, la veille encore, ils se soient blottis dans l'appentis pour se protéger du blizzard.

— T'as déjà fait un *bullboat* ? demanda Red pendant la ripaille.

Glass acquiesça de la tête.

— Les Pawnees s'en servent sur l'Arkansas. Ça prend un moment à fabriquer, mais ce n'est pas très compliqué : une armature de branches recouverte de peaux. Comme un bol géant.

— Je vois pas comment ça peut flotter.

— Les peaux se tendent comme sur un tambour en séchant. Il suffit de calfater les coutures tous les matins.

La construction des *bullboats* prit une semaine. Glass opta pour deux petites embarcations plutôt qu'une grande. On pouvait d'ailleurs rapidement les démonter et n'en faire qu'une seule. Les petits *bullboats* étaient plus légers et pouvaient flotter dans trente centimètres d'eau.

Les trois hommes passèrent la première journée à prélever des tendons sur les carcasses des bisons et à faire les armatures. Pour le plat-bord, ils utilisèrent des branches de peuplier auxquelles ils donnèrent une forme circulaire, puis ils fabriquèrent des cercles progressivement plus étroits en descendant vers le bas. Ils relièrent les cercles par de solides montants verticaux de rameaux de saule tressés et les attachèrent avec les tendons.

Ce fut le travail sur les peaux qui demanda le plus de temps. Ils en utilisèrent six par bateau. Les coudre ensemble constituait une tâche fastidieuse. Avec leurs couteaux, ils percèrent des trous dans lesquels ils passèrent des tendons. Quand ils eurent terminé, ils disposaient de deux grands carrés composés chacun de quatre dépouilles assemblées.

Au centre de chaque carré, ils placèrent leurs armatures en bois, puis ils tendirent les peaux jusqu'au plat-bord, la fourrure vers l'intérieur du bateau. Ils coupèrent ce qu'il y avait en trop, cousirent le carré autour du plat-bord avec des tendons. Ils retournèrent ensuite les bateaux pour les faire sécher.

Le calfatage nécessita de revenir aux carcasses de bisons dans la vallée.

— Bon Dieu, ce que ça pue, grogna Red.

Le temps ensoleillé succédant au blizzard avait fait fondre la neige et les cadavres commençaient à pourrir. Pies et corbeaux se disputaient la viande et Glass craignit que les charognards volant en cercle ne signalent leur présence. Les trois hommes ne pouvaient pas y faire grand-chose, hormis finir les bateaux au plus vite et décamper.

Ils prélevèrent du suif sur les bisons et découpèrent les sabots en lamelles avec leurs haches. De retour au camp, ils firent fondre le tout sur les braises avec de l'eau et des cendres pour obtenir une masse liquide gluante. Comme leur marmite était petite, il fallut deux jours pour préparer la quantité requise en douze fournées.

Ils appliquèrent ensuite le mélange solidifié sur les coutures en l'étalant généreusement. Les bateaux continuèrent à sécher au soleil de mars, aidé par un vent sec. Glass les examina, fut satisfait du résultat.

Ils partirent un matin, Glass dans un bateau avec les vivres et l'équipement, Red et Chapman dans l'autre. Il leur fallut quelques kilomètres pour commencer à maîtriser leurs embarcations difficiles à manœuvrer mais robustes. Ils avançaient le long des berges de la Platte en poussant avec de longues branches de peuplier en guise de gaffes.

Une semaine s'était écoulée depuis la tempête de neige, un long moment sans avancer. Mais le chemin était maintenant tout droit jusqu'à Fort Atkinson : huit cents kilomètres à descendre la Platte. *Quarante kilomètres par jour ?* Ils pouvaient être là-bas en trois semaines si le temps se maintenait.

Fitzgerald a dû passer par Fort Atkinson, pensait Glass. Il l'imaginait y pénétrant d'un pas nonchalant avec l'Anstadt. Quels mensonges aurait-il inventés pour expliquer sa présence ? Une chose était sûre : Fitzgerald ne passerait pas inaperçu. Peu de Blancs descendaient le Missouri en hiver et un homme au visage marqué d'une balafre en forme d'hameçon laisse un souvenir. Glass savait que sa proie se trouvait quelque part devant lui, plus proche à chaque heure qui passait. Il retrouverait Fitzgerald, parce qu'il n'aurait pas de repos avant de l'avoir fait.

Le trappeur planta sa longue perche dans le fond de la Platte et poussa.

25

28 mars 1824

La Platte portait Glass et ses compagnons vers l'aval. Pendant deux jours, la rivière coula vers l'est le long des contreforts de montagnes basses. Le troisième jour, elle tourna au sud. Un pic enneigé s'élevait au-dessus des autres sommets, telle une tête surmontant de larges épaules. Les trois hommes eurent un moment l'impression de se diriger droit dessus, puis la Platte tourna de nouveau, prenant finalement un cap sud-est.

Leur progression était bonne. Des vents contraires les ralentissaient parfois, mais le plus souvent ils étaient poussés par une forte brise d'ouest. Leur provision de viande séchée les dispensait de chasser. Lorsqu'ils campaient, les *bullboats* renversés leur servaient d'abri. Hormis l'heure qu'ils passaient chaque matin à calfater les coutures des peaux, ils profitaient de chaque instant de lumière du jour pour se rapprocher de Fort Atkinson sans trop fournir d'efforts. Glass était satisfait de laisser la rivière faire le travail pour eux.

Le matin du cinquième jour, Glass calfatait les bateaux quand Red revint précipitamment au camp.

— Y a un Indien de l'autre côté de la butte ! Un guerrier à cheval !

— Il t'a vu ?

Red secoua vigoureusement la tête.

— Je crois pas. Y a un ruisseau, là-bas... Je crois qu'il relevait une ligne.

— De quelle tribu ? demanda Glass.

— Il avait l'air d'un Ree...

— Merde ! s'exclama Chapman. Qu'est-ce que les Rees foutent sur la Platte ?

Glass doutait de l'exactitude du rapport de Red. Il lui semblait peu probable que des Arikaras s'aventurent aussi loin du Missouri. Plus vraisemblablement, le rouquin avait repéré un Cheyenne ou un Pawnee.

— Allons voir, dit-il.

A l'intention de Red, il ajouta :

— Personne ne tire avant que je le fasse.

Ils rampèrent quand ils furent près du sommet de la butte, leur fusil au creux des bras. La neige avait fondu depuis longtemps et ils progressaient entre les buissons de sauge et les touffes sèches d'herbe à bisons.

Du haut de la colline, ils virent le cavalier – du moins son dos – longeant la Platte à huit cents mètres d'eux. Ils distinguaient à peine sa monture, un cheval pie. Pas moyen d'identifier sa tribu. Une seule certitude : il y avait des Indiens dans les parages.

— Qu'est-ce qu'on fait, maintenant ? demanda Red. Il peut pas être tout seul. Les autres doivent camper au bord de la rivière...

Glass lança un regard irrité au rouquin, incroyablement doué pour repérer les problèmes et parfaitement incapable d'imaginer des solutions. Au demeurant, Red avait probablement raison. Les quelques rivières devant lesquelles ils étaient passés étaient petites et les Indiens de la région se cantonnaient probablement aux berges de la Platte. *Mais quel autre choix avons-nous ?*

— On ne peut pas y faire grand-chose, dit Glass. L'un de nous ira en éclaireur sur la rive quand on arrivera en terrain découvert.

Comme Red commençait à marmonner, Glass le coupa :

— Je peux me débrouiller seul avec mon bateau. Vous êtes libres d'aller où vous voulez, moi j'ai l'intention de descendre cette rivière.

Il se retourna et se dirigea vers les *bullboats*. Chapman et Red regardèrent un moment le cavalier indien s'éloigner puis suivirent Glass.

Après deux autres bonnes journées de progression, Glass estima qu'ils avaient parcouru près de deux cent cinquante kilomètres. Il faisait déjà presque sombre quand ils aperçurent devant eux une courbe qui s'annonçait difficile. Glass songea à faire halte pour la nuit et attendre le lendemain matin pour franchir l'obstacle à la clarté du jour, mais il n'y avait aucun bon endroit où accoster.

Les collines qui enserraient la rivière de chaque côté en rétrécissaient le lit, ce qui rendait l'eau plus profonde et le courant plus rapide. Sur la rive nord, un peuplier déraciné barrait en partie la Platte et emprisonnait un tas de débris. Le bateau de Glass précédait l'autre d'une dizaine de mètres et le courant le poussait droit sur l'arbre abattu. Il enfonça sa gaffe pour changer de direction. *Pas de fond.*

Le courant accéléra et les branches du peuplier lui semblèrent soudain pointées vers lui, telles des lances. Si l'une d'elles perçait la peau de bison, le bateau coulerait. Appuyé sur un genou, Glass cala le pied de son autre jambe contre l'armature du *bullboat*. Il leva sa perche, chercha un endroit où la planter. Repérant un endroit plat sur le tronc de l'arbre, il y posa le bout de sa gaffe, appuya. La perche tint. Rassemblant toutes ses forces, Glass tenta de résister au courant. Il entendit l'eau rugir et soulever l'arrière du bateau, le faire tourner autour de l'arbre.

Tourné maintenant vers l'arrière, Glass pouvait voir Red et Chapman, qui s'arc-boutaient avant l'impact. En levant sa perche, le rouquin faillit frapper son compagnon au visage.

— Fais attention, imbécile ! protesta Chapman.

Il appuya sa gaffe contre le tronc d'arbre pour lutter contre le courant. Red parvint enfin à redresser la sienne et à la planter dans le tas de débris.

Les deux hommes luttèrent contre la rivière, se baissèrent lorsque le courant les poussa sous l'extrémité de l'arbre à demi submergé. La chemise de Red accrocha une branche, la plia en arrière. Le tissu se déchira, le rameau se libéra, fouetta l'air, toucha Chapman à l'œil. Il poussa un cri de douleur, lâcha sa gaffe et porta les mains à son visage.

Glass continuait à regarder derrière lui tandis que le courant faisait tourner les bateaux autour de la colline et les entraînait vers la rive sud. Agenouillé dans son *bullboat*, Chapman pressait une de ses paumes contre son œil. Glass vit une expression terrifiée envahir le visage de Red. Le rouquin lâcha sa perche, tenta désespérément de saisir son fusil. Glass se retourna.

Deux douzaines de tipis se dressaient sur la rive sud de la Platte, à moins de cinquante mètres devant eux. Une poignée d'enfants jouaient au bord de l'eau. Lorsqu'ils repérèrent les bateaux, ils se mirent à piailler. Deux guerriers accroupis près d'un feu de camp se levèrent d'un bond. Red avait eu raison, Glass le comprenait trop tard. *Des Arikaras !* Le courant entraînait les deux embarcations droit vers le camp. Glass donna une dernière poussée avec sa gaffe avant d'empoigner son arme.

Red tira, un Indien tomba, roula en bas de la berge.

— Qu'est-ce qui se passe ? beugla Chapman, s'efforçant de voir avec un seul œil.

Red commençait à lui répondre quand il sentit une brûlure à l'estomac. Il baissa les yeux, vit du sang couler d'un trou percé dans sa chemise.

— Oh, merde, Chapman, j'suis touché !

Pris de panique, il se mit debout et tenta de déchirer le tissu pour examiner sa blessure. Deux autres coups claquèrent, le projetant en arrière. Ses jambes s'accrochèrent au plat-bord quand il tomba, inclinèrent le bateau vers la rivière. De l'eau passa par-dessus le plat-bord et le *bullboat* chavira.

A demi aveugle, Chapman se retrouva soudain sous l'eau. Il sentit le froid pénétrant de la rivière. Un instant, le courant violent parut ralentir et Chapman s'efforça de saisir ce qui se passait autour de lui. De son bon œil, il vit le corps de Red flottant vers l'aval, répandant dans la Platte un sang noir comme de l'encre. Il entendit des jambes patauger dans sa direction. *Ils vont me choper !* Il fallait qu'il sorte la tête de l'eau pour respirer, mais il savait ce qui l'attendait à la surface.

Finalement, ne pouvant plus tenir, il remonta pour remplir ses poumons. Ce fut la dernière goulée d'air qu'il inspira. Les yeux encore noyés d'eau, il ne vit pas le tomahawk qui s'abattait sur lui.

Glass pointa son fusil sur l'Arikara le plus proche et tira. Plusieurs autres Indiens qui s'étaient avancés dans la rivière continuèrent à frapper Chapman. Le corps de Red s'éloignait, abandonné, au fil du courant. Glass tendait la main vers le fusil de Pig quand il entendit un cri sauvage. Un énorme Indien jeta une lance de la rive. Glass se baissa. La lance transperça le flanc du *bullboat*, enfonça sa pointe dans l'armature de l'autre côté. Glass se leva au-dessus du plat-bord et abattit l'Indien.

Du coin de l'œil, il perçut un mouvement et regarda vers l'aval. Trois Arikaras qui se tenaient sur la rive vingt mètres plus bas en une haie mortelle l'avaient mis en joue. *Ils ne peuvent pas me rater.* Il se jeta en arrière dans la Platte au moment où les trois coups de feu retentissaient.

Un instant, il tenta de garder son fusil puis le lâcha presque aussitôt, abandonnant l'idée de s'échapper en nageant vers l'aval. L'eau glacée l'engourdissait déjà. En outre, les Arikaras iraient prendre leurs montures en quelques minutes – ils l'avaient peut-être déjà fait. Un cheval rattraperait facilement un homme dans l'eau, même s'il nageait avec le courant. Sa seule chance consistait à rester sous la surface le plus longtemps possible et à gagner la rive opposée. A mettre la rivière entre les Indiens et lui – puis à se cacher, du moins l'espérait-il. Il battit furieusement des jambes et des bras.

Il y avait au milieu de la rivière un chenal profond de plus d'une hauteur d'homme. Un éclair fendit l'eau devant lui et Glass se rendit compte que c'était une flèche. Des balles percèrent aussi l'eau autour de lui comme de minuscules torpilles. *Ils peuvent me voir !* Glass chercha à s'enfoncer plus profondément, mais il avait déjà la poitrine contractée faute de pouvoir respirer. *Qu'est-ce qu'il y a sur l'autre rive ?* Il n'avait pas eu le temps d'y jeter un coup d'œil avant que la fusillade éclate. *Il faut que je respire !* Il poussa son corps vers la surface.

Lorsque sa tête émergea de l'eau, Glass entendit un staccato rapide de détonations. Il prit une profonde inspiration en s'attendant à avoir le crâne fracassé. Des balles et des flèches firent jaillir l'eau autour de lui, mais aucune ne l'atteignit. Il regarda la rive nord avant de replonger sous l'eau et ce qu'il découvrit lui redonna espoir. La Platte coulait le long d'un banc de sable sur une quarantaine de mètres. Pas moyen de s'abriter à cet endroit : s'il sortait de l'eau, les Indiens l'abattraient. Au bout du banc de sable, toutefois, l'eau rejoignait une berge basse et herbeuse. C'était sa seule chance.

Glass se remit à nager, aidé par le courant. Il pensait pouvoir rester immergé dans l'eau à présent boueuse jusqu'à l'extrémité de la langue de sable. *Trente mètres.* Les balles et les flèches criblaient l'eau. *Vingt mètres.* Glass vira vers la berge, ses poumons réclamant désespérément de l'air. *Dix mètres.* Ses pieds raclèrent les pierres du fond mais il resta sous l'eau, son besoin de respirer demeurant moins fort que sa peur des fusils arikaras. Lorsqu'il n'y eut plus qu'une cinquantaine de centimètres d'eau, il se leva, aspira l'air en se ruant vers l'herbe haute de la rive. Il sentit une vive piqûre au mollet quand il se précipita vers un épais bosquet de saules.

De son abri provisoire, il regarda derrière lui. Quatre Indiens à cheval descendaient la rive escarpée de l'autre côté de la Platte. Au bord de l'eau, d'autres Arikaras tendaient le bras vers les arbres. Un mouvement en amont attira le regard de Glass. Deux Indiens traînaient le corps de Chapman sur la berge. Glass se retourna pour fuir, sentit de nouveau une douleur dans la jambe. Baissant les yeux, il vit une flèche plantée dans son mollet. Elle n'avait pas touché l'os. Il l'arracha d'un geste vif en grimaçant, la jeta sur le côté et s'enfonça plus profondément parmi les saules.

Le premier coup de chance de Glass prit la forme d'une pouliche indocile, la première des quatre montures à pénétrer dans l'eau de la Platte. Les incitations pressantes de son cavalier la firent avancer dans l'eau peu profonde, mais l'animal regimba quand il n'eut plus pied, et refusa de nager. Il hennit, agita la tête en tous sens, et malgré son cavalier tirant durement sur la bride il se tournait obstinément vers la berge. Les trois autres chevaux, qui n'appréciaient pas non plus l'eau glacée, suivirent l'exemple de la pouliche. Les bêtes récalcitrantes se heurtèrent et firent tomber deux cavaliers dans la rivière.

Le temps que les Indiens reprennent le contrôle de leurs montures et les dirigent de nouveau vers l'autre rive, de précieuses secondes s'étaient écoulées.

Glass traversa le bosquet en courant, se retrouva devant un talus sablonneux. Il le gravit et découvrit un étroit bras mort. Privé de soleil pendant une grande partie de la journée, l'eau immobile demeurait gelée, une mince pellicule de neige recouvrant sa surface glacée. De l'autre côté, un talus escarpé montait vers un boqueteau de saules et d'autres arbres.

Glass descendit la pente, sauta sur la surface gelée du bras mort. Ses mocassins glissèrent sur la glace et il bascula en arrière, tomba sur le dos. Il demeura un instant étourdi, fixant la lumière du jour déclinant, puis il roula sur le côté et secoua la tête pour reprendre ses esprits. Il entendit un hennissement, se releva. Avec précaution cette fois, il traversa l'étroit bras mort et escalada l'autre berge en s'aidant de ses mains. Les sabots des chevaux grondaient derrière lui quand il se jeta dans les broussailles.

Les quatre Arikaras avaient gravi le talus et regardaient en bas. Même à la faible lumière du crépuscule, les traces sur la surface du bras mort étaient visibles. Le cavalier de tête talonna sa monture, qui descendit sur la glace et ne fit pas mieux que Glass. Elle fit même pire puisque ses sabots plats ne trouvèrent rien sur quoi s'appuyer. Ses quatre jambes battirent l'air spasmodiquement quand elle s'écroula sur le flanc, brisant le fémur de son cavalier. L'homme poussa un cri de douleur. Comprenant la leçon, les trois autres Indiens descendirent de cheval et continuèrent la poursuite à pied.

La piste de Glass s'enfonçait dans les épais fourrés de l'autre côté du bras mort et aurait été facile à suivre en plein jour. Dans sa fuite désespérée, il ne s'était pas soucié des branches qu'il cassait ni des traces de pas qu'il laissait derrière lui. Mais il ne restait plus maintenant qu'une faible lueur de jour. Les ombres elles-mêmes avaient disparu, se fondant dans une obscurité uniforme.

En entendant le cri du cavalier tombé, Glass s'était arrêté. *Ils sont sur la glace.* Il estima qu'il devait y avoir une cinquantaine de mètres de broussailles entre les Indiens et lui. Dans les ténèbres qui s'épaississaient, le risque n'était pas d'être vu mais d'être entendu. Un haut peuplier se dressait devant lui. Il saisit une branche basse et grimpa.

A une hauteur d'environ deux mètres cinquante, il s'accroupit sur une fourche, s'efforça de calmer sa respiration haletante. Il tendit une main vers sa ceinture, fut soulagé de toucher le manche de son couteau, toujours logé dans sa gaine. Il sentit aussi sous ses doigts son sac à feu, contenant son silex et son morceau d'acier. Si son fusil reposait au fond de la Platte, sa corne à poudre était encore suspendue à son cou. Au moins, allumer un feu ne lui poserait pas de problème. Penser à un feu lui fit soudain se rendre compte que ses vêtements étaient trempés et que l'eau froide de la rivière avait glacé son corps jusqu'aux os. Il tremblait sans pouvoir se contrôler.

Une brindille craqua, incitant Glass à regarder la clairière sous lui. Un guerrier efflanqué se tenait dans les broussailles. Armé d'un long mousquet et d'un tomahawk glissé sous sa ceinture, l'Indien cherchait des yeux sur le sol des traces de sa proie. Glass retint sa respiration lorsque l'Arikara s'avança dans la clairière et s'approcha lentement de l'arbre, prêt à tirer. Malgré l'obscurité, Glass discernait les reflets blancs d'un collier de dents d'élan accroché au cou de l'Indien, le cuivre brillant de bracelets jumeaux enserrant son poignet. *Mon Dieu, faites qu'il ne lève pas les yeux.* Le cœur de Glass battait avec une telle force qu'il avait l'impression que sa poitrine ne parviendrait pas à contenir son martèlement.

Parvenu au pied du peuplier, le brave s'arrêta, inspecta de nouveau le sol, puis les broussailles. L'instinct poussait Glass à rester parfaitement immobile, dans l'espoir que l'Indien passerait sans le voir. Mais tout en gardant les yeux rivés sur l'Arikara, Glass se mit à évaluer les risques d'un autre choix : le tuer et s'emparer de son arme. Il tendit la main vers son coutelas, sentit le contact rassurant du manche, le tira lentement de sa gaine.

Glass fixa la gorge de l'Indien. Trancher la jugulaire le tuerait sur le coup en l'empêchant de crier. Avec une extrême lenteur, il se redressa, prêt à sauter.

Entendant un murmure pressant au bout de la clairière, il tourna la tête, vit un autre guerrier sortir des broussailles, une lance à la main. Glass se figea. A demi dressé sur la fourche de l'arbre, il n'était plus caché par le feuillage. Seule l'obscurité le dissimulait maintenant aux deux guerriers qui le pourchassaient.

L'Indien arrêté au pied du peuplier se retourna, secoua la tête en montrant le sol et murmura quelque chose en réponse au nouveau venu. Le guerrier à la lance se dirigea vers l'arbre. Le temps sembla suspendu tandis que Glass luttait pour rester immobile. *Tiens bon.* Finalement, les deux Arikaras se mirent d'accord et chacun d'eux disparut par une trouée différente dans les broussailles.

Glass resta perché dans l'arbre pendant plus de deux heures. Il guettait les bruits intermittents émis par les Indiens qui le traquaient et réfléchissait à ce qu'il pouvait faire ensuite. Au bout d'une heure, l'un des Arikaras traversa la clairière dans l'autre sens, apparemment pour reprendre le chemin de la Platte.

Lorsque Glass descendit enfin de sa cachette, il avait l'impression que ses articulations étaient soudées par le gel. L'un de ses pieds était engourdi et il dut attendre quelques minutes avant de pouvoir marcher normalement.

La nuit l'aiderait à survivre mais il savait que les Arikaras reviendraient au lever du soleil. Il savait aussi que les broussailles ne le dissimuleraient plus et ne cacheraient plus ses traces à la clarté du jour. Il décida de s'enfoncer dans l'obscurité en s'efforçant de suivre un chemin parallèle à la Platte. Les nuages qui masquaient la lune empêchaient aussi la température de tomber en dessous de zéro. Il ne parvenait pas à chasser le froid de ses vêtements mouillés, mais le fait de rester constamment en mouvement maintenait la circulation de son sang.

Au bout de trois heures, il parvint à une petite rivière. C'était parfait. Il marcha dans l'eau en laissant volontairement quelques traces de sa progression vers l'amont – en s'éloignant de la Platte. Il pataugea sur plus d'une centaine de mètres avant de trouver le terrain approprié, une rive rocheuse sur laquelle ses pieds ne laisseraient pas d'empreintes. Il sortit de l'eau, se dirigea vers un bosquet d'arbustes rabougris.

C'était de l'aubépine, dont les branches épineuses offraient un abri apprécié des oiseaux nicheurs. Glass s'arrêta, dégaina son poignard. Il coupa un petit morceau de sa chemise de coton rouge, l'accrocha à l'une des épines. *Ils le repéreront forcément.* Puis il fit demi-tour, regagna la petite rivière en veillant à ne pas laisser de traces. Avançant au milieu du lit, il redescendit vers l'aval.

La rivière serpentait paresseusement dans la plaine avant de rejoindre la Platte. Glass trébuchait sans cesse sur les pierres glissantes du lit, tombait parfois. Ses chutes remouillaient ses vêtements et il s'efforçait de ne pas penser au froid. Il ne sentait plus ses pieds quand il arriva à la Platte. Frissonnant dans l'eau qui lui montait aux genoux, il n'osait songer à ce qu'il allait devoir faire ensuite.

Il regarda par-dessus la Platte en tâchant de distinguer les contours de la rive opposée. Il discerna des saules, quelques peupliers. *Ne laisse pas de traces.* Il s'avança dans la rivière, sa respiration se faisant plus courte à mesure que l'eau montait vers sa poitrine. L'obscurité l'empêchait de voir le fond et quand il fit le pas suivant, il se retrouva soudain avec de l'eau jusqu'au cou. Pantelant, il se mit à nager vers la rive opposée. Quand il eut de nouveau pied, il marcha le long de la berge jusqu'à ce qu'il trouve un endroit où sortir de l'eau : une langue rocheuse menant aux arbres.

Avec précaution, Glass se fraya un chemin parmi les saules puis les peupliers, attentif à chaque pas. Il espérait que sa ruse tromperait les Arikaras – ils ne s'attendaient sûrement pas à ce qu'il retourne à la Platte et la traverse. Il ne laissait cependant rien au hasard : il serait sans défense s'ils retrouvaient sa piste.

Une faible lueur éclairait le ciel à l'est quand il émergea des peupliers. Dans la lumière précédant l'aube, il vit la forme sombre d'un vaste plateau distant de deux ou trois kilomètres. Pour autant qu'il pouvait en juger, il s'étirait parallèlement à la Platte. Glass pourrait y disparaître, trouver une ravine ou une grotte où se cacher, allumer un feu, se sécher, avoir chaud. Quand il se jugerait hors de danger, il retournerait à la Platte et reprendrait sa longue marche vers Fort Atkinson.

Glass se dirigea vers le plateau à la lueur croissante du jour qui se levait. Il pensa à Chapman et à Red, sentit un soudain pincement de culpabilité, le chassa de son esprit. *Pas le temps pour ça maintenant.*

26

14 avril 1824

Le lieutenant Jonathan Jacobs leva le bras et aboya un ordre. Derrière lui, une colonne de vingt hommes et leurs montures fit halte dans l'air poussiéreux. L'officier tapota le flanc couvert de sueur de son cheval et tendit la main vers sa gourde. Affectant une certaine désinvolture, il avala une gorgée d'eau. A vrai dire, il avait en horreur tous les moments passés loin de la sécurité relative de Fort Atkinson.

Il détestait tout particulièrement ce moment où le retour au galop de son éclaireur pouvait annoncer toute une variété de catastrophes. Les Pawnees et une bande de renégats arikaras opéraient des raids le long de la Platte depuis que la neige avait commencé à fondre. Jacobs tenta de tenir la bride à son imagination en attendant le rapport de l'éclaireur.

L'homme, un dénommé Higgins, originaire des Grandes Plaines, attendit d'être à un mètre de la colonne avant d'arrêter son cheval. Les franges de la veste en daim du colosse grisonnant se soulevèrent quand il se laissa glisser à terre.

— Y a un homme qui vient par ici... Là-bas, de l'autre côté de la butte.

— Un Indien ?

— Je suppose, lieutenant. Me suis pas approché assez pour m'en rendre compte.

La première réaction de Jacobs fut de renvoyer Higgins avec le sergent et deux hommes, puis il en vint avec réticence à la conclusion qu'il devait y aller lui-même.

Lorsqu'ils furent à proximité du sommet, Jacobs laissa un homme avec les chevaux, et le reste de la colonne s'avança en rampant. La large vallée de la Platte s'étirait devant eux sur une centaine de kilomètres. A huit cents mètres, une silhouette descendait la berge la plus proche. Jacobs tira de la poche de poitrine de sa tunique une lunette, l'étira sur toute sa longueur et regarda.

Une image grossie montait et descendait tandis que le lieutenant stabilisait son instrument. Il trouva sa cible, tint la lunette braquée sur l'homme vêtu de daim. Il ne pouvait pas voir son visage, mais il distingua la tache broussailleuse d'une barbe.

— Ça, par exemple ! s'écria Jacobs, surpris. Un Blanc. Qu'est-ce qu'il fait par ici ?

— C'est sûrement pas un des nôtres, marmonna Higgins. Tous les déserteurs filent droit vers Saint Louis.

Peut-être parce que l'homme ne semblait pas en danger immédiat, l'officier se sentit soudain une âme chevaleresque :

— Allons le chercher.

Le major Robert Constable représentait, quoique bien malgré lui, la quatrième génération de Constable à faire carrière dans l'armée. Son arrière-grand-père s'était battu contre les Français et les Indiens comme officier du 12e régiment d'infanterie de Sa Majesté. Son grand-père était resté fidèle, sinon au roi, du moins à la tradition familiale en combattant contre les Britanniques comme officier de l'Armée continentale de George Washington.

Le père de Constable, lui, n'avait pas eu de chance en matière de gloire militaire : trop jeune pour la Révolution et trop vieux pour la guerre de 1812. Privé d'une occasion de se distinguer lui-même, il estima qu'il pouvait au moins offrir mieux à son fils. Le jeune Robert rêvait de faire une carrière de juriste et de porter la robe de juge. Son père refusa de salir la lignée des Constable avec un fils dans la chicane et eut recours à l'amitié d'un sénateur pour faire entrer Robert à West Point. Pendant vingt mornes années, Robert Constable avait donc gravi les échelons de l'armée. Dix ans plus tôt, son épouse avait cessé de le suivre et vivait maintenant à Boston (tout près de son amant, un juge célèbre). Lorsque le général Atkinson et le colonel Leavenworth retournèrent dans l'Est pour l'hiver, le major Constable hérita le commandement temporaire du fort.

En quoi consistait cet héritage ? Trois cents fantassins (répartis à parts égales entre immigrés et repris de justice), cent cavaliers (pour seulement, regrettable asymétrie, cinquante chevaux) et une douzaine de canons au mieux rouillés. Il régnait cependant en monarque et transmettait son amertume aux sujets de son minuscule royaume.

Pour l'heure, le major Constable était assis derrière un grand bureau flanqué d'un aide de camp lorsque le lieutenant Jacobs vint lui présenter l'homme qu'il avait sauvé.

— Nous… l'avons trouvé sur les bords de la Platte, rapporta le lieutenant d'une voix haletante. Il a survécu à une attaque des Arikaras sur la branche nord…

Arborant un sourire radieux dans la lumière de son héroïsme, Jacobs attendait des félicitations pour son acte de bravoure. Le major Constable lui accorda à peine un regard avant de lui signifier :

— Vous pouvez disposer.

— Disposer, mon commandant ?

— Disposer.

Le lieutenant demeura planté devant le bureau, interloqué par cette peu amène réception. Constable répéta son ordre de manière plus brutale :

— Disparaissez.

Il agita la main comme pour chasser un moustique, puis se tourna vers le rescapé.

— Qui êtes-vous ?

— Hugh Glass, répondit l'homme d'une voix aussi cassée que son visage.

— Comment se fait-il que vous vous soyez retrouvé à errer le long de la Platte ?

— Je suis un messager de la Rocky Mountain Fur Company.

Si l'arrivée d'un Blanc aux traits couturés n'avait pas suscité la curiosité d'un militaire blasé comme le major, la mention de la compagnie de fourrures le fit. L'avenir de Fort Atkinson, sans parler de celui de la carrière du major, dépendait de la prospérité du commerce des peaux. Quel autre intérêt pouvait avoir une région de déserts inhabitables et de pics infranchissables ?

— De Fort Union ?

— Fort Union a été abandonné. Le capitaine Henry s'est établi dans l'ancien poste de Manuel Lisa, sur la Big Horn.

Le major se pencha en avant dans son fauteuil. Tout l'hiver, il avait dûment envoyé des dépêches à Saint Louis. Aucune ne contenait rien de plus palpitant qu'un morne rapport sur la dysenterie de ses hommes ou le nombre décroissant de cavaliers en possession d'un cheval. Maintenant, il tenait quelque chose ! Le sauvetage d'un homme des montagnes Rocheuses ! L'abandon de Fort Union ! Un nouveau fort sur la Big Horn ! C'était presque trop.

— Demandez à la cantine de préparer un repas chaud pour M. Glass.

Pendant une heure, le major mitrailla le rescapé de questions sur Fort Union, sur le nouveau fort, sur la viabilité commerciale de l'entreprise.

Glass évita soigneusement d'aborder son propre mobile de quitter la Frontière et réussit finalement à poser lui-même une question :

— Est-ce qu'un homme avec une cicatrice en forme d'hameçon est passé ici en descendant le Missouri ? demanda-t-il en traçant du doigt une courbe partant de sa bouche.

— Passé, non…

Glass fut accablé par le poids de la déception. Pas longtemps, toutefois :

— Il est resté, ajouta Constable. Après une rixe dans notre saloon local, il a préféré l'enrôlement à l'incarcération…

Il est là ! Glass s'efforça de se maîtriser, de ne laisser transparaître aucune émotion sur son visage.

— Je présume que vous connaissez cet homme ? reprit le major.

— En effet.

— Est-ce un déserteur de la Rocky Mountain Fur Company ?

— Il s'est porté déserteur en bon nombre d'occasions. C'est aussi un voleur.

— Voilà une allégation bien grave, fit observer l'officier, dont la vocation de juriste se réveillait.

— Une allégation ? Je ne suis pas ici pour porter plainte, commandant. Je suis venu régler mes comptes avec l'homme qui m'a dépouillé.

Constable prit une profonde inspiration en levant lentement le menton. Après une expiration sonore, il prit le ton d'un maître patient s'adressant à un enfant turbulent :

— Nous ne sommes pas chez les sauvages, monsieur Glass, et je vous conseille de garder une attitude respectueuse. Je suis major de l'armée des Etats-Unis, commandant de ce fort. Je prends votre accusation au sérieux et je vous assure qu'elle fera l'objet d'une investigation appropriée. Bien entendu, vous aurez la possibilité de présenter vos preuves...

— Mes preuves ! Il a mon fusil !

— Monsieur Glass ! répliqua Constable, dont l'irritation croissait. Si le soldat Fitzgerald vous a volé, je le punirai conformément à la loi martiale.

— Ce n'est pas très compliqué, repartit Glass avec une pointe de dérision.

— Monsieur Glass ! s'emporta Constable.

Sa carrière inutile dans des avant-postes perdus lui avait fourni des occasions quotidiennes de mettre à l'épreuve sa capacité à se montrer rationnel. Il ne tolérerait aucune atteinte à son autorité.

— C'est la dernière fois que je vous avertis. C'est à *moi* qu'il incombe de rendre la justice dans ce poste !

Le major se tourna vers son aide de camp.

— Vous savez où se trouve le soldat Fitzgerald ?

— Avec la compagnie E, mon commandant. Corvée de bois... Ils rentrent ce soir.

— Mettez-le aux arrêts quand il arrivera au fort. Fouillez la chambrée pour voir s'il a ce fusil. Si vous trouvez cette arme, saisissez-la. Vous amènerez le soldat Fitzgerald au tribunal demain matin à huit heures. Monsieur Glass, je compte sur votre présence... et lavez-vous avant de venir.

La cantine servait au major Constable de tribunal. Quelques soldats y portèrent son bureau, le hissèrent sur une estrade de fortune. De son perchoir, le major pouvait diriger les débats avec la hauteur seyant à un juge. De peur qu'on ne mette en doute le caractère officiel de sa salle d'audience, Constable avait fait accrocher deux drapeaux derrière son bureau.

Si la salle n'avait pas la splendeur d'un vrai tribunal, au moins était-elle vaste. Une centaine de personnes pouvaient s'y entasser une fois les tables enlevées. Pour s'assurer un public approprié, le major Constable annulait généralement toutes les autres tâches pour tout le monde à l'exception des sentinelles. Ne pâtissant d'aucune concurrence en matière de distractions, les représentations officielles du major faisaient toujours salle comble. L'intérêt pour le procès du jour était particulièrement élevé, car la nouvelle de l'arrivée de l'homme de la Frontière et de ses accusations extravagantes avait fait le tour du fort à la vitesse d'une mèche d'amadou portée au feu.

Assis sur un banc installé près du bureau du major, Hugh Glass vit la porte de la cantine s'ouvrir.

— Garde-à-vous !

Tout l'auditoire se leva lorsque Constable entra à grands pas. Il était accompagné d'un lieutenant du nom de Neville K. Askitzen – surnommé « lieutenant Lèche-cul[1] » par la troupe.

Constable parcourut son auditoire des yeux avant de faire une entrée royale, Askitzen trottinant derrière lui. Une fois installé derrière son bureau, le major adressa un signe de tête à son aide de camp, qui autorisa les spectateurs à s'asseoir.

— Faites entrer l'accusé ! ordonna le commandant du fort.

Les portes se rouvrirent, Fitzgerald apparut dans l'encadrement, des fers aux poignets, un garde le tenant par chaque bras. Sous le regard des soldats qui se tortillaient pour mieux le voir, les deux hommes le conduisirent à une sorte de box sur la droite du bureau du major, Glass étant assis à gauche.

Les yeux de Glass se rivèrent sur Fitzgerald, qui avait coupé ses cheveux et rasé sa barbe. La laine bleu marine avait remplacé les vêtements de daim et Glass eut un hoquet de dégoût en voyant Fitzgerald drapé dans la respectabilité qu'impliquait l'uniforme.

Le trappeur dut lutter contre une envie de se jeter sur lui, de le saisir à la gorge et de l'étrangler sur place. *Je ne peux pas faire ça. Pas ici.* Leurs yeux se croisèrent un instant et Fitzgerald hocha la tête – comme pour le saluer !

Constable s'éclaircit la voix et déclara :

— L'audience du tribunal militaire est ouverte. Soldat Fitzgerald, vous allez être confronté à votre accusateur et prendre officiellement connaissance des charges portées contre vous. Lieutenant…

Askitzen déplia une feuille de papier et lut d'un ton pompeux :

---

1. En anglais, *Ass-Kisser*.

— Plainte a été déposée par M. Hugh Glass, de la Rocky Mountain Fur Company, contre le soldat de première classe John Fitzgerald, armée des Etats-Unis, 6e régiment, compagnie E... M. Glass affirme que le soldat Fitzgerald, du temps qu'il était employé par la Rocky Mountain Fur Company, lui a volé un fusil, un couteau et d'autres objets personnels. Si cette cour le juge coupable, le soldat Fitzgerald risque une condamnation à dix ans d'emprisonnement...

Un murmure parcourut la salle d'audience, Constable abattit un marteau sur son bureau pour ramener le silence dans la cantine.

— Que le plaignant approche.

Dérouté, Glass leva les yeux vers le major, qui eut une grimace exaspérée avant de lui faire signe de se lever et de s'avancer vers le bureau.

Le lieutenant Askitzen tendit une bible vers le plaignant.

— Levez la main droite. Jurez-vous de dire la vérité, avec l'aide de Dieu ?

Glass répondit « oui » de sa voix au timbre grêle qu'il détestait mais qu'il ne pouvait pas changer.

— Monsieur Glass, vous avez entendu les charges ? demanda Constable.

— Oui.

— Elles sont exactes ?

— Oui.

— Voulez-vous faire une autre déclaration ?

Glass hésita. Le caractère officiel des débats l'avait totalement pris par surprise. Il ne s'attendait certainement pas à un auditoire d'une centaine de personnes. C'était une affaire entre Fitzgerald et lui, pas un spectacle pour distraire un commandant arrogant et des hommes de troupe morts d'ennui.

— Monsieur Glass, souhaitez-vous vous adresser à la cour ? insista Constable.

— Je vous ai expliqué hier ce qui s'est passé. Fitzgerald et un jeune gars nommé Bridger avaient été chargés de s'occuper de moi après qu'un grizzly m'avait attaqué sur une berge de la Grand River. Au lieu de quoi, ils m'ont abandonné. Ce n'est pas ce que je leur reproche. Mais avant de filer, ils m'ont dépouillé. Ils m'ont volé mon fusil, mon couteau, et même mon silex et mon morceau d'acier. Ils m'ont pris ce dont j'avais besoin pour avoir une chance, même infime, de survivre seul.

— Est-ce là le fusil dont vous prétendez qu'il vous appartient ? demanda Constable en tendant le bras vers l'Anstadt derrière son bureau.

— C'est mon fusil.

— Vous pouvez l'identifier ?

Glass sentit son visage s'empourprer. *Pourquoi est-ce moi qu'on interroge ?* Il prit une profonde inspiration avant de répondre :

— Le nom du fabricant est gravé sur le canon : J. Anstadt, Kutztown, Pennsylvanie.

Un autre murmure s'éleva de l'assistance.

— Avez-vous quelque chose à ajouter, monsieur Glass ?

Il secoua la tête.

— Vous pouvez regagner votre place.

Glass retourna s'asseoir tandis que le major poursuivait :

— Lieutenant, faites prêter serment à l'accusé.

Askitzen s'approcha du box ; les fers entravant les poignets de Fitzgerald cliquetèrent quand il posa une main sur la bible. Sa voix résonna, forte et solennelle, lorsqu'il jura de dire la vérité.

— Merci de me donner la possibilité de me défendre, votre hon… pardon, je veux dire mon commandant.

Le major eut un sourire ravi tandis que Fitzgerald continuait :

— Vous vous attendez sûrement à ce que je traite Hugh Glass de menteur, mais c'est pas ce que je vais faire.

Constable se pencha en avant avec curiosité. Glass plissa les yeux en se demandant ce que Fitzgerald manigançait.

— Hugh Glass, c'est un type bien, respecté par ses camarades de la Rocky Mountain Fur Company, reprit l'accusé. Je pense qu'il est persuadé de dire la vérité. Le problème, mon commandant, c'est que ça s'est pas du tout passé comme ça.

« La vérité, c'est qu'il a déliré pendant deux jours avant qu'on le laisse. La fièvre avait encore monté le deuxième jour – les sueurs de la mort, on s'est dit. Il gémissait, il criait, on voyait bien qu'il avait drôlement mal. Je me sentais coupable de pas pouvoir faire plus pour lui.

— Et qu'avez-vous donc *fait* ?

— Mon commandant, je suis pas docteur, mais j'ai fait de mon mieux. J'ai préparé un cataplasme pour sa gorge et son dos. J'ai essayé de lui faire boire du bouillon. Bien sûr, sa gorge était tellement abîmée qu'il pouvait ni avaler ni parler.

C'en était trop pour Glass. De la voix la plus ferme qu'il put prendre, il lança :

— Mentir, ça, tu sais le faire, Fitzgerald !

— Monsieur Glass ! tempêta Constable, le visage soudain figé en un masque d'indignation. C'est *moi* qui préside ces débats ! C'est *moi* qui procéderai au contre-

330

interrogatoire. Et vous vous tairez ou je vous ferai condamner pour outrage à la cour !

Le major laissa le poids de sa menace planer avant de se tourner à nouveau vers Fitzgerald.

— Poursuivez, soldat.

— Je lui fais pas de reproches, il peut pas savoir, dit Fitzgerald en posant un regard compatissant sur Glass. Il était dans les pommes – ou assommé par la fièvre – la plupart du temps.

— Très bien, mais niez-vous l'avoir abandonné ? Dépouillé ?

— Mon commandant, laissez-moi vous raconter ce qui s'est passé ce matin-là. Ça faisait quatre jours qu'on campait au bord d'un ruisseau, près de la Grand River. J'ai laissé Bridger avec Hugh pour aller chasser le long de la rivière, je suis resté parti presque toute la matinée. A quinze cents mètres du camp, environ, j'ai failli tomber nez à nez avec un groupe de guerriers arikaras...

Une vague d'excitation passa parmi les rangées de soldats, dont la plupart avaient pris part au combat douteux des villages arikaras.

— Comme les Rees m'ont pas repéré tout de suite, je suis retourné au camp aussi vite que j'ai pu. Ils m'ont vu au moment où j'arrivais au ruisseau, ils se sont lancés à ma poursuite... En arrivant, j'ai dit à Bridger que j'avais les Rees aux fesses, qu'il fallait se préparer à les recevoir. C'est à ce moment-là qu'il m'a dit que Glass était mort...

— Sale menteur ! s'exclama Glass, qui se leva et se rua vers Fitzgerald.

Deux soldats armés de fusils hérissés d'une baïonnette se dressèrent devant lui, lui barrant le passage.

— Monsieur Glass ! tonitrua Constable en abattant de nouveau son marteau. Vous restez assis et vous tenez votre langue ou je vous fais emprisonner !

Il fallut un moment au major pour retrouver son calme. Il prit le temps de rajuster le col de sa tunique à boutons de cuivre avant de reprendre l'interrogatoire de Fitzgerald :

— De toute évidence, M. Glass n'était pas mort. L'avez-vous examiné ?

— Je comprends pourquoi Hugh est en rogne, mon commandant. J'aurais jamais dû croire Bridger sur parole. Mais ce jour-là, Glass était pâle comme un fantôme, il ne bougeait plus du tout. On entendait les Rees qui fonçaient le long du ruisseau. Bridger s'est mis à brailler qu'il fallait qu'on se sauve. J'étais sûr que Glass était mort… On s'est enfuis.

— Mais pas avant de lui avoir pris son fusil…

— C'est Bridger qui l'a pris. Il a dit que ce serait idiot de laisser un fusil et un couteau aux Rees. On avait pas le temps d'en discuter.

— Mais c'est vous qui êtes maintenant en possession de ce fusil.

— Oui, mon commandant. Quand on est revenus à Fort Union, le capitaine Henry avait pas l'argent promis pour qu'on reste s'occuper de Glass. Il m'a demandé de prendre le fusil comme paiement. Bien sûr, je suis heureux d'avoir maintenant la possibilité de le rendre à Hugh.

— Et son sac à feu ?

— Ça, on l'a pas pris, mon commandant. C'est les Rees qu'ont dû mettre la main dessus.

— Pourquoi n'ont-ils pas tué M. Glass ? Pourquoi ne l'ont-ils pas scalpé, comme ils le font d'habitude ?

— Je suppose qu'ils l'ont cru mort, comme nous. Sans vouloir vexer Hugh, il restait pas grand-chose à scalper. L'ourse l'avait si salement griffé que les Rees ont sans doute pensé qu'y avait pas moyen de le mutiler davantage...

— Vous êtes en poste ici depuis six semaines, pourquoi ne vous êtes-vous pas libéré avant aujourd'hui du fardeau de cette histoire ?

Fitzgerald marqua une pause soigneusement étudiée, se mordit la lèvre et baissa la tête. Finalement, il se redressa et dit d'une voix calme :

— Parce que j'avais honte, je suppose.

Glass était abasourdi. Non pas tant par Fitzgerald, de qui aucune rouerie ne pouvait réellement le surprendre, mais par le major, qui s'était mis à hocher la tête d'un air approbateur. *Il le croit !*

Incapable d'en supporter davantage, le trappeur plongea la main sous sa capote pour empoigner le pistolet passé sous sa ceinture. Il visa et fit feu. La balle dévia, s'enfonça dans l'épaule de Fitzgerald. Glass l'entendit crier, sentit des bras puissants qui le saisissaient de chaque côté. Il se débattit. La salle entra en éruption. Glass vit les épaulettes dorées du major miroiter. Puis il sentit une vive douleur à l'arrière du crâne et tout devint noir.

27

28 avril 1824

Glass se réveilla dans une obscurité sentant le moisi. Une douleur palpitait sous son crâne. Etendu sur un plancher mal raboté, le visage tourné vers le sol, il roula lentement sur le flanc, se cogna à un mur. Au-dessus de sa tête, de la lumière passait par une fente étroite dans une lourde porte. La salle de garde de Fort Atkinson se composait de deux cellules en bois et d'un vaste enclos de détention pour les délits d'ivrognerie et autres manquements courants à la discipline. A en juger aux bruits que Glass entendait, trois ou quatre hommes occupaient l'enclos entourant sa cellule.

Dans cet endroit confiné, il avait l'impression que l'espace se refermait sur lui comme les parois d'un cercueil. Cela lui rappela soudain la cale humide d'un bateau, la vie étouffante à bord qu'il en était venu à détester. Des gouttes de sueur se formèrent sur son front, sa respiration se fit saccadée. Il s'efforça de se contrôler, de remplacer l'image de son emprisonnement par celle d'une plaine découverte, d'une mer d'herbe ondulante, brisée seulement par une montagne à l'horizon lointain.

Les jours se succédèrent. Il en mesurait le passage par la routine quotidienne de la prison : relève de la garde à l'aube ; distribution de pain et d'eau vers midi ; relève de la garde à la tombée de la nuit.

Deux semaines s'étaient écoulées lorsqu'il entendit la porte donnant sur l'extérieur s'ouvrir et qu'il sentit une irruption d'air frais.

— Reculez, bande d'idiots, ou je vous défonce le crâne ! menaça une voix de fumeur qui s'approcha lentement de sa cellule.

Des clefs tintèrent, un pêne tourna, la porte s'ouvrit.

Glass cligna des yeux dans la lumière. Un sergent aux manches barrées de chevrons jaunes, au visage encadré de favoris grisonnants, s'avança.

— Le major a donné l'ordre de te libérer. Tu peux partir. En fait, tu *dois* partir. Si t'as pas quitté le poste avant demain midi, tu seras jugé pour avoir volé un pistolet et t'en être servi pour trouer la peau du soldat Fitzgerald.

Le jour était aveuglant, après quinze jours dans l'obscurité, et quand quelqu'un dit « Bonjour, monsieur Glass », il lui fallut une minute pour reconnaître le visage gras et semé de taches de rousseur de Kiowa Brazeau.

— Qu'est-ce que vous faites ici, Kiowa ?

— Je reviens de Saint Louis avec un bateau chargé de vivres.

— C'est vous qui m'avez fait libérer ?

— Oui. Je suis en bons termes avec le major Constable. Vous, vous semblez avoir des ennuis.

— Le seul ennui, c'est que ce foutu pistolet ne tirait pas droit.

— A ce que j'ai compris, il ne vous appartenait pas. Ceci, en revanche, est à vous.

Brazeau tendit à Glass un fusil que celui-ci parvint à voir en plissant les yeux.

L'Anstadt. Il le prit par le tourillon et le canon, sentit son poids familier, examina le mécanisme de la détente, qui avait besoin d'être graissé. Quelques nouvelles éraflures marquaient la crosse brune et, près de la plaque, on avait gravé des initiales : J.F.

Envahi par une vague de colère, Glass demanda :

— Et Fitzgerald ?

— Constable le renvoie dans sa compagnie.

— Pas de punition ?

— Une amende de deux mois de solde.

— Deux mois de solde !

— Il a aussi un trou dans l'épaule, et vous, vous récupérez votre fusil.

Kiowa observa le visage de Glass, y lut facilement ses intentions.

— Au cas où il vous viendrait des idées, je vous conseille d'éviter de vous servir de l'Anstadt dans l'enceinte du fort. Le major Constable se fait une haute idée de ses responsabilités judiciaires et meurt d'envie de vous juger pour tentative de meurtre. Il n'y a renoncé que parce que je l'ai convaincu que vous êtes un protégé de M. Ashley.

Les deux hommes traversèrent ensemble le terrain d'exercice. On y avait dressé un mât, solidement maintenu par des cordes dans le vent vif du printemps. Un drapeau claquait à son sommet, les bords effrangés par les intempéries.

Kiowa se tourna vers Glass et lui dit :

— Vous avez des pensées stupides, mon ami.

Glass s'arrêta, regarda le Français.

— Je regrette que vous n'ayez pas pu régler vos comptes avec Fitzgerald, reprit Kiowa, mais vous devriez savoir que les choses ne s'arrangent pas toujours aussi bien.

Ils restèrent un moment immobiles, dans un silence uniquement rompu par le claquement du drapeau.

— Ce n'est pas aussi simple, Kiowa.

— Bien sûr. Qui a dit que c'était simple ? Mais, vous savez, il y a des comptes qui ne sont jamais réglés. Jouez les cartes que vous avez en main. Tournez la page. Accompagnez-moi à Fort Brazeau. Si les affaires marchent, je vous prendrai comme associé.

Glass secoua lentement la tête.

— Votre offre est généreuse, Kiowa, mais je suis incapable de rester longtemps au même endroit.

— Quels sont vos projets, alors ?

— J'ai un message à remettre à Ashley à Saint Louis. Ensuite, je ne sais pas.

Glass marqua une pause avant d'ajouter :

— Et j'ai une dernière chose à faire ici.

Kiowa garda un moment le silence puis soupira :

— *Il n'est pire sourd que celui qui ne veut pas entendre**... Vous savez ce que cela signifie ?

Glass secoua la tête, Brazeau traduisit.

— Pourquoi êtes-vous allé sur la Frontière ? demanda ensuite le Français. Pour traquer un voleur ? Pour savourer un moment de vengeance ? Je vous croyais au-dessus de ça.

Comme Glass ne répondait pas, Kiowa ajouta :

— Si vous voulez mourir dans une prison, libre à vous.

Le Français se retourna et se mit à traverser le terrain d'exercice. Glass hésita un instant puis le suivit.

— Allons boire du whisky ! cria Brazeau par-dessus son épaule. J'ai envie de vous entendre parler de la Powder et de la Platte.

337

Kiowa prêta à Glass de quoi acheter des provisions et passer une nuit dans ce qui tenait lieu d'auberge à Fort Atkinson : une rangée de paillasses dans le grenier du cantinier. D'ordinaire, l'alcool rendait Glass somnolent. Pas cette nuit-là. Il ne l'aida pas non plus à clarifier ses pensées entremêlées. Quelle était la réponse à la question de Kiowa ?

Glass prit l'Anstadt et sortit dans l'air frais du terrain d'exercice. La nuit était claire, le ciel sans lune monopolisé par un milliard d'étoiles qui perçaient la voûte noire de petits points de lumière. Il gravit les marches grossières menant en haut de la palissade entourant le fort. La vue y était imposante.

Glass se tourna vers l'intérieur du fort, regarda les baraquements situés à l'autre bout du terrain d'exercice. *Il est là-dedans.* Combien de centaines de kilomètres avait-il parcourus pour retrouver Fitzgerald ? Sa proie était endormie à quelques dizaines de mètres de lui. Il sentit le métal froid de l'Anstadt dans sa main. *Comment pourrais-je reculer maintenant ?*

Il se retourna et, par-delà le rempart du fort, contempla le Missouri.

Des étoiles dansaient sur l'eau sombre, reflets qui étaient comme la marque du firmament sur la terre. Glass chercha dans le ciel ses repères familiers. Il trouva les queues en pente de la Grande et de la Petite Ourses, l'éternel réconfort de l'étoile du Nord. *Où est Orion ? Où est le chasseur au glaive vengeur ?*

L'éclat de Véga, la grande étoile, attira soudain son attention. A côté, il vit la constellation du Cygne, et plus il la regardait, plus ses lignes perpendiculaires lui semblaient former une croix. *La Croix du Nord.* Il se rappela que c'était le nom familier qu'on lui donnait et qui paraissait mieux lui convenir.

Cette nuit-là, Glass demeura un long moment en haut de la palissade à écouter le Missouri et à contempler les étoiles. Il songea à la source du fleuve, aux majestueux monts Big Horn dont il avait vu les sommets mais qu'il n'avait jamais escaladés. Il songea aux étoiles et aux cieux, dont la vastitude, comparée au petit lieu qu'il occupait dans le monde, le réconforta. Finalement, il descendit des remparts, retourna dans le grenier et trouva rapidement le sommeil qui lui échappait auparavant.

28

7 mai 1824

Jim Bridger commença à frapper à la porte du capitaine Henry, puis suspendit son geste. Cela faisait sept jours que personne n'avait vu le capitaine hors de ses quartiers. Sept jours depuis que les Corbeaux avaient volé les chevaux. Pas même le retour de Murphy d'une bonne chasse n'avait pu arracher Henry à sa solitude.

Bridger prit une longue inspiration, frappa de nouveau. Il entendit un bruissement de l'autre côté du battant, et de nouveau le silence.

— Capitaine ?

Bridger marqua une nouvelle pause, ouvrit la porte.

Henry était assis, le dos voûté, derrière un bureau fait de deux tonneaux et d'une planche. La couverture en laine drapée sur ses épaules faisait penser à un vieillard blotti près d'un poêle dans une épicerie-bazar. Le capitaine tenait une plume dans une main, une feuille de papier dans l'autre. Bridger jeta un coup d'œil à la feuille, aux longues colonnes de chiffres qui la couvraient de gauche à droite, de haut en bas. Des pâtés la maculaient, comme si la plume, rencontrant un obstacle, s'était arrêtée et avait déversé son encre tel un sang noir.

D'autres feuilles de papier chiffonnées jonchaient le bureau et le sol.

Bridger attendit que le capitaine dise quelque chose, ou qu'il lève au moins les yeux. Pendant un long moment, il ne fit ni l'un ni l'autre. Finalement, il redressa la tête. Les yeux injectés de sang au-dessus de molles poches grisâtres, il semblait n'avoir pas dormi depuis des jours. Bridger se demanda si ce que plusieurs des hommes racontaient était vrai, si Henry avait craqué.

— Tu t'y connais en chiffres, Bridger ?

— Non, capitaine.

— Moi non plus. Ou pas beaucoup, en tout cas. Je continue à espérer que c'est moi qui suis trop bête pour trouver le bon résultat, dit Henry en baissant de nouveau les yeux vers la feuille. L'ennui, c'est que chaque fois que je refais le calcul, j'arrive à la même chose. Je crois que le problème, ce n'est pas mon arithmétique, c'est que le résultat n'est pas celui que je voudrais.

— Je comprends pas ce que vous voulez dire, capitaine.

— Je veux dire qu'on a fait faillite. Nous sommes dans le rouge pour trente mille dollars. Sans chevaux, impossible de garder assez d'hommes sur le terrain pour remonter la pente. Et il ne nous reste rien à échanger contre des chevaux.

— Murphy vient de rentrer des Big Horn avec deux ballots.

Le capitaine passa la nouvelle au filtre de son passé et conclut :

— Ce n'est rien, Jim. Deux ballots de fourrures ne nous remettront pas à flot. Vingt ballots non plus, d'ailleurs.

La conversation ne prenait pas la direction que Bridger avait espérée. Il lui avait fallu deux semaines pour se décider à parler au capitaine et tout allait de travers. Il refoula une envie de faire marche arrière. *Non. Pas cette fois.*

— Murphy dit que vous envoyez des hommes de l'autre côté des montagnes chercher Jed Smith.

Bien que Henry ne confirmât pas, Bridger poursuivit sur sa lancée :

— Je veux partir avec eux.

Le capitaine scruta le visage du jeune homme, ses yeux rayonnants d'espoir comme l'aube d'un jour de printemps. Depuis combien de temps n'avait-il pas senti en lui ne serait qu'une once de cet optimisme juvénile ? *Longtemps – et bon débarras.*

— Je peux t'épargner cette peine, Jim. Je suis allé de l'autre côté des montagnes. Elles sont comme la façade trompeuse d'une maison close. Je sais ce que tu cherches… Tu ne le trouveras pas là-bas.

Jim ne savait quoi répondre. Il ne parvenait pas à imaginer pourquoi le capitaine avait un comportement aussi étrange. Peut-être était-il vraiment devenu fou. Bridger n'en savait rien. Ce qu'il savait, ce qu'il croyait avec une conviction inébranlable, c'était que le capitaine Henry avait tort.

Les deux hommes retombèrent dans un autre long silence. Un sentiment de gêne s'installait, et cependant Bridger ne partait pas. Finalement, Henry le regarda et dit :

— La décision t'appartient, Jim. Je t'enverrai là-bas si c'est ce que tu veux.

Bridger sortit dans la cour, cligna des yeux dans la lumière vive du matin. Il sentit à peine la morsure de l'air froid sur son visage, vestige d'une saison commençant à mourir. Il tomberait encore de la neige avant que l'hiver capitule enfin, mais le printemps étendait déjà son empire sur les plaines.

Jim gravit la courte échelle menant aux remparts, s'accouda à la palissade et regarda en direction des monts Big Horn. Des yeux, il suivit une fois de plus un canyon encaissé qui semblait s'enfoncer au cœur même des montagnes. *Jusqu'au cœur, vraiment ?* Il sourit à la perspective infinie de ce qui se trouvait peut-être au bout de cette gorge, dans ces montagnes et au-delà.

Il leva les yeux vers un horizon découpé par des pics enneigés, une blancheur virginale sur le bleu froid du ciel. Il pouvait monter là-haut s'il le voulait. Monter et toucher l'horizon, sauter par-dessus et découvrir l'horizon suivant.

Notes

Le lecteur s'interrogera peut-être sur la véracité des événements narrés dans ce roman. L'époque du commerce des peaux contient un mélange trouble d'histoire et de légende, et la légende s'est sans aucun doute mêlée à l'histoire de Hugh Glass. *Le Revenant* est une œuvre de fiction. Cela dit, je me suis efforcé de rester fidèle à l'histoire, en ce qui concerne les principaux événements.

Il ne fait aucun doute que Glass a été attaqué par un grizzly alors qu'il était parti en reconnaissance pour la Rocky Mountain Fur Company en automne 1823, qu'il a été horriblement blessé et abandonné par ses compagnons, notamment les deux hommes chargés de le soigner, qu'il a survécu et qu'il s'est lancé dans une quête épique de vengeance. L'ouvrage historique le plus complet sur Glass est l'intéressante biographie de John Myers Myers, *The Saga of Hugh Glass*. Myers constitue un dossier solide sur quelques-uns des épisodes les plus remarquables de la vie de Glass, en particulier sa capture par le pirate Jean Lafitte et, plus tard, par les Pawnees.

Jim Bridger fut-il l'un des deux hommes chargés de rester auprès de Glass ? Les historiens divergent sur ce point, mais la plupart estiment que oui. (Dans une biographie de Bridger publiée en 1925, Cecil Alter tente avec passion de démontrer le contraire.) Nous possédons toutefois de nombreuses preuves que Glass a retrouvé Bridger au fort de la Big Horn et lui a pardonné.

J'ai pris des libertés littéraires et historiques à deux ou trois endroits de ce livre, et je tiens à les signaler. Nous avons des preuves convaincantes que Glass a fini par retrouver Fitzgerald à Fort Atkinson sous l'uniforme de l'armée américaine. Les comptes rendus de cette rencontre sont néanmoins brefs et superficiels. Rien n'indique qu'il y ait eu un procès comme celui que je décris. Le personnage du major Constable est inventé de toutes pièces, de même que la scène où Glass loge une balle dans l'épaule de Fitzgerald. Il est également établi que Hugh Glass s'est séparé du groupe d'Antoine Langevin avant l'attaque des Arikaras contre les *voyageurs**. (Toussaint Charbonneau semble bien avoir fait partie du groupe de Langevin et avoir survécu, quoique les circonstances ne soient pas claires.) Les personnages de Professeur, Dominique Cattoire et la Vierge sont entièrement fictifs.

Fort Talbot et ses habitants sont inventés. En revanche, pour les points de référence géographiques, je me suis efforcé d'être aussi exact que possible. L'attaque des Indiens arikaras au printemps 1824 contre Glass et ses compagnons a bien eu lieu, probablement au confluent de la North Platte et de la rivière qui portera plus tard le nom de Laramie. Onze ans plus tard, Fort William – prédécesseur de Fort Laramie – sera établi à cet endroit.

Les lecteurs intéressés par le commerce des fourrures prendront plaisir à lire des ouvrages historiques traitant

de cette période, dont le classique de Hiram Chitten-
den, *The American Fur Trade of the Far West*, et le livre
plus récent de Robert M. Utley, *A Life Wild and Peri-
lous*.

Dans les années qui suivirent les événements relatés
dans ce roman, plusieurs de ses personnages principaux
poursuivirent leurs aventures tragiques et glorieuses.

Le capitaine Andrew Henry : A l'été 1824, Henry et
un groupe de ses hommes retrouvèrent la troupe de Jed
Smith dans ce qui est aujourd'hui le Wyoming. Bien que
cela ne suffît pas pour couvrir les dettes de la compagnie, Henry avait rassemblé un nombre important de
fourrures. Smith resta sur le terrain, Henry se chargeant
de rapporter les peaux à Saint Louis. Ashley estima que
cette quantité de fourrures, pourtant modeste, justifiait
un retour immédiat sur le terrain. Il assura le finance-
ment d'une autre expédition, qui partit de Saint Louis le
21 octobre 1824 sous le commandement de Henry. Pour
des raisons que l'histoire n'a pas retenues, Henry semble
avoir quitté la Frontière peu de temps après.

S'il avait gardé ses parts dans la Rocky Mountain Fur
Company une année de plus, il aurait pu – comme les
autres associés de la compagnie – prendre une retraite
d'homme riche. Mais une fois de plus, Henry montra sa
propension à faire des choix malchanceux. Il vendit ses
actions pour une somme modique. Cela lui aurait quand
même permis de vivre confortablement s'il ne s'était
lancé dans le secteur du cautionnement. Après que plusieurs de ses débiteurs eurent omis de se présenter
devant la justice, Andrew Henry perdit tout et mourut
ruiné, en 1832.

William H. Ashley : Il est remarquable que deux associés de la même entreprise s'en soient sortis de manières aussi différentes. Malgré des dettes sans cesse croissantes, Ashley continua à croire qu'on pouvait faire fortune dans la fourrure. Après avoir échoué à se faire élire gouverneur du Missouri en 1824, il mena un groupe de trappeurs le long de la branche sud de la Platte. Ashley fut le premier Blanc à essayer de naviguer sur la Green, tentative qui faillit se terminer par un désastre près de l'embouchure de la rivière qui porte aujourd'hui son nom.

Ne rapportant que peu de peaux de son expédition, Ashley et ses hommes rencontrèrent un groupe de trappeurs découragés de la Hudson Bay Company. Après une mystérieuse transaction, Ashley se retrouva en possession de centaines de balles de peaux de castor. D'aucuns prétendent que les Américains auraient pillé la cache de la HBC. Des rapports plus crédibles soutiennent qu'Ashley n'aurait rien fait de plus louche que conclure un marché très avantageux. Quoi qu'il en soit, il vendit les fourrures à Saint Louis à l'automne 1825 pour plus de deux cent mille dollars, une véritable fortune à l'époque.

Au rendez-vous de 1826, Ashley vendit sa part de la Rocky Mountain Fur Company à Jedediah Smith, David Jackson et William Sublette. Ayant créé le système de rendez-vous qui lança la carrière de plusieurs personnages légendaires du commerce des peaux, et assuré sa propre place de baron de la fourrure dans l'histoire, Ashley se retira.

En 1831, les habitants du Missouri l'élurent au Parlement pour remplacer Spencer Pottis, tué dans un duel. Deux fois réélu, William H. Ashley fit ses adieux à la politique en 1837 et mourut en 1838.

Jim Bridger : Durant l'automne 1824, Jim Bridger franchit les Rocheuses et fut le premier Blanc à parvenir au Grand Lac Salé. En 1830, il était devenu l'un des associés de la Rocky Mountain Fur Company et il fut l'un des principaux protagonistes du commerce des peaux, qui prit fin dans les années 1840. Lorsque ce commerce commença à péricliter, Bridger prit part à la vague suivante d'expansion vers l'Ouest. En 1838, il construisit un fort dans l'actuel Wyoming. « Fort Bridger » devint un comptoir commercial important de la Piste de l'Oregon, utilisé aussi plus tard comme poste militaire et relais du Pony Express. Dans les années 1850 et 1860, Bridger servit fréquemment de guide aux pionniers, aux groupes d'exploration et à l'armée américaine.

Jim Bridger mourut le 17 juillet 1878, près de Westport, dans le Missouri. Sa vie réussie de trappeur, d'explorateur et de guide lui a valu d'être souvent appelé « le Roi des hommes des montagnes ». Aujourd'hui, des rivières, des montagnes et des villes portent son nom, un peu partout dans l'Ouest.

John Fitzgerald : On sait peu de choses sur lui. Il a bien existé et on le considère généralement comme l'un des deux hommes qui ont abandonné Hugh Glass. On pense aussi qu'il a déserté de la Rocky Mountain Fur Company et s'est ensuite enrôlé dans l'armée américaine, à Fort Atkinson. J'ai romancé d'autres parties de sa vie.

Hugh Glass : Après avoir quitté Fort Atkinson, Glass est probablement descendu à Saint Louis pour remettre le message de Henry à Ashley. A Saint Louis, il s'est joint à un groupe partant pour Santa Fe et a passé une année à tendre des pièges sur les bords de la Helo. Vers 1825, on le retrouve à Taos, centre du commerce des peaux dans le Sud-Ouest.

Les rivières du Sud-Ouest perdant rapidement tout intérêt, Glass remonta vers le nord. Il fut trappeur le long de la Colorado, de la Green et de la Snake, avant de parvenir finalement aux sources du Missouri. En 1828, le groupe des « Trappeurs indépendants » élut Glass pour les représenter dans les négociations visant à briser le monopole de la Rocky Mountain Fur Company. Après avoir posé des pièges aussi loin à l'ouest que la Columbia, il s'intéressa principalement à la face est des Rocheuses.

Glass passa l'hiver de 1833 dans un poste avancé appelé « Fort Cass », près de l'ancien fort de Henry, au confluent de la Yellowstone et de la Big Horn. Un matin de février, cette même année, Glass et deux compagnons traversaient la Yellowstone gelée pour aller poser des pièges quand ils furent assaillis et tués par une trentaine de guerriers arikaras.

Remerciements

Des amis et des membres de ma famille (ainsi que deux aimables personnes extérieures) ont généreusement accepté de lire les premières moutures de ce livre et de l'améliorer par leurs critiques et leurs encouragements. J'exprime ma gratitude à Sean Darragh, Liz et John Feldman, Timothy Punke, Peter Scher, Kim Tilley, Brent et Cheryl Garrett, Marilyn et Butch Punke, Randy Miller, Kelly MacManus, Marc Glick, Bill et Mary Strong, Mickey Kantor, Andre Solomita, Ev Ehrlich, Jen Kaplan, Mildred Hoecker, Monte Silk, Carol et Ted Kinney, Ian Davis, David Kurapka, David Marchick, Jay Ziegler, Aubrey Moss, Mike Bridge, Nancy Goodman, Jennifer Egan, Amy et Mike McManamen, Linda Stillman et Jacqueline Cundiff.

Tous mes remerciements à un groupe d'éminents professeurs de Torrington, Wyoming : Ethel James, Betty Sportsman, Edie Smith, Rodger Clark, Craig Sodaro, Randy Adams et Bob Latta. S'ils se demandent un jour si les profs font avancer les choses, qu'ils sachent qu'ils l'ont fait pour moi.

Un merci particulier à l'extraordinaire Tina Bennett, de Janklow & Nesbit. Si j'assume toute la responsabilité des défauts de ce livre, Tina a contribué à le rendre meilleur. Merci à son assistante, Svetlana Katz, qui, entre autres choses, lui a donné son titre. Merci également à Brian Siberell, de l'agence Creative Artists, pour le travail merveilleux qu'il a fait à Hollywood, à Philip Turner et à Wendie Carr, de Carroll & Graf.

Et surtout, je remercie particulièrement ma famille. Merci, Sophie, de m'avoir aidé à essayer des pièges. Merci, Bo, pour ton incroyable imitation du grizzly. Merci, Traci, pour ton soutien constant et ton attention inlassable au fil d'une centaine de lectures éprouvantes.

Composition et mise en pages
Nord Compo à Villeneuve-d'Ascq

Dépôt légal : avril 2014

Cet ouvrage a été imprimé au Canada